ナチスと闘った劇作家たち

――もうひとつのドイツ文学――

島谷　謙

九州大学出版会

まえがき

一九三九年九月一日、ドイツ軍がポーランドに侵攻し、第二次世界大戦が始まったその翌日、堀辰雄は軽井沢の教会で一心に祈りを捧げるポーランドの少女たちの姿を見た。教会にはドイツ人親子の姿もあった。敵対し合う国民が同じ教会で共に祈る光景。その時、堀辰雄はドビュッシーの歌曲「もう家がない子供たちの降誕祭」を思い出す。それはドビュッシーが晩年病床にあって、第一次大戦が始まりドイツ軍がベルギーへ侵攻したと聞き、戦火の中の子供たちを思い、作曲したものである。

堀の一文には少女とドビュッシーと堀それぞれの戦争に対する怒りと哀しみ、そして祈りが重ねられている。〈非政治的な作家〉堀辰雄の心を戦争の惨禍は強くとらえた。

一九三〇年代後半、ユダヤ系のドイツ人哲学者カール・レーヴィットや音楽家ヨーゼフ・ローゼンシュトック、マンフレート・グルリットらが日本に亡命した。レーヴィットを含む在日ドイツ人は軽井沢で夏を過ごした。毎年八月にはドイツ日本文化研究所主催によるナチス教員同盟の大会が同地で開かれた。一九三八年(昭和十三年)夏にはヒトラー・ユーゲントが軽井沢でパレードを行った。堀辰雄はこの夏、同地を訪れた西欧人の姿に「呼吸《いき》づまりさうなまでに緊張した思い」(「木の十字架」)を感じ取っていた。

こうして堀辰雄のいる軽井沢にはナチス支持のドイツ人や、祖国を追われたドイツ人亡命者が相次いで姿を現した。この後、少女や堀辰雄の祈りにもかかわらず、世界は未曾有の悲劇に包まれていく。

本書で取り上げた作品はナチス政権時代に亡命したドイツ語圏の劇作家が一九三三～四五年の間に執筆した作品である。ナチス政権下、ドイツ国内では評価すべき劇作品が書かれなかった一方で、亡命作家は数多くの多彩な劇作品を生み出した。これらの作品は人間関係を描くことで一時代の社会の関係性をとらえている。大戦間のドイツに生きた人間の葛藤や悲劇が彫り深く形象化され、時代のドキュメントとしても貴重である。そして時代の諸条件の下でもがく人間の普遍的な姿を見ることができる。

本書に登場する作家の大半は青春時代に第一次世界大戦に遭遇した「失われた世代」である。ヴァイマル共和国末期、ヴェルサイユ条約による賠償金返済の重圧に覆い被さる世界恐慌とナチス勢力の台頭によって、ドイツは政治的に破綻した。ナチス政権成立後、焚書やユダヤ人ボイコットに象徴されるように社会的、精神的な次元において統制と排除が推し進められ、多くの作家や芸術家は活動する場所と自由を奪われた。生まれ育った社会を追われ、母国語の通じない異国に放り出された時、人はどのように生き、どのような作品を書いたのか。さらに追い討ちをかけるようにして起きた第二次大戦。彼らは祖国への帰還を夢見ながら異国をさまよい続けた二十世紀ドイツのオデュッセウスである。

取り上げた作家はいずれも表現主義文学の担い手としてスタートした。表現主義は第一次大戦を挟んで展開された二十世紀ドイツ最大の芸術潮流である。一九二〇年代半ばに表現主義が歴史の表舞台から後退した後も、運動の担い手だった作家たちは時代の変化に対応しながら創作活動を展開した。

ナチス政権は焚書を敢行し、様々な領域の学問やモダニズム芸術・文学を否定し、排除した。表現主義は退廃芸術として非難の矢面に立たされた。亡命後、劇作家たちは時代の動きを写し取りながら、物語性に富み、時代の証言ともなる作品を残した。戦後しばらくして表現主義芸術が再評価されたが、表現主義作家のその後の生涯や作品に関しては関心が払われなかった。

*

フェルディナント・ブルックナーは一九二〇年代を代表するオーストリア出身の劇作家である。『人種』は、ナチスのユダヤ人迫害を最初期に正面から文学的主題として取り上げ、時代の記念碑的性格を備えている。

フリードリヒ・ヴォルフはヴァイマル共和国を代表する劇作家の一人である。第一次大戦とドイツ革命を体験し、表現主義の作家として出発した。『マムロック教授』は『人種』と同時期に書かれ、同じくユダヤ人迫害を正面から取り上げている。第二次大戦後、彼は劇作法をめぐってブレヒトと討論を行っている。

ゲオルク・カイザーはエルンスト・トラーと並び表現主義演劇の双璧をなす劇作家である。カイザーといえば文学史的に表現主義作家として扱われるが、その後の作品に関心が払われることはなかった。ブレヒトはカイザーを文学上の義父と仰いだが、カイザーの作品は質・量、魅力ともにブレヒトに比肩する。六十編に及ぶカイザーの作品世界は、彼が戦後初のノーベル賞候補の一人だったことを納得させる。

特に『兵士タナカ』は日本を舞台とし、日本人兵士と家族の悲劇を描いた点において、外国人作家の作品の中で最も読まれるべき作品である。

オーストリア文学の異才フランツ・ヴェルフェルはかつて音楽家マーラーの妻だったウィーン社交界の華アルマを伴って、フランスからピレネーを越えて亡命の途についた。その決死の亡命体験をもとに書かれた戯曲が『ヤコボフスキと大佐』で、アメリカで映画化されている。

抵抗運動に関する戯曲としてヴァイゼンボルンの『非合法者たち』とヴォルフの『愛国者たち』を取り上げた。両作品にはドイツ国内と占領下の国で抵抗者が置かれた状況の違いが反映されている。

亡命途上にあって作家たちは相次いで歴史劇に取り組んだ。複数の作家がナポレオンを取り上げ、ヒトラーとの対比を試み、自らの時代を歴史的に把握しようとした。ブルックナーは『英雄的喜劇』でナポレオンに国を追われた作家スタール夫人を通して、権力と対峙する精神のあり方を探った。カイザーはナポレオンがセント・ヘレナ島から脱出したという伝説をもとに偶像破壊的なドラマを書いた。

いずれの作品も作者の代表作であり、亡命体験に裏打ちされ、史実の重みに耐えながら羽ばたき、時代空間を視覚化する想像力の在りようが窺える。ナチス政権と果敢に渡り合った二十世紀ドイツのシェイクスピアたちの傑作、秀作である。

二千年の歴史を持つ最も民衆的な芸術である演劇は二十世紀最大の難問《アポリア》であるナチズムやユダヤ人問題をどう捉えたのか。演劇がナチズムをどのように表現(表象)したかを考察することで、ナチズム時代の人間関係に関する洞察を得るとともに、演劇の造形力と芸術的可能性を探った。

取り上げた作品の一見私的な、どの場面にも世界史的状況が影を落としている。演劇が一時代の証言としての性格を帯びた表現であることに改めて驚く。あるいはどの時代の演劇も本来、深い社会性の刻印を帯びていると言えようか。普遍的人間像は特定の時代、社会相の中で示される。観客は自らの生きる時代や社会と異なっても、登場人物への共感をきっかけにすっとその世界に入り込み、ある状況下に置かれた人物の行動を見極めることができる。そこに演劇の魅力がある。

＊

亡命文学は西欧文学の重要な一ジャンルをなす。ダンテ、シャトーブリアン、ハイネ、ビューヒナー、ユゴー、ゲルツェン、ジョイス、ナボコフ、ソルジェニーツィン、M・クンデラ。さらにヴァーグナー、シャガール、タルコフスキーなどの芸術家、マルクス、孫文などの思想家や政治家を挙げれば枚挙に暇ない。彼らの創造活動には亡命体験が色濃く影を落としている。

二十世紀のドイツ文化は作家や知識人の大移動をもたらした亡命《エクソダス》を抜きにしては語れない。

「歴史上、一国民が数ヵ月のうちにこれほど多くの代表作家を失った例はない。」(クラウス・マン)

亡命は二十世紀前半を生きたすべてのドイツ語圏作家が実存的に直面した問題である。亡命作家の生涯と作品は異国にあって決定的に変容した。本書の副題「もうひとつのドイツ文学」は亡命という観点から見たドイツ文学・演劇のことである。

大戦前から大戦中にかけてドイツと同様に言論・思想の自由が弾圧され、多くの作家が転向を余儀なくされた日本において、異国に逃れて日本の軍国主義体制を批判することなど考えられなかった。連合国側は勿論のこと、アジアのどこにも日本人亡命者を受け入れる国などなかった。ドイツ語圏亡命作家の足跡と作品を知ることは、戦前の日本文学を考える上で有効な視点の獲得につながる。

大戦末期、J・ローゼンシュトックやM・グルリットは軽井沢へ強制疎開させられた。トーマス・マンの義弟にあたる指揮者クラウス・プリングスハイムも東京の教会に収監された。亡命音楽家は日本でも音楽を奪われた。芸術家迫害は異国の話として片付けることはできない。

本書で取り上げた作品はいずれも芸術としての深い魅力を湛えた、日本では知られざる作品である。各作品の内実を時代背景と関連付けて考察する。文学がとらえた時代、そして時代の直《ただ》中にある文学の在りようを見定めたい。

目次

ナチスと闘った劇作家たち

——もうひとつのドイツ文学——

第一章　亡命文学論序説

マックス・ヘルマン＝ナイセ

〈一〉亡命の歴史

亡命

亡命とは歴史上、様々な時代と地域に広く見られる政治現象である。政治的・宗教的対立や人種的抗争、戦争や革命により迫害され、生命の危険を感じる個人や集団は亡命するか追放される。国家や民族の支配層と対立する人々は自由を著しく阻害され、社会の外部に締め出される。公共空間や言論の場において権力者層との確執が生じ、追放に至る。その際、各時代や民族、国家によって言論・思想の自由の許容度や社会規範の内容は異なる。

ローマ帝国との二度にわたるユダヤ戦争(六六～七〇年及び一三二～一三五年)敗北とエルサレム神殿破壊後のユダヤ人のディアスポラ(離散)は、彼らの歴史を運命づけた集団的亡命である。ユダヤ人はその後、神への強い帰依によって異郷での生活に耐え、帰還への希望を抱きながら生きた。

時代は下って一四九二年、スペイン両王フェルディナンドとイサベルが布告したユダヤ人追放令により、改宗しなかった十数万人のユダヤ人がオランダや北アフリカ、イタリア、トルコなどへ逃れた。

近世フランスで起きたユグノー戦争(一五六二～一五九八年)は王権をめぐる闘争と絡んだ宗教内乱で三十年以上続き、サン・バルテルミーの虐殺(一五七二年)が起きた。アンリ四世がナントの勅令を出し、信仰の自由を認めて内乱は終息した。しかし後にルイ十四世が一六八五年に勅令を廃止して新教徒(ユグノー)を弾圧したため、商工業者を中心に一五万人以上の新教徒《ユグノー》がオランダやドイツ、イギリスなど周辺国へ逃れた。彼らはベルリンの街作りに貢献し、スイスで時計産業の基礎を確立するなど移住先の国に新たな文化的刺激をもたらした。一方で、フランス国内では商工業者の流出により経済が停滞した。

近代ではフランス革命の際、三〇万人の貴族や聖職者らが亡命した。十八世紀後半の三次に及ぶポーランド分割の際にも多数が出国した。ロシアでは一八八一年に起きたポグロム以降一九一〇年までに一〇〇万人のユダヤ系住民が出国し、第二次ロシア革命で一五〇万人の亡命者が続いた。スペイン内戦の際には五〇万人が亡命した。第二次大戦中のヨーロッパの難民は三、〇〇〇万人に及ぶ。

亡命者は難民、避難民と類似した表現である。一般に難民は天災や戦争などで一時的に隣国や国内の他地域へ避難する者を指すが、政治的理由による出国者も「政治難民」と表記する。国連難民条約では、難民は「人種、宗教、国籍、特定の社会集団に属すること、または政治的意見を理由とする迫害を受けるおそれにより国外へ逃れ、本国の庇護を受けられない者」とされる。英語では難民も亡命者も同じ言葉(refugee)で表現する。

亡命者に関する近代最初期の法令としては、一八三三年にベルギーで他国から亡命した政治犯の不引渡(引渡し義務がない)が国内法として実定法化された。その後十九世紀末までにヨーロッパ各国で二国間の不引渡原則が採用された。この原則は第一次大戦までに定着した。

第一次大戦後、国家による力の自由な行使が制限され、戦争違法化が表面化し、近代国際法が見直されていく。国際連盟は一九二一年に国際赤十字の提案を受けて、ロシアからの無国籍難民を救済するため、ノルウェーの北極探検家フリチョフ・ナンセン(一八六一〜一九三〇)を初代難民高等弁務官に任命した。彼はいわゆる「ナンセン・パスポート」を発行し、各国の利害を超えた立場からロシア難民およびギリシャ・トルコ戦争による難民問題解決に取り組み、ノーベル平和賞を受賞した。しかし、国際連盟の力は不十分で国際法も確立していなかったため、亡命者が置かれた立場は極めて困難なものだった。

一九三三年にドイツ・ユダヤ難民のための高等弁務官に任命されたジェームズ・マクドナルドはユダヤ人のパレスチナ定住を支援したが、ナチスのニュルンベルク法施行後に生じたユダヤ人大量脱出に対する国連の対応の不備を批判して一九三五年末に辞任した。国連はドイツのユダヤ人問題を国内問題と見なし、有効な処置を取らなかった。人権尊重という観点が真にクローズアップされるのは第二次大戦後のことである(1)。

一九四八年に国際難民機関(IRO)が設置され、一九五一年に国連難民高等弁務官事務所(UNHCR)が開設され、国連難民条約が採択された。世界人権宣言(一九四八年)の第十四条は「何人も迫害からの保護を他国において求め、かつ享受する権利を有する」と定めている。一九六七年には国連で「亡命者(難民)の地位に関する議定書」が採択された。日本がこれを批准したのは一九八一年である。このように亡命者の立場や権利に関して、歴史的にも国や地域においても大きな違いがある。

本章では主にナチス政権を逃れた亡命作家を中心に、亡命が個人に及ぼす影響、生存のあり方の変化と作家たちの精神的変貌を考察する。

〈二〉 第三帝国時代の亡命作家

追いつめられる作家たち

ユダヤ系オーストリア人作家ヨーゼフ・ロート(一八九四～一九三九)は一九三三年一月三十日、ナチス政権成立の日にパリへ亡命した。半月後、彼は同じくユダヤ系オーストリア人の作家シュテファン・ツヴァイク(一八八一～一九四二)に宛てた手紙に記している。

「大きな破局が近づいています。我々の文学生活も経済生活も破滅状態にあります。全体は新たな戦争に向かいつつあります。野蛮に支配させてしまいました。幻想を抱かないようにしましょう。地獄が支配しています。」(一九三三年二月中旬)

同年四月一日にドイツで起きたユダヤ人ボイコットの直後、ロートはツヴァイクに再度書き送っている。

「突撃隊(SA)はショーウインドーを叩き割るでしょう。人種理論家ギュンターはあなたの姿を典型的なセム族の姿と見なしています。ザルツブルクの生活も安全ではありません。(…)我々の全生涯の仕事は空しいものとなりました。連中があなたを取り違えるのは、あなたがツヴァイクという名前だからでなく、あなたがユダヤ人で文化ボルシェビスト、平和主義者で文明の文士、リベラリストだからです。どの希望も無意味です。(…)どのような形でも抗議してはいけません! 沈黙するのです。さもなくば闘うのです。あなたが賢明と思われる方を。」(一九三三年四月六日)(2)

ツヴァイクは二十歳で迎えた二十世紀を「自由の世紀、世界市民の時代」(『昨日の世界』)と信じ夢見た。しかしその夢は無残にも砕かれた。彼はロートの手紙を受け取った直後に、画家フランス・マゼレールに宛てた手紙で危機感を記している。

「ドイツ学生同盟が昨日、すべての〈非ドイツ的〉書物を焚くよう促す通達を出した。(…)私は亡命者となることを強く嫌悪しています。それは最後の手段です。亡命は大変危険です。残された者は人質となり、生活が困難となります。今や我々の置かれた状況は戦争の時より遥かに危険です。(…)連中の挑発的態度はいずれ最悪の国際間の対立をもたらし、国民的反ユダヤ主義的乱行は民衆を熱狂させます。ナチス政権は外交的成功を必要とするでしょう。私には宿命的展開が予見されます。」(一九三三年四月十五日)(3)

ツヴァイクは結局最悪の選択を迫られ、一九三七年に膨大な蔵書のあるザルツブルクの家を売却し、翌年イギリスへ亡命した。しかし第二次大戦開戦によって敵性外国人と見なされ、同国で取得した家を手放して渡米し、さらに四一年にブラジルへ移住した。

一方、ロートもまたヨーロッパ状勢の悪化と迫り来る戦争の気配に絶望感を深め、慢性アルコール中毒となった。女性作家イルムガルト・コインが三五年に亡命先のオランダで彼に初めて会った時、彼女は「悲しみのために次の瞬間には死にそうな一人の人間を見ている気持ちになりました。彼の丸く青い眼は虚ろで絶望ゆえに凝視し、彼の声は深い悲しみを帯びて」いると感じた。(4)

三九年五月、彼は親しかったエルンスト・トラーが亡命先のアメリカで自殺したことを知った直後にパリのカフェで倒れ、緩慢な自殺ともいえる死を迎えた。ツヴァイクは追悼文を新聞に寄せた。精神病に罹りドイツの病院にいたロートの妻は、ナチスの精神病患者安楽死政策の犠牲になった。

ツヴァイクは死の直前まで取り組み、死後刊行された自伝『昨日の世界』の中で、亡命者の置かれた状況を次のように述べている。

「亡命者の大半がユダヤ人であり、全員がどこかへ行くことを望んでいた。どの国であろうと、北極の氷であろうとサハラの燃えるような砂漠であろうと同じことであり、ただ遠ざかり、もっと先へ行こうとしていた。なぜなら滞在許可期限が切れ、妻子を連れてもっと先へ、異郷の星の下へ、異国の言語の世界へ、自分を歓迎しない未知の人々の間へ行かなければならなかった。(…)

その民族は二千年来これ以上放浪する必要がなくなり、休む足下に大地、静かで平和な大地を感じること以上を求めない民族だった。(…)

二十世紀のユダヤ人の悲劇の最たることは、彼らが悲劇に苦しみながら、その悲劇の内にいかなる意味も罪も見出せないことにある。(…)

二十世紀のユダヤ人は自分たちがユダヤ人であることを誇りとしてよりも重荷として感じ、いかなる使命も意識していなかった。自分たちの周囲の諸民族に同化し、その仲間となり、普遍的なものに融け入ることが彼らの目的だった。あらゆる迫害に対して安らぎを、永遠の逃走の途上で休息を得ることだけを一層求めた。(5)」(抄訳)

ツヴァイクにとって老境にさしかかった年齢で故郷から追い立てられる体験は致命的で、新たな環境への順応は難しく、鬱状態に陥り、厭世観を強めた。詩人マックス・ヘルマン＝ナイセに宛てた手紙には、「老樹は移植すると枯れる」(一九四〇年六月)と記している。別の知人に宛てた手紙(一九四一年十一月)で彼は、異国にあって母国語を忘れてしまう不安を述べ、「自分自身との一致を見出せず、どこにも所属せず、遊牧民のようにさまよい、不自由な立場」を嘆いている。

一九四二年にブラジルが中立から親米に転じ、枢軸国との国交を断絶した結果、ツヴァイクはここでも敵性外国人という立場に立たされた。さらにシンガポールでイギリス軍が日本軍に降伏した。個人的運命だけでなく、文明の将来に悲観した彼は次のような内容の遺書を遺し、再婚間もない年若い妻と自殺した。

「母国語の世界が私にとって滅び、ヨーロッパという精神的故郷が自己否定した。六十歳を過ぎ、新たにすべてを始めるには特別な力が必要です。私の力は長年の故郷なき放浪によって尽きてしまった。」(一九四二年二月二十二日)

毒舌で知られる批評家クルト・トゥホルスキー(一八九〇~一九三五)は社民党系の『前進』に寄稿し、第一次大戦の際には三年間召集され、戦後は雑誌『世界舞台《ヴェルトビューネ》』を中心に批評活動を展開し、一九二四年から新聞特派員として五年間パリに滞在した。二五年にヒンデンブルクが大統領に選出されたことに失望した彼はドイツに見切りをつけ、二九年にはスウェーデンに移住した。

彼は警世家としての本領を示す詩「ドイツよ目覚めよ」(一九三三)の中で次のように述べている。


ナチは死の花輪を編む。ドイツよおまえはそれを見ないのか。(…)

ナチは搾取者のために闘う。ドイツよおまえはそれを耳にしないのか。(…)

ナチはおまえの死刑判決を語る。ドイツよおまえはそれを感じないのか。(…)

我々はすべてを知っている。奴らは我々を閉じ込め唾を吐く。我々は解体され禁足となる。(…)

我々は騒乱の到来を感じている。

ドイツは眠り込み、我々は目覚めている。


彼は盟友ヴァルター・ハーゼンクレーファーに宛てた手紙の中で記す。

「ナチスに逮捕、投獄されたジャーナリスト、オシエツキーの殉教的行動は効果なく、無意味である。少数の独裁者に抑圧された多数者のために闘うことはできても、多数者が望むことの反対を民衆に説くことはできない。ドイツ国内で反対勢力が形成されなければ、国外での反対行動は成功しない。」

（一九三三年三月四日）(6)

彼はこの悲観的な見通しを覆せず、持病の進行もあり一九三五年十二月末に亡命先のスウェーデンで自殺した。

手紙に記されたカール・フォン・オシエツキー（一八八九〜一九三八）は雑誌『世界舞台《ヴェルトビューネ》』の編集者として反戦平和の立場からドイツの再軍備を暴露した記事を掲載し、当局に繰り返し告訴され、一九三一年には大逆罪で一年半の刑を受けて収監され、翌年末に恩赦により釈放された。しかし三三年二月二十七日の国会放火事件の翌朝逮捕され、強制収容所に送られ、虐待された。エルンスト・トラーやマン兄弟、アインシュタインやバートランド・ラッセルら各国知識人の働きかけによって三六年秋にノーベル平和賞が決定したが、ナチスは受賞を認めず、彼は一九三八年五月にベルリンの病院で亡くなった。

一方、トゥホルスキーの手紙を受け取ったユダヤ系の劇作家ハーゼンクレーファー（一八九〇〜一九四〇）は父親に従ってオックスフォードとローザンヌ大学で法律を学んだが、父親の意思に反発して文学に転進した。彼は父親と息子の対立を戯曲『息子』（一九一四年作、一九一六年初演）に描き、表現主義演劇の担い手となった。第一次大戦に志願したが、神経を病み除隊した。戦後の二四年から四年間特派員としてパリで生活し、トゥホルスキーと親交を結び、喜劇『クリストフ・コロンブスあるいはアメリカの発見』（一九三二）を共作した。三三年に南仏ニースに亡命し、三七年イタリア、フィレンツェ郊外に移住したが、翌年四月にヒトラーのイタリア訪問の際に拘留された。釈放後彼はロンドンに亡命し、南仏に移り、再び拘留され、フランスが休戦協定を結んだ一九四〇年六月二十二日に南仏の収容所で自殺した。抑留体験を記した小説『権利なき人々』は遺稿として戦後刊行された。

亡命の致命的性格

亡命がもたらす状況の致命的な特性を挙げてみる。まずそれは祖国(母国)との切断、共同体からの無一文の追放に等しく、所属する社会で築き上げた財産、職業、身分、資格や国籍(市民権)、法的諸権利、年金、人間関係を喪失する。結果として生じる物質的窮乏および慣れ親しんだ生活環境の喪失。市民的日常性の解体。故郷や愛着する光景との訣別。家族、友人との離別。残された家族が身代わりになり投獄される場合もある。デラシネ(根こぎ)。それまで一市民として国家、社会の中で見えざる関係性の網目の間に身を保持してきた、そうしたあらゆる関係性を一度に奪われる。文化的ネットワークの喪失。祖国や一定の生活圏と結びついたアイデンティティの崩壊。過去との連続性およびその延長上にある人生行路の切断。多くの場合、出国に向けた猶予期間や準備の余地もない。

フランス革命後、自由主義的言動からナポレオンと対立し亡命を繰り返した作家スタール夫人(一七六六〜一八一七)は自伝『亡命十年』(死後刊行)の中で記している。

「私が亡命を死に比べるとしたらみんなは驚くだろう。しかし古代の偉人であれ、現代の偉人であれ、この苦痛には耐えられぬであろう。(7)」

一九三三年にドイツから亡命した政治思想家ハンナ・アーレント(一九〇六〜一九七五)は「我ら亡命

者」(一九四三)という一文で次のように記している。

「亡命者とは本来、特定の行為を犯したり、特定の政治的見解を抱くため逃亡せざるをえない人を指す。我々はいかなる(犯罪)行為も犯していないし、過激な政治的見解も抱いていないにもかかわらず亡命者となった。(…)

我々は生まれ故郷、すなわち日常生活の親しみを失った。我々は自らの職業、すなわちこの世で何か役立っているという確信を失った。我々は母語、すなわち自然な反応、素朴な身振り、感情の自然な表現を失った。我々は両親をポーランドのゲットーに置き去りにし、親友たちは強制収容所で殺された。これは我々の私生活が破壊されたことを意味する。(…)

我々は迫害を受けた最初の非宗教的ユダヤ人である。ヨーロッパ諸民族の友好が破壊されたのは、最も弱小の民族が締め出され、迫害されるのを許した時である。[8]」

亡命は異国での無権利状態をもたらす。国際法が確立していない段階にあって、亡命者には法的な庇護や権利の後ろ盾がない。各国の個別な亡命者・難民規定によって取り扱われる。政治的亡命者は経済難民と区別されにくい。不安定な身分で、再追放の不安を抱える。亡命者は生活習慣や宗教観の違いと周囲の無理解に直面する。移住と異なり、生活の展望や計画性に欠ける。母国における資格や身分が活かせず、医師や弁護士、官吏、教師といった一定のステータスを示す職業に異国で継続して従事できず、ゼロから再出発しなければならない。言葉の問題も重なる。各国の失業問題を悪化させるお荷物的存在。公共空間における相互承認的な人間関係が崩壊する。異国での定住の困難と祖国への郷愁のはざまで宙吊りとなる。異国に生きる異邦人として剝き出しの実存的状況に投げ出される。

アーレントは『全体主義の起源』の中で、亡命し法的権利を失った無国籍者の立場に関して次のように指摘する。

「無権利者が被った第一の損失は故郷の喪失だった。故郷の喪失と同時に無権利者は彼らの政府の庇護を失った。(…)現代の亡命者は何らかの行為もしくは思想の故に迫害されるのではなく、生まれによって定められた変更の余地のないことを理由に迫害されている。――よからぬ人種や階級に生まれたとか。彼らは絶対的に潔白でありながら人間世界に受け入れられない。(…)

個別の権利のどれか一つを失っても、人権の喪失という言葉が当てはまる唯一の状態である完全な無権利状態を必ずしも結果としてもたらさない。無権利者の不幸は、生命、自由、幸福追求、法の下の平等、思想の自由を奪われていることではない。これらは所与の共同体内部の諸権利を解決するために定式化されたものである。無権利状態とは、もはやいかなる種類の共同体にも属さないという事実からのみ生まれる。(…)諸権利を持つ権利というものが存在する。

奴隷はその労働を必要とされ、利用され、搾取されることによって人間世界の枠の中にとにかく組み入れられていた。奴隷はまだしも一定の社会的、政治的関係の中で生きていたが、難民収容所の人間や強制収容所の囚人はそのような関係を完全に失ってしまった最初の人びとだった。(…)

権利とは具体的にある国民の権利でしかあり得ない。自然法も神の戒律ももはや法の源泉たり得ないとすれば、残る唯一の源泉は国民国家《ネイション》しかないと思われる。国民としての権利の喪失は、十八世紀以来人権として数えられてきた諸権利を失うという結果をもたらしてきた。これらの権利の回復はユダヤ人とイスラエル国家の例が示すように、これまでは一国の国民としての権利の確立による以外には不可能だった(9)。」

アーレントが指摘するように、所有権等の諸権利は国家の枠組みの中で保証されてきた。それゆえ追放や亡命は国家による個人の自由と尊厳の侵害をもたらす。亡命者は法による庇護と権利を失うだけでなく、母国に迫害される立場に置かれる。国内外において非国民、反体制派の烙印を押される。母国にいた時には日常生活から離れたものとして政治を意識するだけだった人々も亡命後、絶えず自己の置かれた政治的立場を意識しながら生きる必要に迫られる。母国にいた際、新政権の台頭に抵抗しなかった、抵抗しきれなかったことに対する後悔や自責の念が起きる。

国内亡命

亡命は出国の日に始まるのではない。排外的な勢力が台頭し独裁体制が成立する中で、敵対勢力に対する圧力、一種の村八分状態、権利の剝奪や追放の威嚇など社会的心理的攻勢が生じる。ナチスは政権成立後には執筆を禁止する作家を予め名指しで公表していた。高齢や病気、異国に身元保証人がいない、国外で就労や生活の見通しが立たない、独裁政権の崩壊を期待して先祖から受け継いだ家を捨てきれないなど様々な事情で国外亡命に踏み切れない人々は国内亡命へと追い込まれる。

画家ケーテ・コルヴィッツ(一八六七〜一九四五)はハインリヒ・マンとともにナチス政権成立前の一九三三年二月十五日にプロイセン芸術アカデミーから退会を強要された。彼女と親しかった彫刻家・劇作家エルンスト・バルラッハ(一八七〇〜一九三八)も老齢で外国移住のあてもなく、制作を禁止されたまま国内に留まった。バルラッハの作品は頽廃芸術展に出され、彼の彫刻は教会などから撤去、没収された。コルヴィッツの孫は徴兵されロシアで戦死した。彼らには亡命という選択肢が与えられず、迫害されながらも国内に留まる他なかった。コルヴィッツはバルラッハの死を看取った。

一九〇〇年に結成されたベルリン分離派の主導者で世紀転換期ドイツを代表する画家マックス・リーバーマン(一八四七〜一九三五)もプロイセン芸術アカデミーからの退会を強要された。退会に際し、彼は次のように述べている。

「私は生涯を通じ全力をあげてドイツ芸術に奉仕しようと努めてきました。私は芸術は政治や血統とは何の関わりもないと確信しています。私の立場がもはや無効であるならば、三十年以上の正会員で十二年以上にわたり総裁を務めたプロイセン芸術アカデミーにこれ以上は所属できません。」(一九三三年五月十一日)(10)

彼はすでに八十歳を過ぎ、名誉を奪われたままドイツで二年後亡くなった。

オットー・ディックス(一八九一〜一九六九)は兵士として体験した第一次大戦の悲惨な記憶をもとに一連の絵画を発表した。ナチス政権成立によりドレスデン美術学校教授の職を追われ、制作が禁止され、一時拘束されたが、南ドイツのスイス国境に近い村に留まって密かに制作を続けた。

作家リカルダ・フーフ(一八六四~一九四七)はナチス政権の文化統制に抗議する書簡をプロイセン芸術アカデミー総裁に送り、自ら進んで退会した。

「ドイツとは何か、ドイツ性はいかにして確証されるかに関しては様々な意見があります。現政権が国民的見解と規定するものは私のドイツ性ではありません。文化統制や強制、野蛮なやり方、異なる思想の持ち主を排除することは非ドイツ的で不幸をもたらします。」(同年四月九日)[11]

彼女は既に七十歳近い高齢で国内に留まり、当局に睨まれたケーテ・コルヴィッツとの親交も続け、当局の圧迫を受けながらも執筆を続けた。戦後、フーフはソ連当局の協力要請を断り、一九四七年に西側占領地区へ移り、同年末に亡くなった。

ヴァルター・ベンヤミンの母方の従妹であるユダヤ系女流詩人ゲルトルート・コルマー(一八九四~一九四三)は他の三姉妹が出国した後も故郷に残る老父の傍らに留まった。しかし四一年に老父は強制収容所に送られ、ゲルトルート自身も四三年まで強制労働に従事した後、連行され消息を絶った。彼女のようにドイツに留まったユダヤ人は国内亡命する余地さえなかった。彼女が密かに書き綴った詩(「われらユダヤ人」等)には圧制者に対する激しい憤りと抵抗精神が示されている。

エリーザベト・ランゲッサー(一八九九~一九五〇)は半ユダヤ系のため三六年に発禁処分となり、四四年末には多発性硬化症の身で強制労働に従事させられた。彼女には没後、ビューヒナー賞が贈られた。

エーリヒ・ケストナー(一八九九〜一九七四)は焚書の対象となり、執筆や出版が禁止されながら国内に留まった。イルムガルト・コイン(一九一〇〜一九八二)は著書が発禁となり、損害賠償請求をして尋問され、亡命した。オランダにドイツ軍が進駐して身分証明書を没収され、無一文となり亡命生活が続けられず、四〇年に密かに帰国した。自殺の誤報が流れたため、彼女は終戦まで国内に潜伏した。

作家エルンスト・ヴィーヒェルト(一八八七〜一九五〇)は第一次大戦に将校として参戦し、『森』(一九二〇)や『死の狼』(一九二四)で反革命的な人物を描いたが、次第に時代から距離をおいた作品世界に向かった。キリスト教的立場からナチスの文化統制に反発し、ナチスに抵抗する告白教会のマルティン・ニーメラーを支持したため、三八年には二ヵ月余りブーヘンヴァルト強制収容所に拘留された。釈放後も監視されたが、ドイツに留まり、『単純な生活』(一九三九)などプロイセンの超俗的な田園生活を描き、禁書とならず愛読された。終戦後の四六年に『死者の森』で収容所体験を語り、戦中と変わらないドイツ人の考え方に失望し、四八年にスイスに移住した。

医師でもあったハンス・カロッサ(一八七八〜一九五六)はナチスによる新アカデミーへの参加を拒み、国内に留まった。四一年にはナチスが創設したヨーロッパ作家同盟の会長職を押し付けられ、ヒトラーの誕生日の祝辞を強要され、ナチス支持者として四四年にはスイス入国を拒否された。戦後、『狂った世界』(一九五一)でナチス政権下の日々を振り返り、国内に留まった者の苦悩を記した。[12] ナチスに協力しなければ執筆できなかった作家の場合、どこまで面従腹背だったかは容易には判断できない。

エルンスト・ユンガー(一八九五〜一九九八)は第一次大戦に志願兵として参加し、幾度も重傷を負い、最高位の勲章を授与された。戦時中の日記『鉄の嵐』(一九二〇)や『内面的体験としての戦い』(一九二二）などでは戦争と英雄主義、戦友愛などを称揚した。『総動員』（一九三〇）や『労働者』（一九三二）などヴァイマル共和国時代後期の作品では労働者階級と国家主義の統合を志向し、ナチスの世界観と通じる側面がある。ナチス政権成立後、彼は芸術アカデミーへの入会を拒み、審美的立場からナチスと一線を画し、『大理石の断崖の上で』（一九三九）には戦争批判や暴力批判が見られる。大戦中、彼は四四年までドイツ軍指揮官としてパリに駐在したが、同年七月二十日に起きたヒトラー暗殺未遂事件への関与を疑われ、国防軍を罷免され、逮捕は免れたが監視された。ユンガーが辿った軌跡も国内亡命作家が置かれた立場の困難さを物語る。

亡命の片道切符

亡命当初、亡命者たちは独裁政権が経済的失政や統治の失敗から、民衆の失望と反発を招き、短命に終わると見ていた。社民党代表オットー・ヴェールスはナチス政権が長続きしないと論評し、同党のルドルフ・ブライトシャイトは「保守反動は最後の切札を出した」と見なした。ブレヒトもそうした見通しから隣国の国境近くに身を置き、ドイツ国内の動静を窺っていた。

しかしナチス政権が体制を固め、外交上の勝利を重ねて長期化した結果、亡命者が帰国できる見込みは遠退いた。帰国を希望しつつ流浪するなか、孤独が深まり絶望へといたる。希望と絶望の狭間を翻弄され、さまよい続ける精神的悲惨。亡命の期間も帰国のめども見通せず、帰国はついに果たされず、亡命は片道切符に終わる。

レオンハルト・フランク（一八八二〜一九六一）は第一次大戦中にスイスへ逃れた体験があり、一九三三年にフランス亡命後、幾度か拘留され、四〇年にアメリカへ逃れた。彼は「心臓のある左側」(一九五二)という一文で記している。

「歳月を重ねる中で祖国へ戻れるという希望は色褪せ、失われていった。〈根無し草(根こぎ)〉という言葉が残酷な意味を持つ。亡命者の居場所はなく、生きるために仕事に就こうとすれば犬のように扱われる。就労禁止や国外追放を受け、亡命者は多くの人にとってはもはや生きるに値しないような生を救済する。亡命作家にとって生涯の仕事は途絶え、母国語と隔絶し、読者の反響はなく、作家たりえない。彼は石のヴァイオリンを弾き、弦のないピアノを弾くのだ。ヨーロッパとアメリカの生活構成は異なり、人生観も異なり、アメリカに七年間滞在するが、アメリカの本質を叙述することは難しい[13]。」

亡命者は亡命先の国で発言する権利と場を持たず、その国の政策決定に影響力を持たない。亡命知識人はヴァイマル共和国時代以来の反ナチス勢力間の分裂状態や大衆組織の軽視という傾向を引き摺り、亡命中も政治的統一が図られず、政治的実践に至らなかった。多数の亡命雑誌が様々な立場の意見を掲載するに留まった。ハインリヒ・マンらを中心とするドイツ人民戦線も見るべき政治的成果を収めることはできなかった。

ウィーン出身の劇評家アルフレート・ポルガー(一八七三〜一九五五)はスイス、フランスを経てアメリカへ亡命した。彼は戦後発表した「亡命への道は厳しい」という一文に記している。

「多くの人々が避難先の国で破滅し亡くなった。運良くビザを入手して逃れた者もフランスの収容所の恐ろしさを体験し、何年も片隅に身を潜め、幾度も国境を越え、生き延びるという根源的な課題の克服に肉体と精神の諸力を使い果たし、安全な岸辺へ辿り着いた後、今度は悲嘆の時を切り抜けなければならない。ナチス・ドイツに残った者は初めは食と仕事にありつき、戦争が始まると他国を侵略し略奪品を得るが、空襲で家が破壊され、困難と恐怖、孤立を体験し、故郷にあって亡命者と同じ運命に苦しむ(14)。」

亡命者は祖国と受入れ国との間に外交問題を起こし、受入れ国の内政問題を引き起こす厄介な異端児《ジョーカー》的存在である。受入れ国内の相手国政権支持派の反発を招き、相手国と問題を起こすことを嫌う保守派に厄介者扱いされる。古くからのドイツ系移住者、移民は帝政時代の愛国的保守的な教養を身につけ、ドイツの新政権に敵対する亡命者に反発した。亡命者や難民の多くが生産に結びつかず、受入れ国にとって経済的にも負担となる。国内労働者の働き口を奪い、失業問題を悪化させる懸念から受入れ制限が設けられる。

後から来た亡命者は定住を拒否され、さらに別の最終受入れ国を目指してさまよい続ける。米国上陸を拒否されヨーロッパ大陸に戻ったセントルイス号の悲劇は、戦後『さすらいの航海』として映画化された。革命家トロツキーの場合、亡命先の国を追放され、あるいは身の危険を避けるため亡命先を移り続けながら、ついに安住の地を見出すことはできなかった。ブレヒトは『亡命者の対話』の中で国から国へと渡り歩いていく自己の運命を述べている。

異言語の壁

異国に逃れた亡命者にとって異言語の壁が意思の疎通を妨げる。作家の場合、母国語で作品を執筆しても刊行のあてがない。読者不在。母国の読者に読まれず、誰に向かって書くのかという苦悩。異文化との軋轢。言葉に対する無力感にとらわれる。

詩人ハンス・ザール(一九〇二〜一九九三)は一九三三年チェコに亡命し、翌年スイスを経てフランスに移った。彼は母国語という生活環境を喪失した体験を亡命中の詩「言葉のパン」(別題「まもなく忘却が私を覆う」)に記している。

私は長いあいだドイツ語を一言も話していない。
私は沈黙したまま異国を通り過ぎる。
言葉のパンのかけらしか残っていない。(…)
母国語という弦楽器《リュート》は黙したまま。(…)
森がこのようによそよそしく匂うことはなかった。
どんなメルヒェンも妖精も私に呼びかけない。
私は長いあいだドイツ語を一言も話していない。
まもなく忘却が雪のように私を覆う。

異国にあって母国語を喪失したことで、詩人には周囲の環境との生き生きとした感性的な交感さえ体験できない。
スペイン系ユダヤ人の子としてブルガリアに生まれ、イギリス、スイス、ドイツ、オーストリア各国を渡り歩くように生活したエリアス・カネッティ(一九〇五～一九九四)は一九三八年にパリを経てロンドンに亡命した。彼は「言葉の古い安定」(一九四三)という一文で次のように記している。

「古来、言葉には物に名前を与えるという自信があった。しかし亡命作家は言葉の空気から隔絶し、命名する力を失った。異言語の世界に移住し、名前の記憶が失われ、言葉を運ぶ生きた風が吹かなくなる。(15)」

亡命者は異国にあって言葉の力を失っただけでなく、歴史的に類推しがたいナチズムの残虐性をどう捉え、分析し表現するかに困惑した。哲学者エルンスト・ブロッホ(一八八五～一九七七)は一九三三年スイスに亡命し、三六年にチェコに移った。彼は「ナチスといわく言い難きもの」(一九三八年、雑誌『言葉《ヴォルト》』)の中で次のように指摘している。

「我々はナチスの犯罪を正確に特徴付ける言葉が乏しいことに悩んでいる。歴史的に詐欺師や血に汚れた政府は多くあるが、ナチスにはそれとは異なった性格があり、それを表現する言葉は決まり文句に終わりがちである。不正に震撼させられた人々は事物を客観的に述べるのではなく、道徳的に述べる。喜劇的風刺的描写も倫理的パトスを持たなければへたな冗談に堕す。人間は苦しみを語るすべを心得ている。彼は彼の見た地獄を的確に言葉に置き換える。それゆえ『ジンプリツィシムスの冒険』を読めば今でも三十年戦争を体験する。大きな犯罪を精密に描くことはできる。しかし反ファシズム文学は今日蔓延している事態を後世が想像し得る作品をまだ多く書いていない。ナチスの地獄全体を描いた作品はない[16]。」

彼はナチスに対しては道徳的非難を行っても無意味であるゆえに、まずは事実と風刺の記述が有効である、と述べている。やがて亡命作家はドイツやポーランドに設置された強制収容所における大量虐殺の噂を耳にし、そうした言語に絶した事態をいかに捉え表現すべきかに苦慮することになる。

E・ブロッホは三八年にドイツ軍のチェコ侵攻を避け渡米した。ニューヨークで行った講演「破壊された言語、破壊された文化」(一九三九)では次のように述べている。

「言語を破壊すれば文化も破壊することができる。逆に言えば、文化を形成する言語を用いずに文化は保持されず、発展しない。人種の坩堝《るつぼ》アメリカでは英語を用いることでアメリカ的生存と意識の中に入る。しかし母国語以外の異言語で確実かつ生産的な仕事ができる作家は稀である。異言語でニュアンスや鋭さ、深みを表現することは難しく、真の文学や哲学は生まれない。個性は文体に反映され、逆に文体が個性を作る。言語は人間同士の経済的イデオロギー的関係を媒介する[17]。」

トーマス・マンやヘルマン・ブロッホを含め、アメリカ亡命後、同国の風土、人間、文化を文学的に形象化できた作家はほとんどいない。彼らは亡命先の国の文化的風景に完全に溶け込むには至らず、あくまでも異邦人として留まる。

〈三〉 亡命の詩

風刺から哀悼へ

亡命当初、詩人たちはナチスを揶揄、嘲笑、風刺する詩を書き、ナチスに対する精神的文化的優位性を示そうとした。それはヒトラーの人格的下劣さに相応する「誹謗詩」とも呼ばれた。一九三六年にはブレヒトやL・レオンハルト、E・ヴァイネルトらの反ナチの詩が記された小冊子『ドイツ人のためのドイツ語』がパリで印刷され、密かにドイツに運び込まれた。しかし同政権が安定化し亡命生活が長期化すると、作家たちも疲弊し、風刺に必要な精神的余裕を失っていった。

風刺詩は三九年の第二次大戦開戦後はほとんど書かれなくなる。代わって逃走自体をテーマとする詩や離別の哀しみを記す詩、ナチスの迫害によって亡くなった近親者や同志(E・ミューザム、C・オシエツキー、W・ベンヤミンら)を哀悼する詩が書かれた。異国では詩集刊行のあてもなく、読者も存在しなかった。ブレヒトの詩「抒情詩にとって不都合な時代」の表題が示す通りだった。詩人にとって詩は公表も読まれることも期待できない孤独な運命のつぶやきとなった。

批評家カール・クラウス(一八七四〜一九三六)は毒舌で知られ、ナチスに批判的姿勢を取り続けたが、同政権成立後、主催する雑誌『ファッケル(炬火)』に「あの(ナチスの)世界が目覚めた時、言葉は眠り込む」(一九三三年十月)と暴力支配に対する言葉の無力を述べ、以後ウィーンにあって詩作を絶った。プラハ出身でウィーンで活動したユダヤ系作家フランツ・ヴェルフェルは詩「亡命者の夢の町」(一九三八)で故郷の町が一変した悪夢を描く。

それは三十年も住み慣れた古い路地。
そこに突然、検問のバリケードが道を塞ぎ、
私の手を摑んで、〈身分証を見せろ〉と。
身分証だって?
どこに身分証があるのか!?
嘲笑と憎悪に包まれて、私は蒼ざめ、よろめく。
鉄の鞭に叩かれ、膝を折って倒れる。
唾を吐きかけられ、私は叫ぶ、
〈私は何の罪も犯していない、
私はあなたと同じ言葉を話しただけだ〉と。

マックス・ヘルマン゠ナイセ

詩人マックス・ヘルマン゠ナイセ(一八八六〜一九四一)はシュレジア地方に生まれ、雑誌『アクツィオーン(行動)』や『白冊子』等の表現主義的な雑誌に詩を発表し、F・ヴェルフェルらと交流し、短編

や劇も書いた。一九三三年の国会放火事件直後に非ユダヤ系でありながらスイスに亡命し、滞在期限切れで同国に留まれずパリを経てイギリスへ移り、E・トラーらと亡命ドイツペンクラブを設立する一方で、亡命の苦悩や孤独、悲哀を詩に綴った。詩人の五十歳を記念してチューリヒのオプレヒト書店から刊行された詩集『異邦人の中で』(一九三六)の一篇「古い小道」はこう記されている。

想い出は過ぎし幸福の古い小道を辿り夕暮れの谷に入り行く。
少女たちは沐浴をおえ、輝きを放ちながら家路に着く。(…)
山の湖に霧が流れ、礼拝堂の鐘が鳴るあいだ、
みな静かに夕暮れの祈りを捧げる。
人々は戸口の前に立ち、
森の風、星の光、草原の甲虫の輝きを敬虔に見つめ、
これらの恩寵を情熱的に飲み込み、宿へ戻った。
けれども、いつかこの古い小道を辿っても
過去の幸福へ辿り着けなくなることを予感しなかった。

彼にとって祖国や故郷はもはや追憶の中にしか見出せなかった。想い出という額縁の中で故郷の光景と過去の日々がひときわ輝く。国を追われて初めて祖国が一つのまとまりとして意識される。トーマス・マンは同詩集の序文の中で、詩人が「深い苦悩のさなかにあって示す情感的理性、優美な思慮」を

高く評価している。(18) ロンドンでS・ツヴァイクとE・トラーが詩人の五十歳を祝うささやかな集いを開いたことが、亡命時代の唯一の慰めとなった。

同年作で死後刊行された詩「私はかつてドイツの詩人だった」は呟くように詠う。

私はかつてドイツの詩人だった。
故郷は私の調べの中に響いた。
故郷の生活が私の詩《うた》に読み取れた。
私の詩《うた》は故郷とともに移ろい、栄えた。

故郷は私に誠実ではなかった。
悪しき本能に身を委ねた。
それでも私は理想の姿を思い描くことができ、
その姿に忠実だった。

遥か異郷にあって私はその面影を優しく思い出し、
言葉で身近に思い描く。
夕焼けに浮かぶ切妻の屋根、燕の飛翔、
そこで私に起きたあらゆる幸福を。

異郷では誰も私の詩を読まず、
私の魂に言葉を語りかけるものはない。
私はかつてドイツの詩人だった。
今、私の人生は私の詩と同じく悪夢となる。

異国に露命をつなぐ薄幸な境遇にあって、詩人が思い描く故郷の過去の日々は一層の郷愁に包まれる。故郷の風物とのみ内的な絆を感じていた彼にとって異国の大都会ロンドンは自然さえもよそよそしい。彼が思い描く故郷の自然は亡命の絶望的な状況の裏返しである。

詩「出発を見越して」(一九三八)には追放の不安が記されている。

常に出発を見越して、トランクを空にすることなく、ホテルや安宿に暮らす。
サーカス芸人より頻繁に住処を変えながら、郷愁に心やつれる。(…)
異国にあって好意が友情の絆で包んでくれることを密かに期待する。
しかしやはり余所者《よそ》で孤独なまま
訪れることのない奇跡を待ち焦がれ、運命を呪う。(…)
故郷で親しかった者もお前を避ける。(…)
ようやく異国の振る舞いに慣れ、郷愁を乗り越え、
新たな国で休息し人生を終えようとした時、

役所の文書が死の知らせによって腰を据える間もなく
ねぐらからお前を追い立てる。
　お前は至る所で追放され、拒否され、世界をさまよう。

　三九年五月には親交のあった反ナチの闘士E・トラーがニューヨークで自殺を遂げ、亡命者たちに動揺を与えた。同年九月の第二次大戦開戦後、ロンドンも空襲され、ドイツ人亡命者は敵性外国人として冷遇された。もはやドイツ国内の人々に呼びかけることも密かに連絡を取ることもできなくなった。四〇年六月にはロンドンで唯一親交のあったS・ツヴァイクが渡米し、詩人にはもはや相談相手も理解者もなかった。同年に書かれた別の詩(無題)の一節には迫害の果てに待ち受ける強制収容所における死の予感が記されている。

怖れと闇だけがおまえの運命となり、
自分という存在が人間的で偉大だったことを忘れ、
ただ絶滅から逃れることだけを求めるだろう。(…)
やがて最後の運命がおまえに下るだろう。
冥府《ハーデス》へ、共同墓地へ落ちよ、と。
そこから我々は二度と蘇ることはない!

すでに三三年の詩「逃走の小休止」にも、「絶滅が我らを襲う前にしばし生を味わわせたまえ」と記されている。彼は亡命当初から集団の「絶滅」を予感していた。

詩「故郷喪失」（一九四一年作、死後刊行）は表題通り、異郷をさまよう故郷喪失者の悲哀を詠う。

故郷を失った我々は救いなく空しく異郷の迷路をさまよう。
夏の夕暮れの風に吹かれながら
土地の人々は戸口の前で親しげに話している。
風はカーテンをそっとそよがし
失って久しい居室の確かな平安を垣間見せ、
残酷にも我々の前で再びカーテンを閉ざす。
路地の主なき猫や濡れた草地で夜を過ごす乞食も、
故郷という幸福を罪なくして失い
異郷の迷路をさまよう者のように、
追い立てられ見棄てられはしない。
土地の人々は戸口の前で夢見、
我々が彼らの影であることを知らない。

この詩には、故郷喪失者は異国にあって乞食よりも惨めである、乞食は家はなくとも生まれた国にあって追放や迫害の不安から免れている、という認識と悲哀を示している。詩人の最後の拠り所は言葉以外にはなかった。詩「私には詩《うた》がある」(同年作、死後の四二年に妻が刊行した詩人の同名の未刊行詩のアンソロジーに収録)には追いつめられた詩人の極限の自覚が示されている。

何が起きようと私には詩《うた》がある。
私の王国はこの世界とは関わりない。
私は殉教者でも英雄でもない。
私は心に響きこだまするものすべてに耳傾ける。
たとえ他のあらゆる幸福が失われたとしても、
私には詩《うた》がある。

詩人は母国語の内に、自分が失った一切を補償するものを見出そうとした。詩には地上のすべての幸福が失われたという悲哀と、それでもなお詩に自己を支える価値を見出す詩人としての自負が見られる。ナチスが破壊し汚した伝統文化を保持するかのように、彼の詩は伝統的形式に則り脚韻を踏んでいる。翻訳では伝わり難いが、伝統的詩形への回帰は他の亡命詩人にも見られる。

詩「光は次々に消える」(同じく死後刊行)は希望を失って闇に閉ざされていく彼の精神状態を示す。

光は次々に消える。
家は一層暗くなる。
私はランプのかさの側に一人佇む。
深夜の灯台守のように
人々が眠るあいだ目覚め、
海の上にいる不安を覚える。(…)
永遠に門は閉ざされ、
鍵は失われ、
私は敵に包囲されている。
生家は崩れ、
光は次々に消える。
世界は一層暗くなる。

彼の詩には放浪のユダヤ人と同様の亡命者の孤独と郷愁、追放の不安と諦念が悲歌、哀歌として呟くように繰り返される。異国の酷薄な亡命生活にあって、故郷の幸福だった日々が一層の輝きを放って蘇る。彼は言葉に最後の拠り所と救いを求め、書くことで自己を慰撫し絶望を回避しようとした。平安だった過去の記憶に縋ることで、現在をつかの間、凌ごうとする姿が痛々しく胸に迫る。

彼が亡命中に書いた詩は三〇〇篇にのぼり、当時これほど多くの詩を亡命中に書いた詩人は稀である。S・ツヴァイクは「あなたの詩はこの時代のもっとも純粋な文学的記録である」と手紙(一九三九年九月)に記した。身障者で虚弱だった彼は大戦中ロンドンで心臓発作で亡くなった。彼を支え、亡命を共にした妻レニは詩人の死後再婚し、再婚相手が亡くなった直後に自殺した。詩人の後半生の生涯と作品には亡命者の末路が典型的に示されている。

〈四〉 闘う作家たち

禍を転じる

亡命は投獄や身の危険を回避する非自発的な出国であり、生命と最低限の自由を確保する以上の積極的な利点は期待できない。しかし本人の才覚と苦難を引き換えにして、運命の偶然にも支配されながら、結果的に本人の運命を好転させることがある。ただしそれが母国での生活の喪失を穴埋めし、凌ぐ場合は稀である。

亡命体験を通して自由、人間性、抵抗の拠り所としての自負が芽生える。「もうひとつのドイツ」の担い手としての意識。トーマス・マンは「私のいるところにドイツがある」と述べた。このように自負できる者は例外である。

亡命を通して自国の支配体制の限界や問題点を露呈させる。革新、変革、発見へのきっかけをもたらす。国家主義の問題点を体験し、脱国家主義へ向かう契機になる。ナショナリズムを超えたヨーロッパ統合を提起する。民族や国家を超えた新たな枠組み、生活空間の創出へ向かう。

クラウス・マンは自ら発刊した亡命雑誌『ザムルンク（集合）』（一九三三）の巻頭の一文で、ドイツを超えた理性的なヨーロッパを求める。そして、亡命者は様々な国に散って仕事をし、身近に危険が迫りながら、我々の人生に必要で侵すべからざるものを幾らかでも救い出し、なおも信じる未来に送り届ける、と決意を述べる。

彼はまた、「我々が統一すればファシズムは死滅しうる」（一九三五年、雑誌『反撃』）という一文で、反ファシズム勢力の分裂がファシズムを増大させた、ヨーロッパ統一を視野に入れる必要がある、と記している。

アンナ・ゼーガースは一九三三年にフランスに亡命し、一九四一年にドイツ軍占領下のフランスからメキシコへ逃れた。彼女は「根底からの変革を」（一九三八年、雑誌『言葉《ヴォルト》』）という一文で記す。

「単なる〈（ナチス）反対〉ではなく、根底から変わること。ファシズムが総動員を始めるならば、我々は全く異なる秩序に基づく諸力の総動員を始めなければならない。ファシズムが青年に危険な生を夢見させることに対し、我々は根底から異なる生の構想を提示する必要がある。エルンスト・ユンガーらが称える〈危険な生〉に対して、ミューザムやオシエツキーたちの生き様を対置することが大切である。(19)」

フランツ・ヴェルフェルは「帝国への帰還」（一九三九）という一文でトロヤの英雄アエネイスが亡命者として幾多の苦難と試練を経てローマ帝国の建国者となった故事を引き、オーストリア・ハンガリー帝国内にドイツ人、チェコ人、スロヴェニア人たちが共生していた史実を述べる。そして普遍的理念が超国家的な社会的帝国、階級支配や経済的命題を超えた自由な魂の共同体を創り上げるという希望を語る。彼やヨーゼフ・ロートのハプスブルク帝国賛美には失われた過去への憧憬という性格が強い。しかし多民族国家ハプスブルク帝国はクーデンホーフ・カレルギーが汎ヨーロッパ主義を提唱する際の具体的モデルとなった。

他にも詩人シュテファン・ゲオルゲの詩的エートスを基礎とする階層国家の構想(H・P・レーヴェンシュタイン)や、共産主義者によるソヴィエトモデルに基づくレーテ共和国構想、E・トラーの抱いた社会主義的多元社会像など多様な構想が夢見られた。

文化移動と異文化接触

亡命者は異国で異文化と接触し、異なる価値観と出合い、摩擦と起伏に満ちた異文化交流を行った。そこで祖国と異国での体験を重層化し、深化させた。そして二重の視点を獲得した。ドイツ人科学者とアメリカ人科学者との交流により研究が促進し、アメリカの科学大国化を加速させ、産業の発展に結びついた。学者間の交流を通じて新たな学問ジャンルが形成促進された。

フランクフルト学派のT・アドルノとM・ホルクハイマーがドイツ流の社会哲学をアメリカに移入した。精神分析学ではエーリヒ・フロムが渡米後、『自由からの逃走』(一九四一)を執筆し、ヘルベルト・マルクーゼが『理性と革命』(一九四一)や『エロスと文明』(一九五五)を発表し、ブルーノ・ベッテルハイムらが活躍した。文化人類学ではレヴィ＝ストロースが言語学者ローマン・ヤーコブソンとの出会いを通して新たに構造人類学を構想した。

政治学ではフランツ・ノイマンが『ビヒモス』(一九四二)の刊行によりアメリカのナチス理解を促進し、外交政策へ関与した。ハンナ・アーレントは渡米後、『全体主義の起源』を始めとする著作を刊行し、公民権運動からヴェトナム戦争まで幅広く意見表明を行った。

文学研究ではルネ・ヴェレクはプラハからイギリスを経て渡米し、比較文学を移入した。エーリヒ・アウエルバッハはトルコ亡命時代に『ミメーシス』を完成させた後、渡米した。美術史ではエルヴィン・パノフスキーの渡米後、アメリカの美術史学は文献学的アプローチから精神史的アプローチへ転換した。A・アインシュタインら科学者の渡米後の核開発に対しては功罪両面が指摘される。

亡命者は受入れ国の文化に影響や刺激を与え、文化を活性化させた。多民族の文化が混交し、新たなライフスタイルや文化の創造をもたらす。画家や音楽家、ダンサーなど非言語系芸術家にとっては国際的に飛躍する好機となる(シャガール、ダリ、クルト・ヴァイル)。映画監督フリッツ・ラングやビリー・ワイルダーは渡米後ハリウッドで活躍し世界的名声を得た(本書第十章参照)。

ロシア革命を機に出国したナボコフはロシア語から英語の執筆へ転換し、アーサー・ケストラーはドイツ語から英語へ転換した。ルネ・シッケレやイヴァン・ゴル、シュテファン・ハイム、ペーター・ド・メンデルスゾーン、ロベルト・ノイマンらは二ヵ国語での執筆能力を身につけ実践した。英語圏に移住し、母国語の読者が期待できない状況下にあって、最もメジャーな言語である英語による執筆が可能ならば、読者を見込め、国際世論への働きかけも期待できた。

異文化の狭間《はざま》で

亡命作家は現状に充足せず、絶えず特権や権力の外部に立つ〈マージナル・マン〉(境界人)という知識人の特性を強めた。彼らは体制と文化の越境者であり、異なる国家と文化圏の狭間に立つ表現者として生きる道を引き受ける。ハインリヒ・マンは「亡命者の課題」(一九三三年、雑誌『新世界舞台《ノイエヴェルトビューネ》』)で次のように記している。

「亡命はより高次な生活権という人間的価値を含んでいる。ヒトラーはユダヤ人をマルクス主義の担い手として憎悪していたが、マルクス主義者はユダヤ人問題に対する関心が薄かった。ユダヤ人憎悪は人間の自由に対するより広範囲な憎悪に組み込まれる。(ナチスという)少数者が勝利し、人間的な諸価値が亡命した。それが帰還する前に事物の関係性が明確化されなければならない。課題は分析、警告、信頼の獲得である。ドイツが信頼に値するのは亡命者がいるからである。

　ドイツは非ゲルマン的文明から脱して、原生林へ回帰する印象を与える。しかし文明もゲルマン的要素なしには完成されない。文明は原生林以上に不透明である。ドイツが文明から何を得、何を与えたかは区別できない。

　(第一次大戦の)敗戦がドイツ人を不安に陥れ、多数者が欺いて少数者を作り出した。亡命者のみが事実と関係性を伝えることができる。亡命者は沈黙した国民の声、最良のドイツである。最悪のドイツが上に立ち、文明を脅かしている。亡命者は大きな代償を払い、関係性を理解した。彼は高価な席から事態を暴露し、警告することになる。」(抄訳)[20]

この一文はナチスを文明に対する野蛮の勝利としてとらえるとともに、亡命者が最良のドイツを代表するという自負と責務を記している。

ブレヒトの盟友としても知られる作家リオン・フォイヒトヴァンガーはアメリカ講演旅行中にナチス政権成立を知り、帰国せずにフランスで亡命生活を送り、一九三九年に南フランスの収容所に拘留され、釈放後スペインを経てアメリカへ逃れた。彼は「亡命の偉大さと悲惨」(一九三八年、雑誌『言葉《ヴォルト》』)で以下のように述べる。


「戦争や革命によって多くの亡命者が生まれたが、ドイツ人亡命者は過去の亡命者よりも過酷な立場にある。ドイツ人亡命者には政治亡命者とユダヤ人というだけで国を追われた者、ナチス政権の強制的な雰囲気を嫌って自発的に出国した者らがいる。彼らは社会的身分や財産を失って出国し、過去の自分とは切り離される。身分証やビザを持たない亡命者を他国は受け入れずに追放する。

苦難は強者を一層強くするが、弱者を一層弱体化する。普段の生活で隠れていた短所が表面化し、長所も急変する。注意深い者は臆病になり、勇気ある者は犯罪に手を染め、倹しい者はけちになる。みな身分証や労働許可、金、新しい故郷、帰郷を求めている。同じ運命と目的を持った亡命者同士が絶えず近くにいて互いに消耗し合い、憎しみが生じる。

定住者の生活は遊牧民《ノマド》的、放浪者的生活とは異なる。日々新たに人生を獲得しなければならない亡命者にとっては放浪者の長所が重要となる。亡命者が持つ権利は少ないが、義務も少ない。彼はより機転が利き、素早く柔軟である。〈転がる石に苔は生えない〉という喩えが生きてくる。亡命は制約をもたらすが、広がりや融通性をもたらし、偉大で本質的なものを見抜く力を与え、非本質的なものに執着しないよう教える。

国から国へと追われた人々は命を失いたくなければより事物について熟慮し、より深く事物を透視しなければならなかった。亡命者の多くは内面的により成熟し、再生し、若返った。人間を地上の陰鬱な客から喜ばしい客に変える〈死して成れ〉という(ゲーテの)言葉こそが彼の体験となる。第三帝国からの追放者こそが、祖国を支配する野蛮な人々を追放する使命を帯びている。」(抄訳)[21]

この一文は亡命という立場を逆手に取って、試練に打ち勝ち、従来の自分を脱皮し、一層高い意識を獲得するよう呼びかけている。フォイヒトヴァンガーは「亡命作家の仕事の問題」(一九四三年、雑誌『自由ドイツ』)では次のように記している。

「亡命の外的特徴は経済的困難と募る些事との絶え間ない闘いである。多くの作家は闘いに憔悴し、亡命の悲喜劇的生より自殺を選ぶ。母国語の生きた流れから切り離されることはつらい体験である。数千の新しい現象には数千の新しい言葉と響きが必要である。外国語は自国語の表現能力を侵食する。外国語の語調が持つ最終的な情緒的価値は習得できない。我々は自分の思考と感情に究極的に適合する文章と語彙を求めて格闘する。翻訳は文意を伝えても雰囲気を失う。

人は自ら望まずとも新しい環境によって変化し、同時に自分が作り出す物も変化する。内的ヴィジョンへ至る道は外的道程を辿る他ない。外部の光景は内なる光景を変えてしまう。

我々の幾人かは青春時代と故郷の内容と形式に内面的に結びついて離れずにいる。死せる過去への没入と周囲の現実生活からの自己遮断、誇り高き孤立は亡命作家の力を殺ぎ、枯渇させる。亡命は人をすり減らし、惨めにさせるとしても、同時に人を鍛え、偉大にする。亡命作家には故郷では体験しないような新しい素材や発想が押し寄せる。

亡命生活を振り返って、作家の仕事を邪魔すると見えた大半のことが最後には救済に転じた。外国語との強いられた接触も最後には豊饒化をもたらした。母国語が提供するものに満足せず、現在あるものを磨き、彫琢し、ついに母国語から新しく鋭い言葉を奪い取る。亡命は過酷な学校である。亡命作家は辛い体験をするだけでなくより賢明となり、新しい世界に対してより公正な判断をし、感謝の念を深め、自己の使命を一層自覚する。」（抄訳）[22]

この一文は亡命を過酷な学校に見立て、受難からも学び取ろうとする彼の強い精神力を示している。精神力によって禍を転じて福となすに至る。亡命が与える体験を肯定的に捉え、外国語との接触も母国語の貧困化でなく豊饒化をもたらすという見方へ転じていく。W・ハーゼンクレーファーやエルンスト・ヴァイスらがフランス亡命中に自殺したことに対し、亡命時代にも旺盛な執筆を行い、フランスで一時収容所に拘留されながらアメリカへ逃れ、経済的にも恵まれた作家ならではの一文である。

トーマス・マンとハンナ・アーレント

トーマス・マンはナチス政権成立後、兄ハインリヒと共にアカデミーを脱退し、一九三三年二月の国外講演旅行中に国会放火事件を知り、そのまま亡命生活に入った。ナチス当局の帰国要請には応じず、亡命当初数年間はスイスに滞在し、同政権に対する態度を保留し公式に表明しなかった。焚書の対象者ではなく、ドイツ国内の読者を失いたくないという気持ちもあり、反ナチ的言動を控え、ドイツで小説の出版も認められた。

彼は一九三六年二月にようやく公式にナチス批判を行い、同年十二月に市民権を剝奪され国内の財産を没収されるに及び、反ナチ運動に積極的に加担していった。三八年秋に渡米し、四〇年十月から終戦まで三年半にわたりほぼ毎月、時には月に二度ドイツ本国に向けたラジオ演説を行い、ドイツ国民に戦況の真実を伝え、反ナチを呼びかけた。

一九四一年四月の演説でマンは、自由こそは西洋の光であり魂であると述べる一方で、ナチズムを分析し、一世紀半以上ドイツ民族が抱き続けた特異なもの、完全な非道徳、獣性であり、あらゆる人間性を破棄し、人間を馴化するすべてに反する発作的暴走、人種神話に従った全面的人種国家であると弾劾した。

四二年九月の演説で彼はユダヤ人迫害に言及し、ユダヤ人抹殺の事実をドイツ国民に伝えている。

「ドイツ人は敗北の結果と虐待された諸民族の報復を怖れるがゆえに戦争へ走り、最悪な事態を甘受している。ユダヤ人は本来ドイツびいきでドイツの唯一の友、代弁者である。彼らは力と権利を奪われ、辱められた。(…)

歴史的にユダヤ人の扱いには中庸、節度があった。支配民族から区別され、官職から締め出され、我慢強く生活しながら、固有のしきたりは干渉されず、自らの文化に従って生きることができた。しかしこうした状況は過ぎ去った。（…）

ゲッベルスはラジオ演説でユダヤ人の抹殺を主張し、ドイツ軍が負けて撤退するならば、途中でユダヤ人を抹殺せよと述べている。ナチスはユダヤ人が戦争を引き起こしたなどと本当に思い込んでいるのだろうか。彼らはユダヤ人を地獄への道連れにしようとしている。（…）

ワルシャワ・ゲットーには五〇万人のユダヤ人が収容されているが、それは墓場に等しい。ポーランドの亡命政権によれば七〇万人のユダヤ人が殺害され、迫害された。フランスの非占領地域からユダヤ人の東方移送が行われている。一一万人のポーランド系ユダヤ人がガス室で殺された報告がある。文明世界はナチスに染まったドイツ人をどのように人間化するか協議している。」（抄訳）[23]

ハンナ・アーレントは一九三三年に反ナチ運動に加担し、一時ゲシュタポに拘束され、同年八月にパリに亡命し、四一年に渡米した。彼女は雑誌『アウフバウ（建設）』に発表した一文「変容の日々」（一九四四年）で、ポーランドの地下新聞をもとにワルシャワ・ゲットーのユダヤ人蜂起の経緯を紹介している。

「ゲットーでは初め、ナチスによる〈強制疎開〉を移住とみなして希望を抱く者もいたが、やがて死への旅立ちという事実が知れ渡るに及び、希望は幻滅に変わり、人々は抵抗する気力さえ起こさなかった。保守派ユダヤ人は抵抗を放棄し、ユダヤ警察はナチスの手先となった。多くのユダヤ人が移住させられるなか、やがて若いシオニストたちを中心に抵抗組織が結成され、一九四三年に蜂起した。住民の多くは傍観していたが、抵抗者はバリケードを築き、ＳＳに激しく抵抗した。地下新聞は〈受身の死は何の価値ももたらさないが、武器を手にした死はユダヤ民族に新たな価値をもたらし得る〉という言葉を伝えている。」（抄訳）(24)

トーマス・マンやアーレントはアメリカにあってドイツに呼びかけ、ドイツやドイツ軍占領地域の動静を世界に伝え、告発する役割を担った。アーレントはユダヤ人迫害の実態を直視しながら、迫害の全体像を歴史的に捉えようとして、『全体主義の起源』（一九四九年脱稿）の執筆に取り組んだ。その一方で、彼女はシオニズム運動から離れ、イスラエル国家の樹立に批判的な立場を取った。

ドイツが降伏文書に調印した直後の一九四五年五月十日のラジオ演説でトーマス・マンは次のように述べている。

「祖国の敗北と屈辱に世界が喝采しているのは大変つらい。ナチスという怪物は死に、ヒトラーという呪いから解放された。ドイツが崩壊を迎える前にもっと早く自らの手で解放を勝ち取っていたならば、解放と人間性への復帰を祝うことができたはずである。（…）

解放は外からやって来た。それは単に物量の差だけではない。ドイツ人は他民族より優秀であるという世間知らずな田舎者の自惚れにすぎない誇大妄想を捨て去ること、ドイツ人の思考と感情をナチス的哲学から徹底的に訣別させることが必要である。（…）

今やドイツが人間性に帰還する大いなる時である。自らの力でそれができなかったことは悲しむべきである。ドイツは拭い去り難い損失を被った。しかし再び自由な精神による人間的な寄与によって、(世界の)尊敬と驚きを勝ち取るであろう。」(抄訳(25))

彼の言葉には亡命先にあって祖国のもたらした悲劇を冷静に見つめ続けた者の、自国民に対する叱正といたわりの念が込められている。自らの手で解放を勝ち取ることができなかったという指摘はドイツの同盟国日本にとっても重い意味を持つ。戦後、マンはドイツを避けスイスへ移住したが、アーレントはアメリカに帰化した。そこにはユダヤ系と非ユダヤ系ドイツ人が祖国から受けた傷の深さや認識の違いが現れている。

マージナル・マン

ハンナ・アーレントは恩師カール・ヤスパース宛の手紙(一九六三)の中で、歴史的に受難と追放の歴史を歩んだユダヤ人のパリア的特性として、「不正義に対する特異な感性、寛大さ、偏見の稀少さ」を挙げ、パリア的存在の長所として、「無頓着さ、ユーモア、私心なき知性、判断力の独立性、ユートピア志向」等を挙げている(26)。これは亡命ユダヤ人のみならず亡命者一般の特性と重なる。

エルンスト・ブロッホは一九三九年六月にアメリカ作家会議の際、亡命者の意識の深化について次のように述べる。

「我々亡命者は過去と未来の間を移動するだけでなく、空間的に中間存在であるという不安を抱いている。亡命者は今日、追放者としての幻滅と危険を集中的になめ尽くしている。しかし彼は二重の国境線に立つ勇気と何の保証もないまま原則を固持することを学んだ。彼は幾つもの国々を通り抜け、様々な人間と階級を知った。(…)

大抵の亡命作家の書く文章は内容的にも責任意識においても以前より深まった。彼らは現代の大きな素材、遅れた光と闇の闘いを一身に体験した。この闘いは個人の運命にまで達するとともに、客観的で的確な表現を要求する。逆にこの闘いによって、客観的であっても以前は抽象的だった事柄を生き生きと視覚的で精確に描くようになる。[27]」

ブロッホはまた先に紹介した講演「破壊された言語、破壊された文化」の最後で次のように述べている。

「我々亡命者はアメリカでの経験と洞察によって豊かになり、ドイツの問題即ち人権問題の解決を図る。我々は人権問題ゆえに祖国を捨てなければならなかったのであり、人権を確かなものにするために然るべき時に帰国する。我々は二つの時代の境界で行動し、マージナル・マン(境界人)として人権に取り組む。」

他方、エドワード・W・サイードは「知的亡命」の中で次のように述べる。

「〈追放／亡命〉はもっとも悲痛な運命の一つであり、近代以前において追放は一種の永遠に呪われた者になることを意味した。二十世紀に追放は特殊な個人にでなく共同体全体、民族全体を対象とした残酷な試練へと変貌した。

追放／亡命者は新たな環境に溶け込むことのない中間状態で漂泊する。彼らは移住先の社会の均質性を攪乱する存在として忌避される。苦い孤独からくる不安感や寂寥感は最後まで癒されることはない。亡命生活は知識人を特権や権力や故郷＝内＝存在から生まれる様々な慰めとは無縁の周辺的人物にしてしまう。」

サイードは亡命者の立場をこう位置付けた上で、知識人の立場との共通性を指摘する。

「知識人にとって比喩的な意味の亡命状態は安住しないこと、動き続けることである。亡命が与える脱中心的視座は知識人の使命を活気づける。知識人の生活は根底において知識と自由に関わる。知識人はマルコ・ポーロに似て旅行者の驚異の感覚を失うことなく、亡命者の二重のパースペクティブを自らのものとし、物事や思想・経験を思いもよらない角度から捉える。状況を必然的なものとしてでなく、偶然で変更可能なものとして捉える。それゆえ既存の制度や権力者を恐れることはない。

亡命知識人は諧謔的で懐疑的で遊戯的でさえある。彼は亡命を喪失や悲嘆としてでなく一種の自由、発見のプロセスとして受け止める。亡命者とは知識人にとってのモデルである。彼は現状よりも確信と実験に心を開く。彼は果敢に試み、変化を代表し、動き続け、決して立ち止まらない。(28)」

サイードはブロッホと同様に、二つの異なる体制、文化の境界領域に立つ亡命者のマージナル・マンとしての立場を積極的に擁護し、知識人の役割と重ね合わす。もっともH・アーレントが指摘するように、「(亡命者として)新しい人格を改めて見出すことは、新しい世界を創造することと同様に困難で絶望的である。」(「我ら亡命者」)[29]

マージナル・マンとしての立場を貫くためには不屈の意志と多大な精神的エネルギーと幸運を必要とする。亡命を通して個人、祖国そして受入れ国は決定的な変容を被るのである。

作家は常に社会と人間の観察者であり、表現者である。作品は個性的に時代と人間を映し出す。特に亡命文学は内在的な作品解釈では捉えきれず、現実の亡命体験と突き合わせる必要がある。作家の置かれた政治的社会的状況に関する考察も必要となる。祖国からの追放・亡命という集団的受難を体験した彼らの生き様に共通の運命の縦糸を見、それが個々の作品にどのように織り込まれているかを見極める必要がある。

S・ツヴァイクはイギリス亡命中の一九三七年にロンドンの避難民宿泊所開設五十周年を記念して講演を行った際、「幾千の亡命者の運命の多様さと悲劇を描くだけの独創力を持つ文学者などはたしているでしょうか」(「亡命者の宿」)と問いかけている。[30]

亡命文学においては個別の作品論だけでなく、祖国への帰還を夢見ながら諸国をさまよった二十世紀ドイツのオデュッセウスたちをめぐる群像としての評伝が書かれる必要がある。亡命途上で捕まった者は強制収容所へ送られた。亡命はショアー(ホロコースト)につながる体験であり、亡命文学の延長上にホロコースト文学がある。

注

本文中の(…)は文の省略を示す。年代の表記に関して、本書で扱う年代の大半は一九〇〇年代のため、例えば「一九三三年」を適宜「三三年」と表記した。作品名の後の括弧内の数字は年号を示す。

(1) 西欧では十八世紀以降、近代国家の確立にともない、追放者や亡命者の国外における処遇に関して、自国で犯罪者と見なされた亡命者の本国引渡しに関する二国間の条約が順次結ばれた。犯罪人引渡しは各国共通の関心事である。その一方で多くの国では犯罪者の本国からの引渡し要求に対して、人権の観点から権力の乱用を防ぐための規定が設けられている。自国の刑法に抵触しない者を引き渡すことは自国刑法秩序の否定につながるとして、双方可罰原則を取るに至っている。ヨーロッパ主要各国で法的に死刑が廃止されたのも第二次大戦後である。

さらに第二次大戦後もイスラエル紛争によるパレスチナ難民、アルジェリア難民(一九六二年)、バングラディシュ難民(一九七一年)、イラクからトルコに逃れるクルド人難民、一九七〇年代のインドネシア難民、ヴェトナムのボートピープル、アフガニスタン難民、ロシアとの紛争によるチェチェン難民、コソボ、ルワンダ、ボスニア、カンボジア、北朝鮮など内戦や飢饉、民族対立が起きた国や独裁国家で数多くの難民が発生している。一九〇〇~八一年までの世界の難民総数は二億五、〇〇〇万人に及ぶ。

日本では一九八二~二〇〇一年の二十年間に二、五〇〇人余りの外国人が難民申請したが、難民認定されたのは二九〇人程にすぎない。最近の一年間の欧米各国における難民認定者数を見ると米国では二万八、〇〇〇人余り、英国では二万七、〇〇〇人余り、ドイツでは二万二、〇〇〇人余りである。さらに難民認定されない不法入国者はヨーロッパ全体で三〇〇万人に及ぶ。亡命・難民問題は多国間にまたがって生じ、一国内では解決されない。

難民と亡命者は統計的に区別し難い。本書では飢饉や天災、戦争で家を失う等の理由から緊急不可避的に隣国へ避難する者を「難民」または「避難民」と表記した。これに対して「亡命」をより政治的、主体的な行動と見なした。ドイツ語では「難民、亡命者」に該当する言葉として、〈Flüchtling〉(Flucht=「逃亡」という語から派生した「難民」)、〈die Heimatvertrieben〉(「故郷を追われた人々、被追放者」)、〈Emigrant〉(「亡命者」)等がある。/『世界難民白書』時事通信社、二〇〇二年、第一章。芹田健太郎『亡命、難民保護の諸問題I』北樹出版、二〇〇〇年、第一章。及び本間浩『難民問題とは何か』岩波書店、一九九〇年、II章。犬養道子『人間の大地』中央公論社、一九九二年、八一頁以下参照。

(2) Henning Müller (Hrsg.): Exil—Asyl. Gerlingen 1994, S. 39. ツヴァイクの他の手紙も同書収録。

(3) Stefan Zweig: Briefe an Freunde. Frankfurt am Main 1990, S. 227.

(4) Jürgen Serke: Die verbranten Dichter. Beltz Verlag 1977.『焚かれた詩人たち』(浅野洋訳) アルファベータ、一九九九年、二三三頁。

(5) H. Müller: Ebd., S. 39 及び Stefan Zweig: Die Welt von Gestern. Stockholm 1942, S. 487 f. 訳出に際して、『昨日の世界』(原田義人訳) みすず書房、一九六一年、六三一頁以下参照。

(6) H. Müller: Ebd., S. 46.

(7) 城野節子『スタール夫人研究』朝日出版社、一九七六年、一八三頁。

(8) H・アーレント『パーリアとしてのユダヤ人』(寺島俊穂・藤島降裕宜訳) 未来社、一九八九年、一〇頁以下。

(9) H・アーレント『全体主義の起源』、第二巻『帝国主義』(大島通義・大島かおり訳)、第五章「国民国家の没落と人権の終焉」みすず書房、一九七二年、二七五頁以下(抄訳、一部字句を改めた)。

(10) H. Müller: Ebd., S. 40.

(11) Joseph Wulf: Literatur und Dichtung im Dritten Reich. Frankfurt am Main, Berlin 1983, S. 26 f.

(12) カロッサは同書でナチス時代の貴重な回想を行っているが、「ヒトラーの絶滅政策がなければイスラエルは建国されなかった」等と記した一文は誤解を招いた。Hans Carossa: Sämtliche Werke. 2 Bd. Insel 1962. カロッサ全集第八巻（日鷹節訳）臨川書店、二五頁。

(13) Michael Winkler (Hrsg.): Deutsche Literatur im Exil 1933–1945. Stuttgart 1977, S. 406 f.

(14) Michael Winkler, ebd., S. 53 f.

(15) Ebd., S. 51.

(16) Ernst Loewy (Hrsg.): Exil 1933–1945. Frankfurt am Main 1979, S. 693.

(17) Ebd., S. 347.

(18) Um uns die Fremde. Zürich 1936, S. 49 及び W. Emmerich u. Suzanne Heil (Hg.): Lyrik des Exils. Stuttgart 1985; Ernst Loewy, ebd., S. 546 f.; Klaus Völker: Max Hermann-Neisse. Berlin 1991. なお加藤周一は『一九四六・文学的考察』の一文「或る時一冊の亡命詩集の余白に」の中でヘルマン＝ナイセの詩集『異邦人の中で』の一篇「帰郷の歌」を紹介し、「詩人の平和と美と文明とに対する白鳥の歌」、「独逸的浪漫派風の心象風景が、悲劇的な詩人の生涯を通じて純化され、宇宙的な高みに連なる」と記し、「形式は素朴だが、その精神には本質的な美しさがある」、「ヒトラー治下の独逸を追われた選良は、二十世紀に独逸コスモポリト文化を以って、世界のために寄与する所大であった」と評している（中村真一郎・福永武彦共著、冨山房、一九九七年、四九頁以下。一部旧字表記を改めた）。

(19) E. Loewy, ebd., S. 616.

(20) Ebd., S. 601 f.

(21) Ebd., S. 592.

(22) Ebd., S. 676.

(23) Thomas Mann: Deutsche Hörer! Frankfurt am Main 1987, S. 76 f.

(24) Ernst Loewy, ebd., S. 299f.

(25) Thomas Mann, ebd., S. 150f.

(26) E・トラヴェルソ『ユダヤ人とドイツ』(宇京頼三訳) 法政大学出版局、一九九六年、七六頁。

(27) H. Müller, ebd., S. 81.

(28) E・W・サイード『知識人とは何か』(大橋洋一訳) 平凡社、一九九八年、八五頁以下(抄訳)。なおサイードが評価した亡命者のマージナル・マンとしての性格はアイザック・ドイッチャーが次のように指摘したユダヤ的知性のあり方と重なる。ドイッチャーはハイネ、マルクス、ローザ・ルクセンブルク、トロツキー、フロイトらの名を挙げ、こう指摘する。「この人々はすべてユダヤ人でありながら、異なる文明、宗教、民族文化等の境界線上に立っている。またかれらは各時代の転期の境界線上に生れ育っている。かれらの思想がその成熟をみたのは非常に異質的な文化がたがいに影響しあい養いあう地域においてであった。かれらはそれぞれの国で、その周辺や片隅に空間を求めてそこに生活していた。みんな社会の中にあると同時に、よそ者であった。(…)かれらにその社会を超え、民族を超え、時代や世代を超えた高い思想をもち、広い新しい地平にその精神を飛躍せしめ、またはるかの未来にまで考えをすすめることを可能ならしめたのは、まさにこの点であった」(『非ユダヤ的ユダヤ人』鈴木一郎訳、岩波書店、二〇〇三年、三五頁以下)。

(29) H・アーレント『パーリアとしてのユダヤ人』(寺島俊穂・藤島隆裕宜訳) 未来社、一九八九年、二四頁(一部字句を改めた)。なお姜尚中は「二〇世紀のエグザイルには、神話的な物語性はありません。そこには旧約世界のようなあがないの意味も、また精神的な孤立感にともなうアウラも一切消え失せて」いると指摘する(姜尚中・中村雄二郎『文化』岩波書店、一九九九年、一七八頁)。

(30) S・ツヴァイク『ヨーロッパ思想の歴史的発展』(飯塚信雄訳) 理想社、一九六七年、一七二頁。

第二章　ユダヤ人迫害（一）

——『人種』（F・ブルックナー）

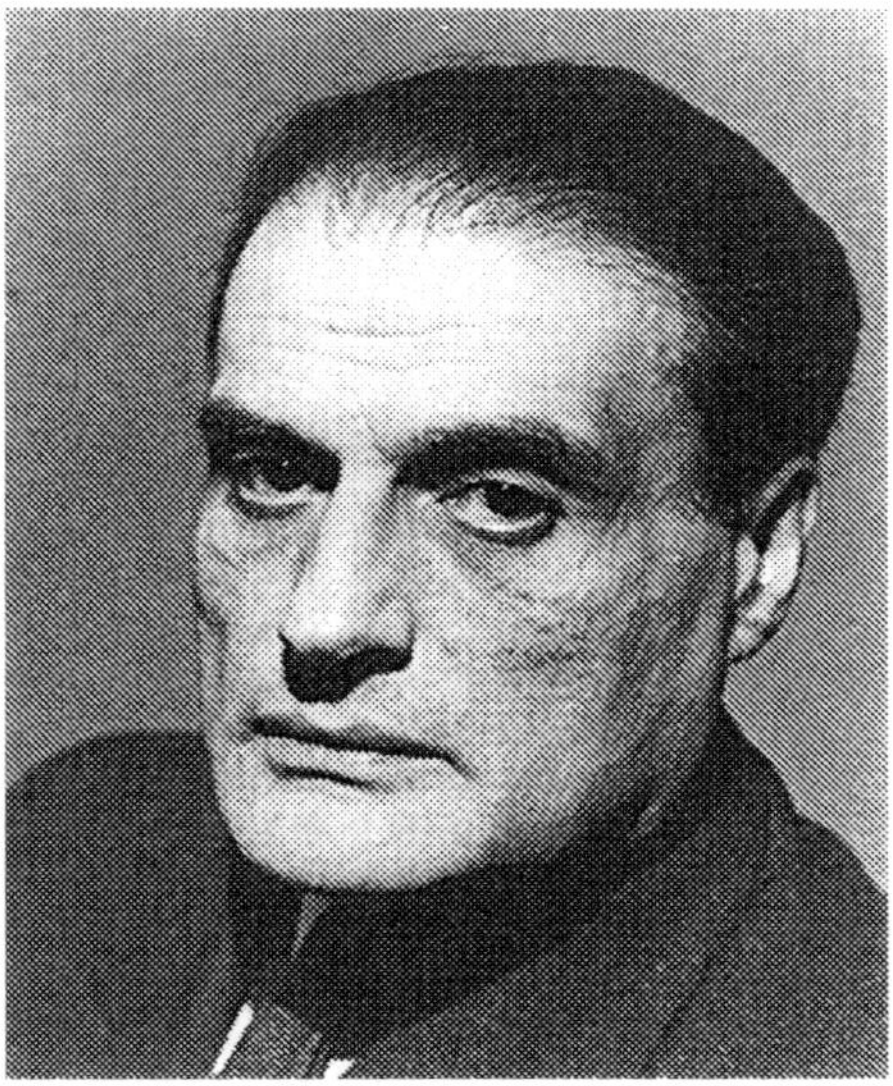

F. ブルックナー

〈一〉作　者

フェルディナント・ブルックナー

フェルディナント・ブルックナー(一八九一～一九五八)はユダヤ系ドイツ人銀行家とフランス人女性の一人息子としてソフィアで生まれた。この名前は劇作家としてのペンネームで、本名はテオドール・タッガーである。一家はほどなくウィーンに移住し、タッガーはそこで少年時代を過ごし、成長してその地を離れて後もウィーンを故郷と見なした。ドイツ人の父親とフランス人の母親の間にあって、幼い時から独仏両語を話した。学校では数少ないユダヤ人として友人も少なかった。さらに両親が離婚し、母親はフランスに戻り(後年、フランス人士官と再婚)、タッガー少年は父親の許に残された。

彼はグラーツにあるイエズス会系ギムナジウムの厳格な寄宿舎に送られた。彼は図書館を避難所として、シェイクスピアからゲーテ、クライストやヘッベルの戯曲、ロシア文学や北欧文学、キルケゴールからニーチェにいたる様々な文学、思想家の著作を読み耽った。休暇の際にパリにいる母親の許に滞在し、音楽と作曲の手ほどきを受けた。母親を思慕し、文学や芸術に興味を覚えるタッガーは、実業家にさせようとする父親に反発した。ギムナジウム修了後、父親に音楽を禁止され、反発したタッガーはウィーンに出奔し、大学に聴講登録して哲学や文学の講義を受講。やがて生活費が尽きて帰郷。父親はようやく折れて、彼が芸術の世界に進むことを許した。

タッガーは迷いぬいた末に音楽でなく文学の道を選んだ。第一次大戦の最中、彼は表現主義文学の洗礼を受け、詩人として出発し、表現主義の冊子を出した。冊子は短命に終わったが、彼はパスカルの『瞑想録《パンセ》』の翻訳も手がけた。

戦後の一九二三年、タッガーは妻とともにベルリンにルネッサンス劇場を設立し、五年間にわたりプロデューサーとしてドストエフスキーやストリンドベリ、タゴール、B・ショー、ダヌンツィオらの作品を意欲的に上演した。この劇場で当時の著名な演出家たちに活躍の場を与え、自らも演出を手がけた。この間に新即物主義の幕開けを告げるツックマイヤーの『楽しいぶどう山』(一九二五)を境に表現主義演劇は終焉に向かう。

タッガーの作風も変化し、戯曲『青春の病』(一九二六)で一躍脚光を浴びた際、初めてフェルディナント・ブルックナーというペンネームを用い、再出発した。本名を知る者は妻や身近な友人に限られ、彼はブルックナーとタッガーは別人であると主張した。後年、彼が本名を明かした時、もはや誰も彼の本名を知る者はなかった。かくしてペンネームが本名に取って代わった。

ブルックナーは一九二〇年代に「時事劇」と呼ばれた作品を多く手がけ、アクチュアルな素材の選択とテーマ設定、演出経験に裏打ちされた舞台効果あふれる劇作術などによって知られる。さらに硬質なリアリズム、人物と場面の明確な形象化、簡潔な対話と鋭い心理描写などが特徴である。戯曲『犯罪者』(一九二八)では三階建てのアパートの七つの部屋で繰り広げられる、貧窮ゆえの盗みや嫉妬がらみの殺人、恐喝、自殺をめぐる誤認裁判などを描きながら、ヴァイマル共和国における司法の階級的な偏向を浮かび上がらせた。

『イギリスのエリザベス』(一九三〇)では歴史劇に取り組み、エリザベス一世とスペイン王フェリペ二世との対立を描き、両者が神に海戦の勝利を祈る場面を同時舞台で示し、モンタージュ技法を活用しながら第一次大戦の記憶を想起させた。かくして彼はヴァイマル共和国を代表する劇作家のひとりとなった。またホルヴァートと並んで一九二〇年代オーストリアを代表する劇作家である。

一九三三年一月三十日のヒトラー政権成立を機にブルックナーはいち早く亡命を決意する。二月二十七日の国会放火事件翌日、彼はウィーンへ向かう。妻も遅れて到着する。しかしオーストリアもまたファシズムの影に被われていることを察知する。四月一日にドイツで起きたユダヤ人ボイコットの報せが届く。政治状況の推移を見極めながら、彼はスイスのバーゼルを経て五月六日、パリへと旅立つ。その車中でユダヤ人ボイコットを軸にユダヤ人迫害をめぐる戯曲『人種』の構想がひらめく。彼はパリで十一月までかけてこの作品を書き上げた。同月、チューリヒで初演され、同年末にチューリヒの出版社から刊行された。この劇は『青春の病』、『犯罪者』とともに「二つの大戦の青春」三部作の締めくくりとされる。

〈二〉 作　品

あらすじ

『人種』はブルックナーの代表作であり、ユダヤ人ボイコットを軸にユダヤ人迫害をいち早く舞台化した記念碑的作品である。時代のドキュメントとしての性格も備えている。以下、劇の展開を辿りながら、具体的に考察する。作品は三幕九場からなる。舞台は一九三三年三月から四月にかけて、ドイツ西部のある大学都市。劇の中心となるのはカールランナーと恋人のユダヤ人女性ヘレーネ。

第一幕。一九三三年三月の国会選挙前後。最初に大きな声が「ドイツ、わがドイツ」と呼びかける。

一場、大学の前庭。

医学生カールランナーは久しぶりに大学に顔を出し、級友テッソウに出会う。ユダヤ人女性を恋人に持つカールランナーは政治には無関心だが、ユダヤ人排斥の動きが表面化したことに不安を覚え、家に引きこもっていた。

ナチスに入党した級友テッソウはカールランナーを取り込もうとする。カールランナーはユダヤ人女性を奴隷に喩えるテッソウに怒りを覚え、つかみかかる。反ユダヤ主義に染まったテッソウは大真面目で友人を救うつもりでいる。テッソウはドイツの新時代が始まると期待する。

ユダヤ人学生ジーゲルマンが現れる。彼はナチス党員の新任教師がアーリア人の生理学による医学を唱えることに疑問を抱く。テッソウはドイツ人(アーリア人)とユダヤ人は区別される存在であり、現在の国民的高揚をユダヤ人が邪魔してはならないと述べる。ジーゲルマンは級友の変貌ぶりを惜しむ。そこへナチス学生運動の指導者ロスローが学生を従えて現れる。ジーゲルマンらとナチス支持学生は互いに不快感を表す。

二場、ヘレーネの部屋。

カールランナーが大学の雰囲気が一変したと話すと、恋人ヘレーネも職場の上司の態度が変わったことを話す。カールランナーは講義中に民族主義的な歌が歌われ、ナチスの国民運動から自分だけが取り残されたようだと語る。彼は学友に感化され、民主主義者から反対の立場に鞍替えすると語る。そして人種の違いを自覚し、「人生の誤りだった一章を閉じる。でもこの誤りは美しかった」と述べ、彼女との二年間の交際に別れを告げる。

彼女は努めて平静を保ちながら、「あなたは私を心で守ってくれたわ」、「この世界で私たちは藁《わら》の茎のように無力で寄る辺なく、見棄てられている」と述べる。カールランナーは思わず彼女の額に額を重ねる。彼女は別れに際してなお、彼の体を気遣う。

三場、国会選挙(三月五日)直後、ビヤホールの片隅。

ナチスの躍進が伝えられ、検事やナチス支持者たちは酒を飲みながらユダヤ人に対する反発を語り合う。少年は学校でもナチス主催のパレードに参加したと述べる。カールランナーとテッソウ、ロスローらがやって来る。一同は総選挙のナチス勝利の報せに気勢を挙げ、「ドイツ民族は目覚めたり、隷従と死の夜から」という歌を歌う。やがて鐘の音が響き、歌声は遠ざかり、劇の初めと同じく、「ドイツ、わがドイツ」という大きな声が聞こえる。

第二幕。四月一日のユダヤ人ボイコット当日にかけて。

四場、ジーゲルマンの部屋。

ナチス政権成立後、ユダヤ人迫害が表面化し、ユダヤ人学生ジーゲルマンは身に危険を覚える。彼は心の声に励まされて必死に不安感を抑えようとする。そこへナチス学生同盟員が現れる。学生リーダーはユダヤ人がドイツ精神と民族に対する敵対者、裏切り者であり、粛清すると告げ、「私はユダヤ人」と書いた表示板《プレート》を相手の首に掛ける。学生たちはジーゲルマンのズボンの膝から下を切り取る。

学生リーダーは「自分たちは敵に寛大だから、殺しはしない。革命には殺人がつきものだが、自分たちは相手を懲《こ》らしめるだけで、世界にドイツ革命の規律を示す」と述べ、ジーゲルマンに犯罪を認める署名を促す。

ジーゲルマンは学生の中に級友のカールランナーがいることに驚く。ジーゲルマンはこんな目に遭うために父親が行商し苦労しているのかと問いかける。カールランナーは黙ったまま答えない。ジーゲルマンは写真を撮られ連行されながら、父なる神の名を唱える。

五場、大学の読書室。

カールランナーは級友の逮捕に関わってから眠れない日々が続く。彼はユダヤ女性との交際をとがめられ、医者としての精神的成熟に欠けると判定された。

学生リーダーのロスローが姿を現し、明日のユダヤ人商店ボイコットの指示を伝え、カールランナーにヘレーネの逮捕を命じる。そしてジーゲルマンが引き回され、二日後、重傷を負って川辺で発見されたと伝える。ロスローが立ち去った後、カールランナーはナチスの差別的な人種観に納得できないとつぶやく。

六場、ユダヤ人ボイコット当日(四月一日)、ヘレーネの部屋。

ヘレーネの下宿に父親マルクスが訪れる。ヘレーネはユダヤ人ボイコットの当日を迎え、ユダヤ人にとって安全な場所はもはやないと述べる。父親は石鹸や歯磨きの工場を三十五年間経営し、最も衛生的な国作りに貢献したから心配ないと反論する。彼は政府に批判的な娘の身を案じ、親の家に戻るか出国するか選択を迫る。

通りではユダヤ人ボイコットが行われている。カールランナーが部屋に現れると父親は不快そうに立ち去る。カールランナーはヘレーネが事務員を解雇された際の言動が密告されたと伝える。彼女はジーゲルマンが晒《さら》し者になった写真に「ドイツ一九三三」と記入し、国外に送ったと述べる。

通りではユダヤ人商店のガラス窓が割られる。カールランナーは彼女が父親のおかげで逮捕を免れていると述べ、自分もナチスの蛮行を伝える写真を国外に送ったと述べる。ヘレーネは思わず、二人の愛にとって世界の狂乱など何の関わりがあったのかと問いかける。彼女は彼が自分を助ければ学位取得の妨げになると案じ、「私を救い出すべきではなかったわ」と言う一方で、「ずっとあなたを待っていたような気がするわ」と述べ、彼の胸に身を寄せる。彼も強く相手を抱きしめる。

通りからはユダヤ人ボイコットを叫ぶシュプレヒコールが聞こえてくる。「私のことを思い出して」と叫ぶヘレーネ。「君のことだけを考えている」とカールランナーは応え、通りへ出てゆく。

第三幕。

七場、夜の川岸。

ロスローが帰宅を急ぐ。カールランナーが藪の中から姿を現し、ヘレーネを逮捕できなかったと告げる。ロスローはヘレーネを国外に厄介払いすると言う。そして命令に従わなかったカールランナーを新生ドイツの敵と呼び、処罰すると言う。カールランナーは相手に飛びかかり、銃剣を突き刺し、倒れた相手の首に石をくくり付け、体を袋に入れて川に放り込み、逃走する。

八場。ヘレーネの部屋。

ヘレーネは国際列車出発直前になっても、失踪した恋人やジーゲルマンが気がかりで、出国する気になれない。ジーゲルマンは自分も後からパレスチナへ出国すると語り、彼女に出国を促し、駅へ送っていく。

九場、カールランナーの部屋。

カールランナーは級友テッソウの前に姿を現す。テッソウは相手がロスローの殺害者とは知らず、昨晩ヘレーネが出国し、ジーゲルマンも今日出国すると伝える。そこへ学生たちが現れる。カールランナーは「自分のドイツ」を裏切ってはいない、「永遠なれ、ドイツよ、わがドイツよ、私のためにも永遠なれ」と呟きながら連行されていく。(幕)

〈三〉 史実の地平

ナチス政権成立

この劇は一九三三年四月一日に実施されたユダヤ人商店およびユダヤ人大学教員に対するボイコットという史実を巧みに組み込んでいる。作品の考察に先立ち、一九三三年に起きた関連する史実を整理しておきたい。

一月三十日、ヒトラー内閣成立。ヒトラーの首相就任を祝うナチスのパレード。

二月十五日、プロイセン・アカデミー文芸部総裁H・マンの罷免。

二月二十七日、国会議事堂放火事件。ゲーリングは共産党員四千人の逮捕を命令。同夜から翌日にかけて共産党幹部ら一斉逮捕。(翌日、ブレヒト、デーブリーン、F・ブルックナー、W・メーリング、ベッヒャー、A・ケルらが亡命。オシエツキー逮捕。)

二月二十八日、ヒトラーは大統領の承認を得て「民族と国家のための大統領令」を発効し、憲法の基本権である言論・報道・集会・結社等の自由を禁止。

三月五日、国会選挙。全六四七議席中、ナチス党二八八(得票率四三・九パーセント)、社民党一二〇、共産党八一、中央党七三、ドイツ国家人民党五二等。ナチス党はドイツ国家人民党と連合を組み、過半数を確保。

三月九日、全共産党国会議員の資格剝奪し同党を非合法化。

三月十三日、ゲッベルス国民啓蒙宣伝相就任。

三月二十二日、ミュンヘン郊外ダッハウに初めての強制収容所設置。

三月二十三日、全権委任法可決(国会や大統領の承認なしに立法権を行使)。

四月一日、**ユダヤ人ボイコット**(ユダヤ人商店や会社の不買・排斥運動)。

四月七日、**職業官吏再建法**(ユダヤ人官吏・教授・弁護士及び国家敵対者を罷免)。

四月二十日、ユダヤ人医師及び国家敵対医師の排除令。

四月二十六日、ゲシュタポ(秘密警察)創設。

五月十日、ドイツ各地の大学で焚書(約二万冊の本を焼く)。ドイツ労働者戦線創設。

五月十六日、一三五名におよぶ「非ドイツ的」作家のブラックリスト公表。

六月二十二日、社民党(SPD)禁止令。以後、翌月にかけてナチス党以外の各政党を解党。

七月十四日、新党結成禁止法(ナチス党の一党体制確立)。ドイツ国籍剥奪法。断種法。

七月二十日、ヴァチカン教皇庁と政教条約《コンコルダート》締結(信仰の自由を認めるが、聖職者の政治活動は禁止)。

八月二十三日、第一回国籍剥奪者リスト発表(H・マン、E・トラー、R・フォイヒトヴァンガー、K・トゥホルスキー、W・ミュンツェンベルクら。三八年末までに八四のリストが出て、五千人以上の国籍を剥奪)。

九月二十二日、帝国文化院法成立(美術、音楽、文芸、演劇、映画、新聞、放送の七分野に分かれ、文化院の加盟者のみに芸術活動を許可)。

十月十九日、国際連盟脱退。

十一月十二日、一党体制下の国会選挙。

十一月三十日、チューリヒのシャウシュピールハウスで『人種』初演。

ユダヤ人ボイコット

四月一日のユダヤ人ボイコットに関して、ナチスが直前の三月二十八日に出した通達の要点を記しておく。

・ユダヤ人商店、商品、医師、弁護士のボイコットを計画通りに実行する。
・実行委員会は外国人を巻き込まないよう責任をとる。
・ボイコットは専らドイツユダヤ人に対抗する強いられた防衛措置である。

・実行委員会は新聞の報道を監視する。
・実行委員会は国民的ボイコットの必然性がドイツ人労働者を擁護するための防衛措置であることを、労働者に啓蒙しなければならない。
・SAおよびSSを通して、ボイコットの開始後、住民にユダヤ人商店への出入りを警告する。
・ボイコットの対象は当面、中等学校と大学の教員、医師、弁護士に限定する。
・海外と関係あるドイツ人はドイツ国内に平静と秩序が保たれていること、ドイツ民族が平和に仕事に従事したいと願っていること、ボイコットがあくまでユダヤ人の扇動に対する防衛闘争であることを手紙や電報、電話などで伝えること。
・ボイコットは整然とした規律の中で実行される。国家社会主義者は一撃で十一月国家を突き倒す。国民革命政権は創造するドイツ民族の代表である。政権を攻撃する者は民族を攻撃する者である。政権と闘う者は六、五〇〇万人に闘いを挑む者である。我々はすでにマルクス主義者の扇動を片付けた。ユダヤ人は闘いが誰に向けられたものかを知るだろう。(1)

以上の通達に見られるように、ナチス政権は一九一九年のドイツ革命によって成立した「十一月国家」を敵視し、その担い手たるマルクス主義者をはじめとする社会主義や民主主義勢力を一掃したうえで、ユダヤ人を次なる排斥対象とした。その際、ボイコットはあくまでユダヤ人の扇動に対する強いられた防衛闘争であると繰り返し強調している。

ここでボイコットの対象となったユダヤ人の定義に関して、ナチス政権内部でも意見は容易に一致しなかった。ナチ党は祖父母に一人でもユダヤ人がいればユダヤ人と見なすよう主張した。しかしヒトラーは二分の一ユダヤ人(祖父母のうち二人がユダヤ人)をドイツへの同化対象と見なす考えを示した。三五年九月にナチス党の人種政策局長ヴァルター・グロースを議長とする会議が開かれ、ニュルンベルク諸法の適用やユダヤ人と非ユダヤ人の混血問題をめぐって討議がなされた。内務省の調整後、改めてヒトラーが裁定し、本人がユダヤ教徒である場合を除き、四分の一ユダヤ人はユダヤ人の対象から除外され(第二級混血)、二分の一ユダヤ人はドイツ人(第一級混血)と見なされ、祖父母に三人以上のユダヤ人がいる者は完全なユダヤ人と見なされた。しかし実際には四分の一ユダヤ人もユダヤ人と見なされた。ドイツ人であることを証明するためには、本人と両親、四人の祖父母、計七人の出生証明書か洗礼証明書が必要とされた(2)。

一九三〇年代初頭においてドイツでユダヤ人の占める割合は人口の約一パーセントであるのに対し、大学や医師、弁護士などの知的職業に占めるユダヤ系の割合はかなり高かった。特にベルリンなど大都市では医師や弁護士の約半数がユダヤ系だった。ナチスの歴史書『総統帝国の成立』(一九三五)によれば、一九一四年時点の大学教員の三〇パーセントがユダヤ人であり、一九二八年時点でベルリン在住の医師の五二パーセント、一九三二年にはベルリン大学医学部教員の四五パーセントがユダヤ人だった。また一九二五年にはベルリン在住の弁護士の五五パーセントがユダヤ人だった。他の統計も同様の割合を示している(3)。こうした知的職業に占めるユダヤ系の割合の高さがナチスの反発を招くとともに、民衆の不満の捌《は》け口、スケープゴートとなった。

〈四〉 作品世界

ユダヤ人問題

すでに述べたように、ブルックナーはウィーンからスイスのバーゼルを経て五月六日、パリへ旅立つ。その車中でユダヤ人ボイコットを軸にユダヤ人迫害をめぐる戯曲『人種』の構想がひらめいた。『人種』という題名にも明らかなように、ユダヤ人問題が最大の焦点となる。問題を抽象的にとらえるのではなく、一組の恋人をめぐる苦悩と葛藤を通して、具体的な人間関係においてとらえ、提示している。作品の中に点綴されたユダヤ人問題をめぐる箇所を考察してみたい。

一場、カールランナーにとってナチスのユダヤ人迫害政策は正気とは思われない。彼は反ユダヤ主義の台頭によって孤立する恋人の身の上を案じ、キリスト教徒とユダヤ人を互いにけしかけることは中世的であると、その愚かさを指摘する。友人テッソウは信仰が問題ではなくて、民族が生物学的な浄化を求めていると述べる。カールランナーは価値ある人間が民族を汚すことはないと反論する。

テッソウは、ルターが聖書のドイツ語訳を通してドイツの本質を創造したと述べる。これに対してカールランナーは、ルターがドイツ語を作り上げるためにはまずヘブライ語を学ぶ必要があったと反論し、自分は理性を失いたくないと述べる。テッソウは、懐疑精神や分析はユダヤ的特質であり、自分たちは精神の過剰や利己主義によって貧しくなったのであり、共同体の一員として生きることが大切であると述べる。両者の発言にはナチス支持派とリベラル派の考え方の違いが明確に示されている。

ユダヤ人ジーゲルマンはナチスが公言するユダヤ人迫害に怯えながらも、「人間を信頼するがゆえに、隠れたりしない」と語る。ジーゲルマンの実在のモデルとなったのはミュンヘン在住のユダヤ人弁護士ジーゲルである。一九三三年三月、彼はナチスによってズボンの下を切られ、首に「私はユダヤ人」と書いた表示板《プレート》を掛けたまま通りを歩かされた。この史実が作品に組み込まれている。

作品の中でテッソウは「今日の選挙で(ナチスが)勝利すれば、すべてが変わる。もう人々は飢えなくてすむ」(S. 348)と述べて、ナチスの変革に対する民衆の期待を代弁する。彼の父親は技術者だったが戦争から復員後に失業し、行き詰まって自殺した。息子のテッソウは、ヴァイマル共和国が家族の生活を保障できず、父親を自殺へ追い込んだと考え、共和国に恨みを抱いている。テッソウにとってヒトラー(ナチス)は父親の代わりであり、それも彼個人だけでなく民族全体の父親役を引き受けたと感じている。テッソウはドイツ魂を音楽と規律の結合と見なす。そして民主主義の中で姿を見失ったドイツが偉大で厳かな帝国として蘇ると感じている。

二場、カールランナーはヘレーネと交際していた時は、ドイツ人とユダヤ人としての立場の違いなどは曖昧だった。二人ともそのことを無視し、彼女自身ユダヤ人という自覚もなかった。二人は互いに理想の結婚について語り合った時のことを思い出す。彼はナチス政権前の時代を「啓蒙された時代」と述べ、ドイツ人とユダヤ人が互いの民族的な違いを意識せずに融和し、共生していた状態がナチスの台頭とともに脆くも崩れ去るのを体験する。

三場、総選挙の開票結果を聞きながら、酒を飲むナチス支持者たちの中で、検事はユダヤ人への反発をあからさまにする。彼は、ユダヤ人は共産主義者で労働者にストを扇動すると述べ、国家を再建すれば社会問題は解決すると主張する。女性教師は異物としてのユダヤ人のセミ族的要素を学問的に解明することを主張し、ユダヤ人をアジアとニグロの混合と見なし、これとは全く異なるドイツ民族のヨーロッパ的特徴を述べる。従来、利害も異なり、同じ席で語り合うことのなかった階層や世代の人々が民族主義的な神話と歌で結びつく。

ナチス支持者はユダヤ人憎悪を媒介として民族の連帯感を強めようとし、民族を再生させる強力な指導者を待望する。彼らの強大な国家への期待感と権威依存欲求は擬宗教的な性格さえ帯びる。テッソウは帝国こそ生命を捧げる世界であると述べる。

ナチス学生指導者ロスローは、占領地区のフランス軍に抵抗してナチスが殉教者として称えるシュラゲーターを「新生国家最初の英雄」と賛美し、ユダヤ人の裏切りによって殺害されたと見なす。ロスローはユダヤ人教授カルメルに三度も落第させられたことを恨み、罷免を画策する。ロスローはベルリンで発足する自然科学闘争同盟設立メンバーに選出される。ナチスは人文科学や歴史観のみならず、自然科学の領域においても人種理論に基づくゲルマン的自然科学の確立を提唱した。作品の中で、落ちこぼれ学生をナチスが主導する学会の設立メンバーとする点に、作者の嘲笑が込められている。

主人公カールランナー

政治に翻弄され、ナチスのイデオロギーに引き裂かれてゆく恋人たちの運命を描き出すことがこの作品の骨格をなす。本来、非政治的人間で確固たる政治的定見を持たなかったカールランナーはドイツを覆う政治の嵐に直面し、初めユダヤ人教授の罷免に反対していたが、級友たちの勢いに呑まれ、罷免に同調していく。彼はナチス支持に傾きながらも、運動に一体化しきれない。

彼はナチスの運動は人を頭で納得させずに思考を奪うので、自分が別人になったようだと感じる。民族による敵味方の峻別を強いられ、周囲の圧力の前で判断を停止し、運動に飛び込む。しかし批判精神と恋人への思いを払拭し切れず、迫害されるユダヤ人の友人や恋人の必死の呼びかけに動揺する。それゆえ彼の言動はしばしば矛盾し、認識(理性)と感情が食い違う。認識において理性に従うか、国家に同調すべきか悩む。感情においても恋人への思いに従うか、民族への訴えかけに同調すべきか悩む。

彼は恋人に別れを告げた際、今や公的な立場が定まった以上、私的な要素はなくなると述べる。私的要素の否定は個人の否定に行きつく。ユダヤ人ボイコットの際、彼はヘレーネに向かって、アーリア人の闘いの最前線に立つ、「我々は貧しいゆえに英雄になる必要がある」と述べ、ボイコットに参加した自分を正当化する。しかしヘレーネが彼は正気を失ったと反発するように、個人的感情を抑圧し切れない。彼はユダヤ人迫害をめぐって態度決定を迫られ、ナチスに対する忠誠の度合いを試される。そして踏絵として恋人逮捕を命じられ、追い詰められていく。

ナチズムへ傾斜していく主人公の姿は、ヴァイマル共和国時代の非政治的な個人主義者のナチズムへの抵抗力の限界を示す。そして作品はユダヤ人の受難を描くだけでなく、ユダヤ人迫害への同調を迫られた非ユダヤ系ドイツ中間市民層の青年の深刻な苦悩と葛藤を描くことで、ドイツ社会が直面した深い亀裂を示している。

ヘレーネの抵抗とハンナ・アーレント

一方、ヘレーネは終始毅然としてナチスの反ユダヤ政策に対決する。彼女はドイツを襲う大波を防ぐすべのないことを自覚し、「あなたにとって他に態度をとりようがないことは分かるわ」と彼の別れ話を冷静に受け止める。その一方で、ユダヤ人迫害をエスカレートさせるナチス政権に対して彼女は、

「二十世紀の最も清潔な国で起きることのすべてを見る必要がある」(S. 411)

と述べ、ナチスのユダヤ人迫害の実態を暴露する手紙を各方面に書き送る。そして迫害されたユダヤ人学生を見舞い、彼の処遇をめぐって学生当局と渡り合う。自らがユダヤ人であることの自覚に目覚め、資本家である父親とも論戦し、相手の見通しの甘さを指摘する。父マルクスはナチスを批判する彼女の手紙が知られたら、生命が危うくなると述べる。彼女はそれでは父親が出した、ユダヤ人迫害はないとする国外向けの声明に矛盾すると反論する。こうした聡明かつ行動的で誇り高い彼女の姿はユダヤ系政治思想家ハンナ・アーレントを想起させる。

ハンナ・アーレント(一九〇六〜一九七五)は一九二〇年代半ばにマールブルク大学で非ユダヤ系の哲学者M・ハイデッガーに師事し恋愛関係にあった。その後アーレントは妻帯者ハイデッガーから離れてハイデルベルク大学に移り、カール・ヤスパースに師事し、二九年に別の男性と結婚した。この時点まで彼女には特別な政治的関心はなかった。

アーレントは一九三〇年に十八世紀末から十九世紀初頭のベルリンに生きたユダヤ女性の伝記『ラーエル・ファルンハーゲン』の執筆を始めるとともに政治的関心を深めていった。ラーエルはサロンを主催し、ゲーテやハイネとも交流した。しかし一八一九年にはユダヤ人迫害の嵐がプロイセンを襲い、

「ユダヤ人一般の運命を共有することを拒んでいた」ラーエルはドイツ社会への同化を試みた末に失敗し、自らのユダヤ性を自覚し受け容れる。そして「生涯最大の恥辱、最も苦い苦しみと不幸であったこと、ユダヤ女に生まれたことを、今の私は決して手放したくない」[4]と記す。それはとりもなおさずアーレント自身のユダヤ性の自覚を意味していた。

アーレントは一九三三年二月の国会放火事件後、反ナチス運動に関与し、一時ゲシュタポに逮捕され、同年八月にパリに亡命し、亡命者救援機関で働いた後、一九四一年に渡米した。非政治的姿勢から訣別し、反ユダヤ主義と対決する姿勢を示した後に出国したアーレントの歩みは、そのまま『人種』のヘレーネの歩みに重なる。

ユダヤ人ボイコット実施当日、ヘレーネを逮捕するよう指示された主人公は彼女を逮捕できずに終わる。二人が最後の別れを告げ合う場面は、十九世紀初頭(一八〇八年のフランスのドイツ支配下におけるユダヤ人解放令)以来進められたユダヤ人の解放とドイツ社会への同化の道程がついに破綻したことを物語っている。二人の最後の抱擁のうちに、ユダヤ人とドイツ人の共生の終焉を見ることができる。

ナチス学生の殺害をめぐり

落第生だったロスローはナチス入党後、学内で政治力を発揮し、ナチス学生リーダーとしての活動が認められ、国家試験にも合格する予定だった。作者は一九三三年チューリヒにおける初演と刊行に際して、当初執筆した七場のロスロー殺害場面を削除し、主人公の独白に代えた。それは人間に対する信頼ゆえに隠れようとはしなかった級友ジーゲルマンの勇気に感心しながらも、権力の前にあまりに無力な人間の姿を嘆き、ナチスに全面的に同調しきれない自分の孤独を見つめ、盲目的な群集の姿に憐れみを感じるという内容である。

作者は演出家グスタフ・ハルトゥングに宛てた手紙で次のように記す。

「カールランナーが（殺人をせずに）踏み止まったならば全く別の意味を持ったでしょう。彼が踏み止まるのは諦めたという弱さゆえというよりもむしろ、代償を支払う意志があるからです。」

作者は後にこの短い独白場面に入れ替えたことを「誤り」と考え、一九三八年のアメリカ上演の際には初稿通りロスロー殺害場面に改め、一九四五年の再版の際も殺害場面を採用した。

これにたいしてハルトゥングは殺害場面への変更に納得せず、返書で次のように記している。

「ロスロー殺害は（主人公の）性格の破綻であり、カールランナーは（殺人など）何もしないまま逮捕されたほうが、最後の場面はより強い印象を与えたのではないでしょうか。（現実の多くの）カールランナーたちは麻痺していたがゆえにナチスを殺害しなかったのではありません。彼らの行為はみずから殺人を行うことを認めないというものでした。それ（殺人行為を行わないこと）にもかかわらず英雄行為だったのです。[5]」

恋人逮捕を命じたナチス学生を殺害し、主人公の怒りを示すほうが強い印象を与え、作品の展開に相応しいであろうか。それとも、せめてもの抵抗として命令に従わず、恋人を逃し逮捕される姿を描くほうが望ましいであろうか。どちらの場面をとるかによって主人公の性格、人物造形が異なってくる。

レマルク(一八九八〜一九七〇)の『凱旋門』(一九四六)では、亡命者としてパリに潜伏する元ベルリンの外科医ラヴィックは自分を拷問にかけ、恋人を殺したゲシュタポに対する復讐心を抱き続け、やがて相手のゲシュタポを殺害する。それは『人種』でカールランナーの恋人が逮捕され、主人公が亡命した場合の後日談と見ることができる。それゆえ『人種』において、主人公が恋人逮捕を命じたナチス学生を殺害することは心情的に理解できる。

しかし『凱旋門』同様、ナチス学生を殺害しても主人公の運命は好転しない。カールランナーは理性を否認し、ユダヤ人ボイコットに参加したことで、後戻りできない立場に立たされた。彼はすでに擁護すべき対象を見失っていただけでなく、内的に破綻し自己をも失う立場に追い込まれていった。

主人公は逮捕される直前に、「自分たちの民主主義が弱体だった、強力な民主主義を育てるべきだった」と述べる。「ドイツの悲劇」(F・マイネッケ)は突然起きたのではなく、数世代にわたる社会体制が行き着いた結果である。多くのドイツ人が雪崩を打つようにナチス政権を支持したかに見えるなかで、ナチスの排外的民族主義を受け入れるために個人の内面で大きな葛藤が生じた事例を描き出したことは重要な意味を持っている。

作品の最後でカールランナーは「自分のドイツ」を裏切らない、「自分のドイツのために逃げずに闘って倒れるだろう」とつぶやき、「君は再び僕の目の前に輝いている。君は再び僕の頭のなかで音楽のように響いている」、「永遠なれ、ドイツよ、わがドイツよ、私のためにも永遠なれ」と述べながら連行されていく（S. 433）。彼は死を目前にした時に至って、ナチスが唱える人種的ドイツとは異なる別のドイツ像を明確に見据え、そのために殉じる覚悟を固めるのである。

ユダヤ人企業家マルクス

五場でナチス学生指導者ロスローはカールランナーにユダヤ人商店ボイコットの指示を伝え、反抗するヘレーネの逮捕を命じるが、ヘレーネの父親マルクスを逮捕や迫害から除外する。企業家マルクスはユダヤ人でありながら、「ユダヤ人迫害はない」という声明を出し、国家経済にとっても有用な人物だからである。

関連した史実として、ユダヤ人ボイコットが国際世論の反発を招き、ドイツの輸出貿易に影響したことが指摘される。ナチス政権の経済相H・シャハトはユダヤ人規制が輸出に悪影響を与えることを懸念し、暴力的な反ユダヤ人政策に反対した。資本力のある企業家ユダヤ人に対して、零細な個人ユダヤ人商店主とは異なる優遇措置を取った点に、政権発足当初におけるナチスのユダヤ人政策の二重性が見られる。

六場、ユダヤ人企業家マルクスは上述のナチスのユダヤ人政策を見透かしたかのように、ドイツ・ユダヤ人はドイツに根付いた成功者であり、ボイコットの対象者ではない、ボイコットの対象は根無し草の東方からの移住ユダヤ人であると主張する。マルクスは自分たちが化学コンツェルンの一員としてドイツの国益と分かち難く結びついているという考えに固執する。

これと関連した史実として、一九二〇年二月にヒトラーが起草したナチ党綱領の中で、国外追放対象となるユダヤ人は一九一四年八月以降ドイツに移住したユダヤ人に限るとされた。これは主に東方ユダヤ人を対象としていた。作品の中でユダヤ人企業家マルクスが述べた通りであり、彼は東方からの移住ユダヤ人の運命に冷淡な同化ユダヤ人の資本家として振舞った。心理的に彼はナチスの政策に同意し、加担している。ナチズムの把握において階級史観を前面に出し、人種(ユダヤ人)問題を軽視したマルクス主義者に対する作者の揶揄が、マルクスという名前に示されている。

ユダヤ研究の碩学エンツォ・トラヴェルソはユダヤ人の自己嫌悪の現れとして、同化ユダヤ人が十九世紀末から増えた東欧からの移民ユダヤ人をゲットーを想起させる忌まわしい存在として排斥したことを指摘し、「ネクタイ姿のユダヤ人」と「マント姿のユダヤ人」の対立はブルジョワとプロレタリア層の階級対立以上にまで進んだと述べている。(6) このようにユダヤ人迫害の対象から外れ、東方ユダヤ人に敵意を抱く富裕な同化ユダヤ人像を描き出した点に、作品の奥行きと厚みを見ることができる。

ナチス政権のユダヤ人迫害はその後次第にエスカレートしてゆくが、経済相シャハトの反対に見られるように政権内部で迫害政策に関して首尾一貫していたわけではない。「ドイツ経済からのユダヤ人排除令」が通達されたのはこの作品執筆五年後の一九三八年十一月である。この通達により、ドイツ企業は全ユダヤ人の解雇を求められた。小売業者の商業活動も停止された。さらにユダヤ人商店、デパート等の閉鎖、解体が指示された。(7) 政府は大企業のユダヤ人経営者に対して資産や経営権の譲渡を迫ることになる。

作品ではユダヤ人ボイコットの際に商店の窓ガラスが割られる。これは一九三三年のユダヤ人ボイコットよりも一九三八年十一月九日の「水晶の夜《クリスタルナハト》」を想起させる。作品は最初のユダヤ人ボイコットを描きながら、後年、完全なユダヤ人排除にいたるナチズムの姿を予見的に描き出した。

ユダヤ人学生ジーゲルマン

四場でジーゲルマンはナチス支持学生が自分を迫害しに来る予感に脅えながら、内なる声と対話する。心の声は「思い出せ」、「考えよ」、「自分を見失うな」と繰り返し語りかける。ジーゲルマンは何の罪も犯さずに処罰されることに不条理を覚え、どのような処罰を受けるのかと内心問う。内なる声は彼を襲う受難が古代以来繰り返しユダヤ人を襲った運命であると語る。

彼は自分が鞭打たれ、痛みを感じても、その痛みは一時的で過ぎ去るが、鞭打たれることに対して精神的な準備ができていないと考える。彼が耐え忍ぶ必要があるのは、「人間という経験の崩壊」(S. 387) である。彼にとって人間に対する信頼こそが人間を動物と区別するはずのものだった。ナチスは人間に対する信頼を彼から奪った。

ジーゲルマンは迫害する学生たちに混じるカールランナーに向かって言う。

「私は別世界の人間が(我々を襲いに)やって来たのかと考えていた。異国の集団が侵入したのだろうかと繰り返し問いかけた。しかしそうではなかった。自分たちが自分たちの世界に侵入したのだ。それゆえ一層絶望的だが、救いでもある。我々を襲った落雷は我々を破滅させるためのもので、無意味なものではない。我々は我々自身を破壊しているのだ。これもまたおそらく自分たちの本質なのだ。」
(S. 392)

ドイツはユダヤ人を迫害することで自らを破壊する。ドイツは歴史的圧力の中でナチズムの暴走を許した。ここにも、十九世紀以来のユダヤ人のドイツ社会への同化の試みの挫折、ドイツ人とユダヤ人との共生関係の破綻が示されている。さらにユダヤ人特有の終末観、贖罪観が示されている。ジーゲルマンは彼を晒し者にしようとする学生たちの中にあって、内なる神と対話する。それに答えるかのように、「受難のさなかにあって永遠なる生と神へと導かれる」、「恐れるな」、「全能なる神と真実が現れる」という心の声が響く(S. 394)。

彼はさらに何時自分に安息が与えられるのかと問う。学生リーダーが、それはドイツが「真実にして自然な」ユダヤ人の姿を認識した時であり、そうなればユダヤ人の生命も民族啓蒙のための意味を持つと述べる。ジーゲルマンは学生リーダーの言葉を神の言葉に置き換えて受け止める。

彼は「真実にして自然な」姿すなわち「(自己)否定と迫害と嘲笑の中」においてのみ再び神へと導かれ、永遠なる生命が与えられるのではないか、「重要なのは受難の栄誉、真実だけ」ではないかと神に問う。内なる神の声は「真実は芽吹き、開花し、実をもたらす」のであり、真実が空しく終わることを恐れてはならないと述べる。そして全能なる神と並んで全能なる真実が人間の胸中に立ち現れ、神と手を携えて汝を擁護すると語る(S. 394)。彼は心の声を父なる神の声として聞く。

学生たちに連行される間に彼が行う内なる声との対話は弱々しく不安に満ちて始まり、次第に力強く、やがて確信に満ちた口調に変わっていく。ユダヤ人の受難を運命と受け止め、「否定と迫害」を甘受し、受難に耐えることに意味を見出そうとする。そして受難あるがゆえに、恩寵すなわち永遠の生がもたらされると考える。

八場でジーゲルマンはヘレーネの出国を手助けしながら、受難の民ユダヤ人に固有な感覚や流浪の運命について述べる。

「苦悩によって第六感が与えられた。私は別の耳を持ち、別の指を持った。叩かれて以来、私はもう一つの体を持った。(…) 痛みのおかげで私はテレパシーを身につけた。私たちは途方もない圧力の中で生き、より高度な権力の下で生きている。それゆえ、私たちは互いに表には分からない形で意思を疎通している。」(S. 429)

「直接亡命する必要のない人々までもが亡命するのは何故か。それは我々が周囲の世界と不可分につながっているからであり、直接関与しない出来事にも不可避的に関わっているからである。我々は求めているものとは別の共同体を耐え忍ぶ必要がある。その共同体を耐え忍ぶことができない時、その共同体のための責任を共有しえない時、もはや逃走しか残された道はない。」

「ユダヤ人は自立した存在になる人間的能力を持たず、(周囲の社会に)同化する。あるいは、彼らは世界の何処かに一時的に留まり、帰郷する時を心待ちにする。その帰郷への憧憬は、あたかも自分の起源ではない場所へいつでも帰還できるかのようである。我々は他者の許に住み、そこを故郷としていない。それゆえ他者の癇《かん》に触り、彼らは傷つく。それを反ユダヤ主義と呼ぶ。」(S. 432)

ここに有史以来、受難と迫害の中に生きながら、救済と神の栄光を求め続けたユダヤ人特有の思考と運命観が示されている。ジーゲルマンはパレスチナのビザを求めて出国希望者が殺到するイギリス領事館が、「人間的態度が崩壊した今日、(ドイツにおける)唯一の希望の島」であると考え、自らも出国を決意する。そこには祖先たちのように受難を運命として受け止める一方で、出国を決意し、運命を主体的に切り拓こうとする新しい意識が見られる。

〈五〉 作品の反響

上演をめぐり

この作品は一九三三年十一月にチューリヒのシャウシュピールハウスでグスタフ・ハルトゥング演出により初演された。イギリスでは上演許可されず、作者はイギリス・ペンクラブに抗議の書簡を送っている。オーストリアでもナチスの反発を恐れて、上演されなかった。パリでは一九三四年に一〇〇回を超す上演がなされた。パリ上演の際には、ナチスの残虐さを示す場面(ジーゲルマン虐待等)が削除された。戦後、ドイツでは一九四八年三月にベルリン(ソ連管理地区)で上演され、オーストリアでは一九五一年に初めてウィーンで上演された。

ハインリヒ・マンは一九三三年十二月に作品の上演を見て、作者に次のような手紙を書いている。

「この作品はあなたが熟知する演劇的高みにあって驚くほど見事です。さらに生々しい体験が脈打ち、にじみ出ています。それだけにこうした連中(ナチス)が正体を暴露した直後に彼らを形象化し、我々がまだまったく覚悟を決めていない世界を演劇的に見事にとらえ得たことに感嘆しました。(…)

構成やあらゆる関連作用の厳密さと必然性があなたの演劇的特徴です。各人物が自分自身だけを理解し、しかるのちにようやく他者を再発見するという対話の中の感情表現法、すべてが高い緊張感を持続しています。(…)
チューリヒの劇場の大いなる晩が後々まで精神に感銘を与えてくれることに感謝します。[8]」

一方、ナチス政権お気に入りの桂冠作家ハンス・ヨーストはパリ上演を見た感想を次のように書き記した。

「アーリア人とユダヤ女性が恋し、男性が葛藤からアーリア人を殺してしまう。作者はアーリア人がユダヤ女性ゆえに破滅するという作者自身望まない結末を描いた。(…)憎悪、ルサンチマン、カリカチュアを経て生まれた作品である。(…)
観客の八割がユダヤ人である。褐色のシャツが登場するたびに〈畜生〉という叫びが沸き起こる。演劇としての評価は話にならない。ヒトラーと第三帝国にたいするデモである。[9]」

フィッシャー社との契約打ち切り

『人種』によってナチスとの対決姿勢を明らかにしたブルックナーは、ドイツを代表する名門出版社で彼の作品を出版してきたフィッシャー社がナチス政権下のドイツに留まって出版活動を続けていることに反発を強めた。社主ベルマン・フィッシャーは一九三三年十二月三十一日付の手紙の中で『人種』

を「ドイツ人とユダヤ人の悲劇を的確に形象化したあなたの最良の作品」と記した。一方、同じ日にブルックナーはフィッシャー社の演劇部門の代表に手紙を書き送り、契約関係の打ち切りを伝えた。翌月四日、ベルマン・フィッシャーはすぐに以下の返書を書いた。

「(著名な劇評家)A・ケルによるハウプトマン批判やH・マンによる友人の中傷は我々の中傷者に対する信頼を損なうだけである。(…)敵と同じやり方を用いても自らを貶めるだけである。(…)この出版社をできるかぎり維持することは闘いである。あなたと我々は同じ目標で結ばれている。(…)

強制的同一化されずにドイツで活動できると考えることは困難であるなどと言わないでほしい。困難ではあるが存続している。どうか我々のつながりを断ち切らないで頂きたい。(…)

あなたは一体何のために、誰のために書くのでしょうか。[10]」

フィッシャー社はヘッセ、トーマス・マン、ハウプトマンらドイツを代表する作家の本を次々に出版してきただけに、ナチス政権下における動静が注目された。

フィッシャー社代表ベルマンはナチス政権と反ナチ派双方の間に立って出版社の将来を模索し、やがて一九三六年半ばにウィーンへ社を移し、さらに一九三八年のドイツ軍のオーストリア進駐後にイタリアに逃れ、同年八月にはスウェーデンのストックホルムで出版社を再建し、亡命作家の作品の出版も行った。ブルックナーの契約打ち切りを辞さない姿勢がベルマン・フィッシャーに一定の自覚を促したことは明らかである。

渡米

一九三六年、ブルックナーはハリウッドによる映画脚本執筆の申し出に応じて渡米した。しかし、映画プロデューサーや映画資本、アメリカ人大衆の趣味に合わせたシナリオ改変の要求を受け入れられず、脚本執筆は頓挫する。一方でニューヨークでエルヴィン・ピスカトールによるレッシングの『賢者ナータン』上演に参加した。ユダヤ教、キリスト教、イスラム教三者の共生を求める同作と関わることで、彼はドイツ文化の遺産を救い上げ、ヒューマニズムのあり方を模索した。また彼はブレヒトやA・デーブリーンらとともにドイツ語の書籍を刊行する出版社を設立した。

アメリカで書いた『彼の時間は短い』(一九四五)はナチス占領下ノルウェーにおける聖職者らの抵抗劇であり、彼は『人種』に続く作品と見なした。『解放された人々』(一九四五)は連合軍による解放後のイタリアを舞台とした劇である。作者は『人種』を「二つの大戦の青春」三部作の締めくくりであるとともに、ナチスの興隆から敗退にいたる三作品の最初の作品と見なした。さらに大戦中に彼は『英雄的喜劇』(一九四二)という亡命時代のもう一つの秀作を執筆する(第七章参照)。

注

使用テクストは Ferdinand Bruckner: Dramen hg. von H. Schneider, Berlin 1990. 作品からの引用に際し、原典該当頁を引用直後の括弧内に示した。以下の章も同様。

(1) Zeit und Theater 1933-1945. Bd. IV. hg. von. Günther Rühle, Frankfurt/M, Berlin, Wien 1980, S. 823.

(2) Phillippe Burrin: Hitler et les Juif. 1989.『ヒトラーとユダヤ人』(佐川和茂、愛子訳)三交社、一九九六年、七二頁以下。及び Michael Berenbaum: The World must know. Holocaust Memorial Museum. 1993.『ホロコースト全史』(芝健介監修)創元社、一九九六年、七六頁。

(3) Ebd., S. 822. 別の統計によると、一九一〇年、ドイツでユダヤ系の占める割合は人口の一パーセントながら、弁護士の一五パーセント、医者の六パーセント、ウィーンでは弁護士の六二パーセント、医者、歯医者の五一パーセント、科学的職業の七〇パーセントを占めていた(E・トラヴェルソ『ユダヤ人とドイツ』宇京頼三訳、法政大学出版局、一九九六年、二七頁)。この数値は本文で示したベルリンにおける統計に近い。

一九二五年にドイツ大学会議で大学におけるユダヤ人の割合を増やさないようユダヤ人教師不採択を決議している。一九三三年、三四年の二年間に大学を去った教員数は正教授だけで三一三名、講師、助手、研究員も含めて一、六八四名に及び、ベルリン大学、フランクフルト大学では三〇パーセント以上である。三三〜三八年の総数は三、一二〇名に及ぶ。大学や研究所を去った者にはノーベル物理学賞受賞者一〇名、化学賞四名、医学賞五名が含まれ、その多くは亡命した(山本尤『ナチズムと大学』中央公論社、一九八五年、三〇頁以下)。

(4) H・アーレント『ラーエル・ファルンハーゲン——ドイツ・ロマン派のあるユダヤ女性の伝記』(大島かおり訳)みすず書房、一九九九年、九頁(改訳)。

(5) Ferdinand Bruckner: Dramen. S. 621.

(6) E・トラヴェルソ、同書、三一頁。なお、T・アドルノとM・ホルクハイマー『啓蒙の弁証法』第五章「反ユダヤ主義の諸要素」において、「ユダヤ人は民族的、人種的特徴と関わりなく、専ら宗教的信条や伝統のみによって一つの集団をつくる」という考え方に基づき、同化ユダヤ人が同化しきっていない東方ユダヤ人と自分たちを区別する見方を紹介し、その無効性を述べている(T. Adorno, M. Horkheimer: Dialektik der Aufklärung. 徳永恂訳、岩波書店、一九九〇年、二六五頁以下)。

(7) 阿部良男『ヒトラー全記録』柏書房、二〇〇一年、三九四頁。なお、ナチス政権の経済相兼ドイツ国立銀行総裁シャハトは反ユダヤ人政策や再軍備費の突出に反対し、一九三七年十一月に経済相を辞任した。彼は「水晶の夜」のユダヤ人迫害に反発し、ヒトラーに穏便なユダヤ人問題の解決策を上申したが無視された。戦後、シャハトはニュルンベルク裁判で起訴されたが、戦勝国の票が分かれた末に無罪判決が下った。

(8) Zeit und Theater. Bd. IV. S. 833.

(9) Ebd., S. 834. なお、棗田光行「シュニッツラー『ベルンハルディ教授』とブルックナー『人種』」(『時代と闘うドイツ演劇』近代文芸社、二〇〇二年)では、第一次大戦前の一九一二年に書かれ、一九〇〇年頃のウィーンを舞台とする『ベルンハルディ教授』と対比され、そこではユダヤ人排斥の要因が複数存在したが、三十年後の『人種』の時点ではナチスのイデオロギーに収斂されている点が指摘されている。

(10) Ebd., S. 827f.

第三章　ユダヤ人迫害(二)

──『マムロック教授』(F・ヴォルフ)

映画『マムロック教授』

〈一〉作　者

フリードリヒ・ヴォルフ

フリードリヒ・ヴォルフは日本でもある程度知られた作家である。彼の小説『国境のふたり』(一九三八)と児童文学『わが友キキー』(一九四二)は戦後岩波書店から刊行された。戯曲『モーンス青年隊』と『森の野獣』(一九四八)も同時期に世界戯曲選集(白水社)に収められている。最晩年の戯曲『トーマス・ミュンツァー、虹の旗を持てる男』(一九五三)も邦訳された。

彼は一八八八年、ライン地方のノイウィードでユダヤ系ドイツ人の比較的豊かな家庭に生まれた。ギムナジウム修了後、ミュンヘンの芸術アカデミーに在籍し、やがて医学に転進した。一九一三年に船医となり、翌年勃発した第一次大戦に軍医として従軍した。彼は西部戦線の激戦を体験し、数少ない生還者として反戦主義者となり、上官の命令を拒否して一時期精神病院に収監された。

大戦後に釈放されると、独立社会民主党員としてザクセンの労兵評議会(レーテ)に参加した。一九二一年に北ドイツ、ブレーメン郊外のヴォルプスウェーデにある画家ハインリヒ・フォーゲラーの住居を拠点としたバルケンホーフのコミューンに参加し、開墾作業や教育活動に従事した。その後、妻と別れ、ヘヒンゲンに医師として赴き、再婚。一九二七年にはシュトゥットガルト近郊へ移住した。翌年、彼は共産党に入党し、プロレタリア革命作家同盟に所属した。

彼は大戦中に創作活動を開始し、ユダヤ教と世界宗教との相克を扱った表現主義的な戯曲『マホメット』（一九一七）を書く。次作『それはお前だ』は表現主義演劇に特徴的な「新しい人間」をめぐる劇で、一九一九年にドレスデンで初演され一躍脚光を浴びた。その後、写実的な作風に転じ、ドイツ農民戦争を描いた歴史劇『貧しいコンラート』（一九二三）では、「全世界は生まれ変わらなければならない」（第七場）というメッセージを掲げ、世界の再生の必要性を謳い、ドイツ革命が流産し、敗戦後の混乱期を生きる人々に訴えかけた。

一九二八年には評論『芸術は武器だ』を発表し、ドレフュス事件に抗議したエミール・ゾラに倣って、社会的不正に対して闘う時代の良心としての作家の役割を強調し、階級対立的視点から社会的矛盾を先鋭化して提示し、観客に決断を迫る演劇を提唱した。

翌年、彼は戯曲『青酸カリ、二一八条』で大きな社会的反響を呼び起こす。この作品は貧しい労働者の娘が闇の産婆による堕胎を試みて失敗し、亡くなる悲劇を医師としての体験を踏まえ描き出した。一九二八年の統計によれば、中絶を禁止した二一八条にもかかわらず、ドイツでは一年間に五〇万人以上の女性が堕胎し、そのうち一万人が亡くなっている。ヴォルフは当時の多くの女性が亡くなった中絶をめぐる問題に光をあて、舞台化した。

この作品は一九三〇年に映画化され、中絶を認める社会的動きが活発化し、司法当局との対立が起きる中、ヴォルフは職業的な中絶行為を擁護したとの理由で一九三一年に検挙される。これにたいして、反二一八条闘争委員会がヴォルフの釈放を要求し、物理学者A・アインシュタインやブレヒトらも支援した結果、ヴォルフは釈放された。一方、ナチスの御用新聞『フェルキッシャー・ベオーバハター』はこの作品に関連して、ヴォルフを「誘惑者としてのユダヤ人」、「東方ユダヤ的ボルシェヴィスムの社会的に最も危険な代表者の一人」と呼び、反発を表明した。(1)

一九三〇年、ヴォルフは戯曲『カッタロの水夫』を発表し、ヴァイマル共和国時代の代表的劇作家の一人としての評価を受ける。この作品は第一次大戦末期の軍港カッタロにおける水兵の革命運動とその敗北に至る過程を描き出す。ただし作品は水兵たちの革命運動をたんなる敗北としてではなく、勝利に至る始まりとして描かれている。戯曲『タイ・ヤンは目覚める』(一九三一)は上海の女工のストライキを扱っている。

ヴォルフはナチスによる国会放火事件の数日後に亡命した。そしてスイスのバーゼルでナチスによる国会放火事件の真相を暴露する冊子を執筆する。冊子は密かにドイツ国内で配布された。彼はフランスへ移り、ナチス政権の実態を暴露するドキュメント集の編集に参加。『フマニテ』編集長パウル・クルティエと作家アラゴンの妻エルザの助力を得てブルターニュ地方のブレア島に移住した。その間、亡命時代の彼の最も重要な戯曲『マムロック教授』に取り組み、同年七月に島で書き上げた。F・ブルックナーとほぼ同時期にフランスでユダヤ人迫害を主題とした戯曲を書いたことになる。以下、『人種』とともにユダヤ人迫害を最初期に描いた記念碑的作品を考察したい。

〈二〉 作　品

筋立て

作品は全四幕からなり、一九三二年五月から翌年四月にかけて、ユダヤ系ドイツ人であるハンス・マムロック教授が院長を務める外科病院と彼の自宅を中心に展開する。

第一幕。ヒンデンブルク大統領再選直前の一九三二年五月(史実ではヒンデンブルクが大統領に再選されたのは同年四月)。病院。

手術を前に医師ヘルパッハと女医インゲが手を消毒している。そこへ『新日刊新聞』の編集長ヴェルナー・ザイデルが胆嚢手術を受けるために担架で運ばれてくる。ザイデルは大統領選挙前に現場を離れることを残念がり、一同は大統領選の話に移る。医長カールセンが現れ、病院は民族の集会所ではないと注意する。マムロック教授も病院は政治とは無縁の学問の世界であると宣言する。

そこへナチスとの乱闘で撃たれた共産党員の労働者が運ばれてくる。インゲは労働者に純粋のアーリア人か訊ねる。労働者は自分がプロレタリアであって人種など問題ではないと答える。ザイデルは政治の混乱を憂える。マムロックは病院に政治を持ち込むことを禁じ、手術室に入る。

第二幕。一九三三年二月二十八日午後。国会放火事件の翌日。マムロック教授宅の居間。

二十歳になる息子ロルフは新聞で事件を知って驚く。そして治安警察が現場でオランダの共産党員ファン・デア・ルッペを逮捕したという報道に疑問を感じる。容疑者が素性を隠さずに共産党員証を携帯してテロを実行したことを疑う。母親のエレンは反ナチ政治集会に参加する息子が親ナチグループとの乱闘に巻き込まれることを怖れ、政治に深入りしないよう求める。帰宅したマムロックも息子に自重するよう求める。

新聞編集長ザイデルが新聞を手に駆け込んで来る。彼は政府によってあらゆる社会主義的な新聞、印刷所が閉鎖され、ベルリンだけで二〇〇人を超す共産党幹部や医者、平和主義者、国際主義者、ユダヤ人が逮捕されたと伝え、急いで身を隠すよう忠告する。

医師ヒルシュも旅行かばんを持ってやって来る。彼はユダヤ人集団虐殺《ポグロム》が起きる雰囲気で、通りを突撃隊(SA)が埋め尽くし、同僚医師ヘルパッハが行進に参加していると伝える。ユダヤ系看護士ジーモンもSAにより外科病棟が占拠され、非アーリア人医師の捜索が行われていると伝える。

隣室のラジオからゲッベルスの演説が聞こえてくる。マムロックはラジオ放送を切り、政府の人種理論が科学的な真実ではないと見なす。マムロックは息子に放火犯の一味と両親のどちらを選ぶかとせまり、共産党組織との接触を禁じる。

女医インゲが現れ、号外を見せて共産主義者とユダヤ人のテロ行為を非難し、もはやユダヤ人の下で働くことはできないと伝える。ロルフは理性が失われた以上、行動あるのみと述べ、両親の制止を振り切って家を飛び出す。

母親エレンは夫が息子を追い詰めたと非難する。インゲはロルフが闘争心を燃やし、死ぬまで闘うだろう、「彼を救わなければ」と述べてエレンを抱きしめる。インゲの思いを知ったエレンも思わずインゲを抱きしめる。

第三幕。一九三三年四月一日に実施されたユダヤ人ボイコット及び七日に公布された「職業官吏再建法」の後。マムロック教授宅の居間。

マムロックが息子の消息を尋ねると、妻エレンは今日再び五〇人の共産党員が逮捕され、強制収容所に投獄されたことを伝える。マムロックは息子の無事を信じ、仕事を続けると述べる。

長女ルートが蒼ざめて帰宅する。母親が背中の黄色い染みのことを訊くと、ルートは学校で皆から「ユダヤ人は出て行け」という罵声を浴びせられ、先生から登校しないよう言われたと伝える。マムロックは憤慨し、抗議しに行こうとするが、娘は学校へ行けば迫害されると叫ぶ。娘は兄が非合法新聞をSAの兵舎に撒いている、見つかれば危ないと語り、頭痛を訴えて退室する。

医師ヒルシュが来て、「抵抗は無駄」であり、「我々ユダヤ人は全員解雇された」と語る。SA隊員を連れた医師ヘルパッハがピストルを持って現れ、彼が地区の全病院を管轄する政府委員に任命され、非アーリア人医師と看護人を即日解雇すると伝える。

新聞編集者ザイデルが駆け込み、「マムロック教授の病院で大量の無駄遣いと不正行為が発覚し、マムロックが責任を取って院長を辞職した」という記事が掲載された新聞を見せる。マムロックは憤慨して、ザイデルに真実を伝えよと迫る。ザイデルは新聞の廃刊を怖れて断る。マムロックは納得せずに病院へ向かう。

ロルフの仲間である労働者エルンストが家の中へ倒れ込むように入り、小包をロルフに渡すよう頼む。母親エレンは小包が政府批判のチラシと知ると、一家に危険が及ぶので預かれないと述べる。エルンストは何十万人もの労働者が職場を追われ、逮捕され、迫害されながら闘っていると言い残し、小包を持って立ち去る。

女医インゲが駅で反ナチの新聞を売っているロルフの姿を目撃したと言う。エレンは息子に会いに行こうとして、止められる。

そこへマムロックが看護士ジーモンらに抱きかかえられ、運ばれてくる。マムロックのワイシャツは皺くちゃになり、首から「ユダヤ人」と書いたプレートをぶら下げたまま、呆然自失している。マムロックが病院に向かった時、SAの歩哨に見つかり、車から引きずり出された。同僚が止めなければ、マムロックは通りを引き回されていた。妻エレンは嘆き、マムロックは痙攣したまま動かない。

エレンは出国を決意し、娘に旅の用意をするよう促す。書斎に入り戻ったマムロックは第一次大戦の際に携行した拳銃を握りしめている。

その時、SAの制服を着たヘルパッハが再び部下を伴って現れる。彼は「職業官吏再建法」に基づき、マムロックおよび非アーリア人医師、職員の解雇を告げる。マムロックは自分の名声を慕って弟子入りした相手の豹変を非難する。ヘルパッハは議論を避け、ユダヤ人排除は民族が決断したことであると述べ、国外退去を求める。マムロックは強く反発し、ドイツに留まり、再び病院に行くと述べて書斎に入る。ヘルパッハはエレンにアーリア人女性に対する遺憾の意を伝え、今後はユダヤ人とアーリア人女性の結婚は認められなくなると述べる。

一同が退去した後、ロルフと女医インゲが現れる。インゲは危険な抵抗運動から手を引くよう説得する。彼女はあらゆる報道機関や公共放送、警察、学校、病院が政府に支配されている以上、反政府活動は身の危険を招くだけであると述べる。

ヘルパッハが来る気配に、インゲはロルフを脇へ隠す。相手が去った後、インゲはロルフに出国を促し、二人は見つめ合う。

第四幕。翌日。第一幕と同じ病院。手術室の控えの間。

医師たちの前にヘルパッハが現れ、「職業官吏再建法」に従って非アーリア人医師を罷免するが、マムロック教授は戦争従軍者として除外するという例外規定を伝え、カールセンを新院長に指名する。そこへマムロックが姿を現す。ヘルパッハは「職業官吏再建法」を伝える。マムロックはユダヤ系看護士ジーモンが解雇されることに反発し、例外規定に反して自分の名前を解雇者リストに書き加える。ヘルパッハは反政府行為と見なし、教授の調書を作成し、医師たちに証人として署名を求める。ヘルパッハは民族に敵対するか否か態度を明らかにせよと促す。マムロックの反発をよそに、医師たちは民族の圧倒的多数の意思に従う他ないという消極的理由から署名する。彼らを臆病者と罵ったマムロックは投げやりになり、署名するがいいと言う。

最後に署名を求められたインゲは署名を拒否し、別室に連行される。患者が苦しみ出したため、マムロックは「患者が最優先」と述べ、真っ先に手術室へ向かう。ヘルパッハは相手を制止し、署名を促す。マムロックは調書を見ながら、「抵抗せず、闘わずして変節し、(…)卑劣、卑怯」であるとつぶやき、一同の署名に線を引いて消し、調書を引き裂く。そして飛びかかろうとするSA隊員の顔に紙切れを投げつけ、拳銃を自分の胸に押し当て、引き金を引く。

マムロックは「闘うのだ、捕らえられ、首にプレートを吊るされ、通りを引き回されても、それでも闘うのだ」とつぶやく。インゲにこれが唯一の道かと問われ、「私にとっては唯一の道だった、おそらく。あなたは別の道を行きなさい、新しい道を。踏み出し、試みるのだ」と述べ、息子によろしく伝えて欲しいと言い残し事切れる。ヘルパッハが新たな調書を作成しようとすると、看護士ジーモンは「その必要はない、このことを我々は決して忘れはしない、決して」と述べる。(幕)

職業官吏再建法

作品を考察する上でまず背景となる史実との関連を確認しておきたい。

一九三二年四月十日、ヒンデンブルクが大統領に再選された。同月下旬のプロイセン州議会選挙でナチスが大躍進し、七月末の国会選挙では第一党に躍り出た。第一幕はこの大統領選の直前に設定されている。翌一九三三年一月三十日にヒトラー政権が成立し、二月二十七日夜に国会放火事件が起こる。第二幕はこの国会放火事件の翌日に設定されている。

四月一日に実施されたユダヤ人ボイコットに続き、七日には職業官吏再建法が公布され、同月二十日と二十五日にはユダヤ人医師と教師を職業から排除する法令が出された。第三幕と四幕はこのユダヤ人ボイコットと職業官吏再建法の公布直後に設定されている(前章年表参照)。

このようにナチス政権成立前後とユダヤ人迫害の始まりを画する出来事が各幕を規定する歴史的背景として設定され、それぞれの出来事が引き起こした事態をユダヤ人医師一家の反応と行動として描き出している。

新聞編集長ザイデルは第二幕で、「今回の民族運動が第一次大戦時の国民総動員のように巨大で血腥く、運命的で、自然の光景」であり、「民族が起き上がり、嵐になった」と述べる(S. 315)。こうした嵐のような民族運動の高まりが随所で作品に捉えられている。

史実に関連して、ナチスの主張がゲッベルスの次のようなラジオ演説として織り込まれている。

「異人種である東方の下等人間の犯罪に対して、我々はアーリア人の新しいヴィジョン、北方人種の古く究極的な構想を対置する。(…) この犯罪者どもがわが民族の家に放火した後において、私が異民族の殺人者のペストを鉄拳で粉砕することを何者も妨げることはないであろう。」(S. 317)

SAの地区病院管轄委員ヘルパッハは第三幕でマムロックに対して、職業官吏再建法に基づいていったんは解雇を告げながら、第四幕ではマムロックが退役軍人であるがゆえに解雇対象外であると伝える。こうした混乱の背景には、大統領ヒンデンブルクが退役軍人を解雇対象から除外することを主張した史実がある。

同僚の医師が次々にマムロック告発の調書に署名していったが、これに関連する史実として、弁護士や医者など同業者が職業官吏再建法を後ろ盾に同僚ユダヤ人の解雇を合法的に進めたことが知られている。ナチスを支持したベルリンの医師たちはユダヤ系の競争相手を解任するために躍起になった。なお、史実ではユダヤ人の医師免許剝奪令は一九三八年七月になってからである。それゆえ、この作品に描かれた一九三三年当時には、地区管轄委員といえども医師を罷免する絶対的な権限はなく、作品にも同僚医師の署名を求める場面が描かれる。それゆえ同僚の排除に同意する医師たちの人間性が問われる場面となった。

さらに関連した史実として、一九三三年三月にベルリンの医師フリッツ・ヘンケルが書いた証言文が残されている。それによると、医師ヘンケルは一八九二年にベルリンに生まれ、ベルリン大学で医学を専攻し、第一次大戦に際して西部戦線と東部戦線で軍医として第二級鉄十字賞を受け、戦後ベルリンで神経科を開業した。彼は突撃隊に逮捕され、兵舎で虐待され、国外退去を宣誓させられて釈放後、妻子を連れてスイスへ出国した。この証言文はマムロック教授の人物像や体験を裏書するものである。どちらも退役軍医であり、開業医として迫害され、廃業させられる。マムロックは兵舎へは連行されなかったが、ユダヤ人として引き回された。作者がこの証言文を読んだかは定かではないが、証言にも記述されているように、虐待された者は多数いた。

別の証言として、物理学者A・アインシュタインの親戚でベルリンのドイツ赤十字の産院・乳児院長だったユダヤ人女医ヘルタ・ナートルフは一九三三年から四五年にかけて日記を記した。そこにはユダヤ人外科医の病院立ち入り禁止の話(一九三三年五月)や第一次大戦従軍医師の資格継続(同年五月)等が綴られている。同じ医師である彼女の夫は一時拘留され、一家はアメリカへ亡命した。[2] こうした史実の裏付けが作品のドキュメント的性格とリアリティを強めている。しかも史実は単なる背景ではなく、作品の展開に密接に組み込まれている。主人公は状況の推移に翻弄されていく。

主人公マムロック

作品の主人公マムロックは胆嚢手術の権威で、医者としての合理的な精神と科学的世界観を身に付けている。少年時代から学問的な向上心と克己心を備え、医師としての強い使命感を持っている。宗教にはほとんど関心がないが、祖国愛と郷土愛を抱いている。

看護婦はマムロック教授が第一次大戦中に四年間前線で軍医を務め、鉄十字章を授与されたことを称える。新聞編集長ザイデルはマムロックと学生時代の同級生であり、教授を「生まれながらの外科医」と呼ぶ。少年時代から几帳面な性格で、手先が器用なだけでなく、精神的鍛錬を積んでいた。医師ヒルシュはマムロックが第一次大戦中に手榴弾の爆発により足に重傷を負い、後遺症を抱えながらも、医師として長時間立ち続けて手術を行う忍耐強さと使命感を称える。

マムロックは医学一筋に生きてきた。マムロック自身、自分がかつてヒンデンブルク委員会の帝国委員に選ばれた経歴を持ちながらも、政治の世界は全く理解していないと語る。彼のヒンデンブルクに対する尊敬は愛国心と一体である。

第二幕の冒頭でマムロックの妻は、息子の反政府活動を夫に伝えなかった。伝えれば、家父長的な夫が息子の政治活動を禁止し、父子の争いを招くことは明らかだった。彼が息子に冷静に判断し、行動するよう求めると、ロルフは世代間の考え方の差ではなく、階級問題であると反論する。マムロックは学生が階級問題を振りかざし、舌足らずな議論のまま過激な行動へ走る危険性を指摘する。

マムロックは第一次大戦の功労者として鉄十字勲章を与えられた愛国者である自分が突然、職業と権利を奪われ、パーリア扱いされることが理解できない。政治に関わろうとしなかったマムロックの姿勢も、ナチスのユダヤ人排斥政策が自分の身に及ぶに至り、対応を迫られる。

第三幕。マムロックはSA隊員となった医師ヘルパッハに対して、かつて自分の許で学びたいと病院の門を叩いた時には医術だけを問題とし、マムロックの祖先の出自あるいは髪の毛や目の色などは全く問題にしなかった、今になってそうした些事を問題にするのかと反発する。そしてドイツ人六、〇〇〇万人のうちの六〇万人、全人口の一パーセントしかいないユダヤ人を同化できず、排除するために総動員を行うのか、ユダヤ人の境遇を悪化させることで他の人々の境遇が良くなるのかと批判する。

彼が拠って立つ論理は、近代市民社会を根拠づける人権思想である。彼は「人間を支配する根源的な正義があるはずだ」(S. 340)、「私は、あらゆるドイツ市民が人種や階級の区別なく、法の前に平等であるという憲法で厳かに保証された権利を要求する」(S. 354)と述べ、ヴァイマル共和国憲法に明記された人権を盾に取り、ナチスの掲げる民族主義、ユダヤ人排斥運動を批判する根拠とする。マムロックの抵抗が人権思想を後ろ盾として、ナチスの反ユダヤ主義政策と真っ向から対峙することで、彼の解雇、排斥をめぐる展開の悲劇性が高まり、ドイツ市民社会の限界と挫折および民主主義思想の敗北を具現するドラマとなる。

第四幕でマムロックは看護士ジーモンの解雇に反発し、ジーモンは幾度も献血し、同朋を救ってきたと述べ、ジーモンを引き止めようとする。マムロックは、ナチス政権が清廉、信念、勇気、同志愛などのスローガンを掲げながら、有能で無抵抗な人々の仕事を奪おうとしているが、それは同志愛や清廉と言えるだろうかと、建前と現実の矛盾を突く。そして、政府は民衆を運動へ駆り立てることができても、人に信念を押し付けることはできない、良心に反する行為の強制は奴隷の魂と臆病者やろくでなし根性を生むと述べる。

彼はさらに同僚医師たちに真理と正義に対する責任を問う。そして敵は人々の臆病を自分たちの武器にする、闘わなければならない時に闘おうとしないことが最大の犯罪であると述べる。彼は医師たちが大勢に従って信念もなく、長いものに巻かれ、尊敬していたはずの人物の排斥に同意する姿勢を批判する。彼の自殺はナチスの人種政策に対する最後の抵抗と抗議となる。

作品の最後で、マムロックは自殺が唯一の道かと問われ、「私にとっては唯一の道だった、おそらく。あなたは別の道を行きなさい、新しい道を」と述べている。彼には自殺以外に選択肢がなかったのか。彼が示唆した「別の道」とはロルフが飛び込んだ非合法活動だけを指すのだろうか。この後に続く十数年もの長く暗い独裁体制とホロコーストの史実から見れば、ユダヤ人に出国以外に「別の道」の可能性は皆無に近かった。「新しい道」はもっと以前に踏み出されていなければならなかった。

作品の冒頭には「敵を倒すのには勇気が必要である。幾度も、常に」というフランス革命の立役者ダントンが国民公会で述べた言葉がエピグラムとして掲げられている。最終幕、マムロックは次々に調書に署名する同僚たちの姿を見て、「抵抗せず、闘わずして変節し、(…)卑劣、卑怯」であるとつぶやく。人々がナチス政権成立以前から、あるいは成立後なお不安定な段階にあって、ナチスの政策に反対し、抵抗していれば、事態は変わっていたかもしれない。少なくとも歴史に運命論を見る必要はない。普段から政治に関心を寄せ、必要に応じて政治に関与する姿勢はマムロック自身にも欠けていた。

彼は医学という限られた専門分野においては職人芸的な際立った能力を発揮し、鋭い科学的判断力と実証的精神、柔軟な合理性を保持している。彼の性格を形成する勤勉、合理的精神、義務感、使命感等はとりもなおさず近代市民社会を成立させ、発展させてきたエートスである。しかし専門外の事柄に対しては凡庸な判断力しか示さず、権威に従順で、家父長的である。ナチス政権の成立に際しても、基本的に合法的なものとして受け入れ、危機感を抱くことはなかった。こうした姿勢は彼一人に限らない。政治的に成熟し、主導権を握る安定した市民層が未確立であった。マムロックに体現される無数の「非政治的人間」、分業化した社会における専門人たちは、急転回を遂げた政治の季節の只中にあって一人ひとり孤立し、あまりに無力だった。

家族とユダヤ系の人々

マムロックの家族は異なる行動を取った。半ユダヤ系である息子ロルフは日頃から社会主義グループと行動を共にし、ナチス支持学生グループと対立し、小競り合いを繰り返していた。ナチス政権成立後、彼は両親の制止を振り切って地下活動に入り、非合法の抵抗運動を展開する。

ナチス政権成立前、一般市民の大半は公共の場で乱闘を繰り返すナチス支持学生と社会主義学生のどちらの集団にも好意的に与することはなかった。ナチス政権成立後、抵抗勢力は急速に弱体化し、日陰の存在へと追いやられたが、それはナチス政権が強権的な強制的同一化政策を迅速に実行したためだけではない。ヴァイマル共和国時代、広範な市民層にとってナチスの台頭を批判した人々が、ナチスに代わる魅力的な対抗勢力とならなかったことが指摘できよう。共和国時代、国民は賠償問題と世界恐慌に喘ぎ、民主主義は形骸化し、政府の政策に民衆は強い不満を抱いていた。国民は窮状を打開する強い指導者を待望していた。

ロルフの母親は非ユダヤ系で、息子の抵抗運動を支持せず、息子の同志が手渡すよう依頼した小包を預かることさえ拒否した。母親の対応は当時の中間市民層の姿勢を如実に示している。親の支援さえ受けられない抵抗運動が成功する見込みはない。作者ヴォルフは劇場関係者に宛てた手紙の中で、「上品な市民(母親)の過度の無害・無知においてブルジョアの腐敗が示されるのです！」(一九三三年六月二十二日）と、母親の行動に関してコメントしている。また別の手紙では、「(同志)エルンストの登場と退場、そしてロルフの(女医インゲとの)愛の場面は、民衆の地下運動に関して、共産主義に対する説明や討論より多くのものを伝えることができます」（一九三三年八月二十一日）と述べている。

ユダヤ系の看護士ジーモンは日頃、マムロックの指示に忠実に行動してきた。しかし、ナチスによる解雇通知に対して抵抗せずに難を避け、国外移住を含め残された選択肢の中から生きる道を選んでいく。一九三四年七月にテル・アヴィブでヘブライ語版が上演された際、ユダヤ人観客の間でも、国内に留まって抵抗を続けるか、ジーモンのように国外移住の道を選ぶべきかという選択肢をめぐって議論が起きた。

医師たち

作品ではナチス政権成立を境として変化していく医師たちの言動が示される。

第一幕で、大統領選をきっかけに各人の政治的立場が明らかになる。ユダヤ系医師ヒルシュは第一次大戦の従軍兵としてヒンデンブルク崇拝を表明する。編集者ザイデルも戦死者を哀悼する。女医インゲは民族が強力な指導者を待望していると語る。医師ヘルパッハもまたドイツ民族の権利を主張する。一九三二年の大統領選は事実上ヒトラーとヒンデンブルクの一騎打ちとなり、社民党は「より少ない禍」として後者を支持した。作品ではヒンデンブルクを支持する医師マムロックやヒルシュも、ヒトラー支持派の医師たちも国の危機を打開する強力な指導者を求めていた点で一致する。

負傷した労働者の言葉をきっかけに、人種をめぐる各人の見方が交錯する。マムロックが職業や労働、風土が肉体と人間を形成すると語った際、この発言にヘルパッハが反発する。ヘルパッハは遺伝的な人種ホルモンが恒常的な要因であり、職業や風土は外因的であると述べる。マムロックはメンデルの種の交配説を持ち出して反論する。ヘルパッハは人間の場合は精神的な特徴が恒常的であり、英雄的性格はアーリア的ゲルマン的であると主張する。マムロックはこれにたいして旧約聖書のダビデ王による巨人ゴリアテ退治や英雄サムソンの勇猛さを引き合いに出し、どの人種も固有の生と美を持つと述べ、自画自賛を慎むよう促す。

ナチスはそれまで民族性をほとんど自覚することのなかった人々の意識と感情をも変質させ、強い民族感情によって染め上げていく。マムロックの部下であったアーリア系の医師たちが尊敬する師マムロックの排斥に次々に同意していく。

第三幕の後半で、SA隊員となったヘルパッハが今後はユダヤ人とアーリア人女性の結婚は認められなくなると述べた際、医長カールセンが異を唱えた。ヘルパッハは相手の発言が総統の民族観に反対するものであり、発言に対する責任をとることになるだろうと脅す。民主主義者であるはずのカールセンは相手の脅迫に怯え、慌てて謝罪しようとする。そこにはもはや自由な意見の表明を許さない雰囲気が支配している。

第四幕で、ヘルパッハがマムロックの反政府的言動を告発する調書には「マムロック教授は政府の政策に対する挑発的言動によって、病院の治安を脅かした。彼の挑発的行動は患者に対して破壊的に作用した」(S. 358) と記されていた。調書にサインを求められた際、医長カールセンは民族が決断を下したものであると述べ、署名する。彼にはもはやナチスの行動に異を唱える勇気はない。旧友の編集長ザイデルも自分たちの態度決定がマムロック個人に向けられたものではない、圧倒的多数に逆らうことはできない、世論や購読者のための責任があると弁明しながら署名する。看護婦も他にどうすることができようか、と泣きながら署名する。

同僚の医師や旧友までもが次々と署名する中、女医インゲだけは署名を拒否する。彼女はナチス政権成立前までは病院で絶対的な権限を持つマムロック教授の治療方針に対する不満を口にし、ナチスの運動を支持していた。その後、マムロックが迫害されるにおよび、彼女は微妙にその態度を変化させていく。一家の長男ロルフが反政府活動に飛び込むと、彼が危険な活動に深入りしないよう説得し、母親に引き合わせようとする。

インゲはマムロックを告発する調書の署名を拒否した際、追従者や闇商人、卑怯な受益者などのユダヤ的商人根性に対して戦士、闘争者、騎士的人間像を対置するというナチスの主張には賛同するが、今回の弾劾は追従者を生むだけであると批判する。彼女はナチスが支配する世界を異様な世界、「狂気の世界」と呼ぶ。彼女の態度が変化した背景には、半ユダヤ系青年ロルフに寄せる恋心がある。彼女は自らの心理状態を、「恥と絶望と愚かさと、ある何かに燃えている」と述べる。それゆえ、ユダヤ人に対する同情心が芽生え、他人事としてではなく、彼らの運命に積極的に関与していった。

ドン・キホーテ、マムロック

作者ヴォルフはアメリカの劇場関係者に宛てた手紙の中で次のように記している。

「マムロックは外からの攻撃によって破滅したのではなく、彼の過度な信頼、政治闘争においても公正、高貴さが保たれるはずだという古い信頼ゆえに破滅した。マムロックの理想主義的な見解は自然であるが、いずれにせよこの古い世界は我々の目の前で砕け散った。(…)マムロックを風雪に耐えた偉大さにおいて理想的悲劇的ドン・キホーテ、最後のユダヤ人騎士として描くことに成功したならば、この作品は私が望んでいるような偉大なものとなります。それは私が一九一六年にユダヤ人の御者や職人の中に見たような勇敢で幅のあるユダヤ人です。彼は自然児のようです。最終幕では、そうした人物の人間に対する信頼が崩壊し、彼の抱く理想的世界がおもちゃのように砕けるのです。」(一九三三年五月三十日)(3)

ユダヤ人排斥の嵐の中で人権を盾に自分の地位や身分にこだわり、ナチス政権に抵抗した結果、その試みが悲劇的な死に終わったことをこの作品は示している。人間の尊厳を示しつつ破滅する悲劇的人物像を形象化し、時代の悲劇的状況を描き出した。

ヴォルフはこの作品の作劇法に関して、手紙で次のように記している。

「すべてを動機付けるイプセン流の技法を排し、観客の思考能力を信頼し、ソクラテス流に間接的な問いかけと促しによって物事・解決を発見させるつもりです。こうした間接的手法(自己発見と思考への教育)はソクラテス、プラトン、マルクスの方法です。観客に対してすべてを心理的、社会的に動機付けて舞台に提示するのではなく、舞台でまったく客観的にテーゼとアンチテーゼを提示し、観客が総合(ジンテーゼ)を実行するよう仕向けるのです。(…)『マムロック』ではこの間接的手法が(『カッタロの水兵』)より高まって用いられています。」(一九三三年八月二十一日)(4)

作者の考えに従うならば、作品はマムロックの自殺を描きながら、自殺以外の道を観客に考えさせることを狙ったと見ることができる。「観客の思考能力を信頼し、間接的な問いかけと促しによって物事・解決を発見させる」という手法は、同時期に異化効果と叙事的演劇を展開していたブレヒトの演劇観とも重なる。後述するように、戦後、両者は演劇手法をめぐり討論するが、上述のヴォルフの考えは一見伝統的と見られがちな彼の演劇観の革新性を示している(第六章参照)。

「一人のマムロック?……千二百万人のマムロック!」

作者は後に、「一人のマムロック?……千二百万人のマムロック!」(一九三六)という一文を書き、次のように記した。

「私は亡命先のフランスやスイス、アメリカ、ソ連において再三尋ねられた。〈ゲーテ、シラー、ベートーヴェン、モーツァルト、カント、ヘーゲル、詩人と思想家の国で突然、棍棒と安全装置を外した拳銃が精神に代わって国家の公式シンボルとなりえたのはどうしてか〉と。この質問は一見もっともに思われる。世界でドイツほど文化が発展し広まった国はなかったように見える。しかしまた、カントとヘーゲルの国ほど人々が観念的で抽象的なままに留まった国もない。千二百万人のマムロックがいる国、千二百万人の小市民と知識人が住む国でこの事実は重く有益な意味がある。

一九三三年二月二十八日早朝、知人たちから次々に電話がかかってきて、皆が共産主義者のテロに憤慨していた。私がそれはナチスの扇動だ、と言うと、相手は「官報が公表している！」と強く返答した。この時、私は〈国家〉という魔術的言葉がドイツ人にとって、カントとヘーゲルの国において何を意味するか理解した。個人は嘘をつくことがあるが、国家は決して嘘をつかない。

ヒトラーは三三年五月一日の演説でこのことを極めて愚直に述べている。〈私（ヒトラー）は指導者として扇動的な発言をしてきた。しかし今や帝国宰相、責任ある政治家として常に全くの真実だけを語る〉。間違いなく、ヒトラーは国会放火と官報によって、必要としながらも他の手段では得られなかった二、三百万人の人々の支持を三月に手に入れたのだ。（…）

明瞭に言えることは、我々はドイツの数百万人の民主的な中間層の心理を前もってほとんど考慮していなかったことである。数百万人の小市民、勤労者、知識人の脳裏には〈嘘をつくことのない〉国家、〈ヴェルサイユ条約によってひどく損なわれ、個々に汚された〉名誉、〈共産主義者に脅かされた〉家族が決定的な役割を演じている。このヘーゲル流の国家哲学という途方もない出来損ないの思考が一九三三年二月二十八日にドイツ中間層において心理的に決定的に作用した。

逆立ちしたドイツの小市民を元通りに両足で立たせることは容易ではない。今日、パルジファルやベートーヴェンの第九を聞きに行き、偉大な学者の講演を聞きに行く同じドイツ市民や知識人が、失業や貧困の責任はあの（ユダヤ）人種、シオンの賢者であると主張する始末である。（…）

ここに私が『マムロック』を書いた理由がある。マムロックは数百万人ものドイツ民主主義者の典型である。彼らは昨日、皇帝に仕えるヒンデンブルク元帥を憲法にかけて宣誓したという理由で共和国大統領に選び、今日ではヒトラーをボルシェビズムに対する防波堤と見なし、明日になればより偉大なドイツのために東方に進撃することを望む。彼はカント的カテゴリーで国家、家族、学問、公正を永遠の価値と見なすドイツ人インテリの典型である。マムロックの頭と従来の生活も同様だった。

第一幕でマムロックはヒンデンブルク支持者である。第二幕では政治が家庭の壁を破って侵入し、学問が動揺を始め、国家が市民を窮地に追い込む。法律は破綻する。第三幕では正義が損なわれる。有能な教授で、祖国のために重傷を負い鉄十字勲章が与えられた勇敢な兵士マムロックはユダヤ人としてズボンを裂かれ、通りで迫害される。旧友たちさえナチスのテロを怖れて彼を見捨てる。(…)彼は明晰に理解する。〈自分の歩んだ道は誤っていた!〉と。息子ロルフは正しい道を歩むだろう。[5]」

さらに劇場関係者に宛てた手紙の中で作者は記している。

「『マムロック』はリベラルな民主主義の幻想、客観的な空洞状態、幻影に対する重要な表象を与える」(一九三三年八月二十一日)

作者が指摘したように、いびつに発展した近代社会において民主主義は空洞化し、蛸壺に生きる専門人たちは国家の権威を絶対視し、全体主義という偽りの全体性回復運動の台頭を許した。ヴォルフ自身、亡命前までユダヤ人問題を正面から取り上げたことはなく、社会主義的視点から階級的問題の現れの一つとして捉えていた。一九三六(昭和十一)年、日本の築地小劇場で上演された際、モスクワで刊行された原書の副題にならい、解説には「西欧デモクラシーの悲劇」と記されている。この年には日独防共協定が締結されている。よく上演が許可されたといえよう。

『人種』と『マムロック教授』

この作品はブルックナーの『人種』と同様、ユダヤ人迫害を正面から描き出した。両作品がそれぞれユダヤ人迫害をどのような角度から切り取り、いかなる関係性の中で捉えたかを見てきた。次に両作品が描き出した世界を対比的に重ね合わせ、あるいは相互に照らし出すことで、現実世界の奥行きや厚みが一層具体的に認識できよう。

どちらの作品も多くの共通点を持つ。両作品においてユダヤ人(ジーゲルマン及びマムロック)が首に「ユダヤ人」と書かれたプレートを掛けられ、晒し者になる。そして人間に対する素朴な信頼が崩壊する。マムロック教授と『人種』に登場するユダヤ人女性ヘレーネはともにユダヤ人迫害に毅然とした姿勢を取る。どちらの作品も科学性、普遍性を志向する医学生および医師を主人公とし、そうした人物が民族主義の嵐に翻弄され、死に追い込まれる姿を描くことで、ナチズムの破壊力の激しさを際立たせている。

どちらの主人公も初めは非政治的人間でユダヤ人迫害の嵐を避けるか無視しようとした。しかし窮地に立たされる中、死を覚悟してナチスに抵抗する。マムロックは最後まで出国を拒否し、抗議の死を選ぶ。『人種』の主人公も恋人逮捕を命じたナチ学生リーダーを殺害し、逮捕される。彼は連行されながら「逃げずに闘う」とつぶやく。マムロックは自殺直前に「抵抗せず、闘わない」ことは「卑劣、卑怯」であるとつぶやく。二人の最期は自殺するか刺し違えるかの違いである。『人種』の主人公は「わがドイツ」と呼びかけながら舞台から消えてゆき、マムロックはあるべき民主的なドイツという信念のために殉じる。両作品は失われ、あるいは完全に実現したことのないヒューマンなドイツへのオマージュである。

両作品の医学生、医師たちは民族の再生や強力な指導者を待望して、ヒトラー支持へ走る。多くのドイツ人がユダヤ人迫害を支持し、黙認していく中、『人種』に登場する非ユダヤ系の主人公はユダヤ人女性への愛とナチスへの忠誠との板ばさみに苦悩する。『マムロック教授』に出てくる非ユダヤ系女性は初めナチスを支持しながら、半ユダヤ系青年を恋し、ナチスに批判的な態度を取る。非ユダヤ系ドイツ人がユダヤ人迫害一色に染まったわけではないことを示している。

かくして両作品にはユダヤ人迫害をめぐる人々の様々な姿勢が描き出されている。両作品ともユダヤ人の受難を描くだけでなく、ユダヤ人迫害が非ユダヤ人にもたらした苦悩や葛藤を描くことで、ドイツ社会が直面した深刻な亀裂を示している。ナチズムをイタリア・ファシズムと区別する指標の一つが反ユダヤ主義であるならば、ナチス政権の行った最初期のユダヤ人迫害政策をいち早く作品化したのみならず、ユダヤ人迫害をナチズムの本質的特徴として捉えた点に、両作家の慧眼が示されている。両者が同時期に同じ主題で個性的ながら極めて相似的な人間関係のドラマを執筆したことは注目すべきである。これ以後終戦までに、ナチスのユダヤ人迫害を主要テーマとして正面から捉え、両作品に匹敵する劇作品を書いた作家はいない。

ハンナ・アーレント『全体主義の起源』

『人種』では落第生がナチ学生指導者となり、政治力を発揮し、ユダヤ人教授の罷免を画策する。『マムロック教授』では教授を尊敬していた医師がナチスの地区責任者となり、恩師の罷免を命じる。

ハンナ・アーレントは『全体主義の起源』(一九五一)の中で、ユダヤ人解雇によって非ユダヤ人に昇進の可能性を与えることで、すべての官吏は利益を政府の不法な行為から得ていると意識させられ、結果的に体制を支持するに至るという心理的分析を行っている。

アーレントの分析によれば、ナチズムは「種族的ナショナリズム」の一形態であり、ナチスの反ユダヤ主義は「人種のヒエラルヒー的原理を組織原理に転化」させるものであり、「劣等人種の措定を通して優等人種を支配者とする秩序の確立を目指す[6]」。

アーレントは独裁体制の初期段階では、「政治的反対者をテロによって殲滅しなければならない。この初期段階は本質的に、本来の意味で〈全体主義的〉ではない。このときはまだ警察や精鋭組織が、現実に存在する体制の敵にテロルを加えているのだから。全体主義特有のテロルと真の秘密警察支配は、このような反対派がもはや存在しなくなったときにやっと始まる」と指摘している。[7]『人種』や『マムロック教授』はこうした独裁初期の粛清段階を描き出している。

異稿をめぐり

〈四〉 作品の反響

この作品は一九三四年一月にワルシャワのカミンスキー劇場で「黄色い染《し》み」という題でイディッシュ語版で初演され、ポーランドの六十八都市で延べ三〇〇回にわたり上演された。ドイツ語版は同年十一月、チューリヒのシャウシュピールハウスでレオポルト・リントベルク演出により亡命俳優を中心に上演された(『人種』初演と同じ劇場)。ヴォルフは同年、フランスからソ連へ移住した。ソ連ではこの作品は四〇〇回以上上演された。ドイツで初演されたのは、終戦翌年の一九四六年一月、ベルリン(アメリカ管理地区)・ヘッベル劇場においてである[8]。

ソ連で上演された舞台用台本には当初、『マムロック教授の逃げ道(打開策)——西洋民主主義《デモクラシー》の悲劇』という題名がつけられていた。それには叙事的な幕間が用意され、上演中に俳優が演技を中断して舞台の縁で、俳優自身のドイツ出国体験を観客に話す。また、貧しいユダヤ人ザロモンがSA隊員に殴られる場面や、ロルフが将来を楽観しているユダヤ人銀行家に貧しいユダヤ人同胞との連帯を呼びかける場面が含まれていた。ユダヤ人資産家がユダヤ人ボイコットを目撃しながらなお、ナチス政権と折り合ってゆけると楽観し、高をくくっている点では、『人種』の富裕な工場主と同じである。

ところが、作者ヴォルフはモスクワ滞在中の一九三五年に出版に際して、共産党上層部の指示に従ってこの異稿部分を削除した。これに関してモスクワのドイツ共産党指導部及びドイツ演劇関係を所轄していたアルトゥール・ピーク事務局の次のような評価記録が残されている。

「本稿では人種問題が支配的であり、階級問題が背景に後退している。共産党の役割が充分に示されていない。(…)作品の著者は医師でユダヤ人共産党員だ。彼はこの作品をヒトラーの権力掌握時の個人的印象に従って執筆した。彼は依然としてかなり気が滅入っており、労働者階級が闘争において必要とする楽観主義をまだ持ち合わせていない。彼が明示したのはファシズムと医師マムロックの立場だけである。」

さらにロシア人演出家の次のようなメモも残されている。

「党の役割を強く前面に押し出すことを決意した。作品の理念は民族闘争ではなく、階級闘争である(9)」。

共産党の政治的意向に従って、ヴォルフは作品の書き換えを余儀なくされた。その後もソ連に亡命した他のドイツ人作家とともに、彼は粛清や独ソ不可侵条約など相次ぐ政治的事件に翻弄されていく。

演劇と映画

『マムロック教授』は終戦までに英語、ロシア語、スペイン語、ヘブライ語、ノルウェー語、中国語などに翻訳された。一九三八年にはソ連で映画化された。映画では銀行の頭取が登場し、ナチスと資本家との結びつきを示す場面が加えられている。映画の結末も原作と異なり、マムロックは自宅のバルコニーから人々に演説し、ＳＳ隊員に撃たれて亡くなる。欧米諸国の人々はこの作品を通して、ドイツとナチスを同一視しない認識を培うことができた。この映画はゲッベルスの知るところとなり、彼は総統以外の者がこの映画を見てはならないと指示した(10)。

一九三九年八月の独ソ不可侵条約締結後、ソ連国内ではナチス政権に対する批判が控えられ、『マムロック教授』をはじめ反ナチズムを主題とする映画はすべて上映対象から外された。一九四一年六月にドイツ軍がソ連に侵攻すると、一時的に『マムロック教授』の上演が再許可される。しかしその上演も短期間に終わる。ソ連当局にとってマムロック教授は宿敵ドイツ人というイメージにそぐわなかった。

終戦後、ヴォルフは「演劇と映画」(一九四七年十月)という一文を書き、『マムロック教授』を映画化した際の体験を記している。一九三六年にハリウッドにいたドイツ人監督ヘルベルト・ラッパポルトがモスクワを訪れ、作品を映画化するためにシナリオ執筆を依頼した。ヴォルフは演劇作品が映画とは別物であり、映画が固有の原理を持つと考え、シナリオ執筆を躊躇《ためら》ったが、ついに執筆に踏み切った。その際の考察として次のように記している。

「演劇では対話の中で示したナチスの路上テロやロルフの非合法活動などを、映画では映像(イメージ)と音に置き換える必要が起きた。友人同士の無言の頷《うなず》きや恋人たちの眼差しが言葉の対話に取って代わった。背景や雰囲気を形作る事物が言葉に代わって前面に出る。人間を追跡する速度感《スピード》をシーン、ショット、カットの素早い交錯の内に示す必要がある。平和愛好者だった主人公が敵と対峙し、闘いを決意する過程は『戦艦ポチョムキン』のように映画的手段によって視覚化される映画的モチーフである。映画を通して人は新しい目と感覚を手に入れる。イタリアのロベルト・ロッセリーニの映画は映画的に発見された自然と人間の一体化を成し遂げている。根源的自然と情熱的な人間とが映画の本質的要素であり、はらはらさせるストーリーがなくとも映画は作られる。ロッセリーニは映画的な造形感情を放棄せずに筋のある映画を製作した。そこではストーリーが風景や無名の事物の生と緊密に結びついている。[11]」

ヴォルフは戯曲と映画シナリオの両方を手がけ、貴重な認識を獲得している。作者亡き後の一九六〇年、東ドイツで彼の息子コンラート監督により『マムロック教授』は再映画化された。

注

使用テクストは F. Wolf, Gesammelte Werke (GW), Dramen. Hg. von Else Wolf und Walther Pollatschek, Berlin 1960. 作品からの引用に際し、原典該当頁を引用直後の括弧内に示した。

（1） Deutsche Dramatiker des 20. Jahrhunderts. Hg. von Alo Allkemper u. N. Otto Eke, Berlin 2000, S. 188.

（2） H. J. Döscher: Reichskristallnacht. Frankfurt am Main, Berlin 1988. 『水晶の夜』（小岸昭訳）人文書院、一九九〇年、三六頁以下。及び Das Tagebuch der Hertha Nathorff. 1987. 『ユダヤ人女医の亡命日記』（小松はるの、博訳）未来社、五一頁以下。なお、当時の医師たちの対応に関しては、M. Burleigh, W. Wippermann: The Racial State: Germany 1933–1945. Cambridge 1991. 『人種主義国家ドイツ　一九三三―一九四五』（柴田敬二訳）刀水書房、二〇〇一年、四二頁及び六六頁。また、『ヒトラーとユダヤ人』三交社、六七頁以下参照。なお、ユダヤ人医師の免許を取り上げる「一掃法令」は一九三八年七月に公布されている。

（3） Deutsche Dramatiker des 20. Jahrhunderts. S. 191.

（4） Lew Hohmann: Friedrich Wolf. Westberlin 1988, S. 206f.
（5） Friedrich Wolf: Aufsätze 1919–1944, Berlin, Weimar 1967, S. 476f.
（6） Hannah Arendt: The Origins of Totaliarianism. 1951.『全体主義の起源』第二巻『帝国主義』一九五頁。及び第三巻『全体主義』(大久保和郎・大島かおり訳)二一九頁参照。
（7） H・アーレント、同書、第三巻『全体主義』一九六頁。
（8） 一九三四年当時、西側の批評家の中にはロルフの抵抗を是認する主人公の言動に見られる共産主義寄りのメッセージに留保的な意見が出た。戦後に上演を見た批評家たちはエスカレートしていったユダヤ人迫害を最初期に捉えた作品の予見性を評価した。しかし冷戦が始まりベルリンの壁が築かれた一九四八年半ば以降、西側では上演されなくなった。一方、東独の公認文学史といえるハンス・ユルゲン・ゲールツの『ドイツ文学の歴史』では「初めから一貫してファシズムと闘いぬく若い共産主義者ロルフとエルンスト」を描いた点を強調して評価している。Gerd Labroisse: Rezeption von Exilliteratur im Horizontwandel. In: Die Resonannz des Exils. Rodopi 1992, S. 157f.; Geerdts, Hans Jurgen, Deutsche Literaturgeschichte in einem Band. ワイマル友の会訳、朝日出版社、一九七八年、七〇六頁。
（9） Deutsche Dramatiker des 20. Jahrhunderts. S. 192.
（10） Ebd., S. 193. なお、この作品は一九三六年二月に築地小劇場で「マンハイム教授」という題で、松尾哲次演出、村山知義訳により上演され、戦後の昭和二十九年にも上演された。翻訳台本の所在は不明である。
（11） Friedrich Wolf: Aufsätze 1945–1953. Berlin, Weimar 1968, S. 149f.

ブルックナーの『人種』とヴォルフの『マムロック教授』対照表

作品	『人種』 (1933年11月、フランスで完成)	『マムロック教授』 (1933年7月、フランスで完成)
作者	F. ブルックナー(1891～1958) ユダヤ系墺人。劇場を運営。 表現主義作家として出発。 『犯罪者』(28)、『英国のエリザベス』(30) 1933年3月亡命、ウィーン、バーゼル、パリを経て米国へ。	F. ヴォルフ(1888～1953) ユダヤ系独人。第一次大戦の従軍医。 表現主義作家として出発。 『青酸カリ』(29)、『カッタロの水夫』(30) 1933年3月亡命、バーゼル、パリを経てソ連へ。39～41年、南仏収容所。
ナチスのユダヤ人政策(史実)	(33年3月国会選挙、授権法で独裁成立) ユダヤ人ボイコット(33年4月1日) 零細個人商店を主に攻撃。 富裕な資本家や大企業家は対象外。 ユダヤ人弁護士ジーゲル晒し者に。 〈水晶の夜〉(38年11月) 経済からのユダヤ人排除令(同月)	(32年4月大統領選、33年2月国会放火) 職業官吏再建法(33年4月7日) ユダヤ人医師、教員、公務員排除。 第一次大戦退役ユダヤ人は対象外。 ユダヤ人元従軍医、迫害され出国。 ユダヤ人医師免許剝奪(38年7月)
主人公	〈一幕、国会選挙〉 〈二幕、ユダヤ人ボイコット〉 医学生カールランナー(非ユダヤ系) ユダヤ人女性と恋愛関係、独・ユダヤ共生。 非政治的人間、理性志向しつつ判断停止。 ナチ支持へ傾き、ユダヤ人ボイコット参加。 ユダヤ人の恋人逮捕を命じたナチ学生指導者を殺害し、捕まる。(三幕)(異稿では殺害せず)	〈一幕、大統領選〉 〈二幕、国会放火〉 外科医マムロック(ユダヤ系) 第一次大戦従軍医として鉄十字勲章。 非政治的人間、家父長的、愛国的。 医師としての使命感、科学的精神。 ナチス政権の合法性を認める姿勢。 辞職を強要され、抗議の自殺(三幕) 別の道を示唆。
ユダヤ系	恋人ヘレーネ、ナチを批判し出国。 級友ジーゲルマン、迫害され出国。 工場主マルクス(ヘレーネの父)、ナチと折り合えると楽観、東方ユダヤ人を軽蔑。	息子ロルフ(半ユダヤ系)、抵抗運動。 看護士ジーモン、解雇され出国決意。 銀行家(異稿)、ナチと折り合えると楽観、富裕な同化ユダヤ人。
非ユダヤ系	医学生達、民族再生求めナチ支持へ。 級友テッソウ(共和国時代に父親が失職し自殺)、ナチ支持しつつ主人公に好意的。 落第生ロスロー、ナチ学生指導者となり政治力を発揮、ユダヤ人教授罷免を画策。	医師達、強力指導者求めナチ支持へ。 女医インゲ、ナチ支持しつつ、ロルフへの思いから主人公を擁護。 ナチ医師、恩師の主人公を罷免。 主人公の妻、息子の抵抗運動支持せず。
作品の反響と作者	チューリヒで初演(33年11月) オーストリアでナチの反発を怖れ上演されず。 英国で上演不許可、英国ペンクラブに抗議。 ドイツに留まるフィッシャー社を批判。 『英雄的喜劇』(42) 1951年西独へ帰国。 西ベルリン、シラー劇場文芸部員。 米国亡命時にブレヒトらと出版社設立。	チューリヒで独語版初演(34年11月) ソ連で共産党の圧力により異稿削除。 『千二百万人のマムロック』(36) 独ソ不可侵後、映画(38)ソ連上映中止。 『ボーマルシェ』(41) 『愛国者たち』(42) 1945年スターリンへ直訴文出し帰国。 東独初代ポーランド大使。 東独でブレヒトと演劇めぐり討論。 『T. ミュンツァー』(53) 東独で再映画化(60)

第四章　日本の悲劇

——『兵士タナカ』（G・カイザー）

E. バルラッハ〈拷問される人間〉（1919年作）

〈一〉作品

ゲオルク・カイザー

ドイツ表現主義演劇の双璧としてエルンスト・トラーと共に並び称せられる劇作家ゲオルク・カイザー(一八七八〜一九四五)は一九三八年七月に亡命後、終戦直後に亡くなるまでの七年近いスイス亡命時代に十編を超す劇作品を完成させている。その中でも一九四〇年に完成させた『兵士タナカ』は作者の時代批判、ファシズムに対する怒りを如実に表現した傑作である。そして作品が昭和初期の日本を舞台とし、日本人兵士と家族の悲劇を描き出している点において、外国人劇作家の作品の中で日本人にとって最も考察に値する作品である。

この作品は一九四〇年にスイスの出版社から刊行され、十一月二日にチューリヒのシャウシュピールハウスで初演された。その上演に対してチューリヒの日本公使館が直ちに抗議し、作品は演目からはずされた。こうした事件を招いた理由は、日本軍に批判的な作品の展開からも明らかである。とはいえ、この作品に描かれた世界の問題性は、単に当時の日本政府の反発を招いたことに留まらない。この作品は戦前日本社会の成り立ちと日本人の精神構造を深くとらえている。日本の精神風土とそこで起きた悲劇を鋭く抉りながら、さらに前年に第二次世界大戦を起こし、ヨーロッパとアジアを制圧しつつあったドイツと日本双方の軍国主義と対峙し、告発するという離れ技を成し遂げた作品である。

作品

作品は三幕からなる。時代は大正末年から昭和初年代にかけて。

第一幕。舞台は日本の飢饉に喘ぐ北国の寒村にある貧農タナカ家の陋屋。

柴の束を背負ったタナカの母親が帰宅し、家の中でうめきながら横たわっていたタナカの祖父を助け起こす。彼女は痩せ衰えた祖父に粗末な上っ張りを着せながら、軍人となった息子の久しぶりの帰省を祝い、もてなすために、米や魚を買ってきたことを話す。タナカの父親は酒と煙草を買って戻る。両親は息子を最敬礼で出迎える。

息子のタナカは故郷の地方一帯が大飢饉に喘《あえ》ぐという新聞記事を見て以来、毎日取り残しておいた魚の乾物と少しずつ貯めた金で買った焼酎をみやげとして持ち帰った。しかし帰郷してみると、酒や煙草が振舞われ驚く。彼は連れてきた戦友ワダに妹ヨシコを紹介し、結婚させるつもりでいた。ところが妹の姿はなく、両親は食い扶持のない彼女を山向うの裕福な農家に女中として働きに行かせたと言う。

村人たちがやってきて、軍服の生地の良さに感心する。タナカはこれが平服であり、観兵式の際に着る軍服はもっと上等であり、帽子から靴にいたるすべては天皇陛下が下賜されたものであり、自分たち兵士を養ってくれるのは天皇陛下であると語る。

第二幕。舞台は妓楼。

日中、タナカやワダを交えた六人の兵隊が妓楼を訪れる。彼らは射撃演習で高得点を挙げ、外出許可を得た。なかでもタナカは最高点を挙げた。女将は夜遅くまで店に出ていた芸妓たちを起こし、相手をさせる。芸妓たちは一人ずつ現れては歌と踊りを披露する。兵隊たちは芸妓の相手をくじで選び、一人ずつ芸妓と上の部屋へ消えてゆく。タナカは最後に残り、芸妓を待つ。現れた芸妓を見た彼は、相手が妹のヨシコであることを知り、愕然とする。そして、相次ぐ飢饉で借金に喘ぐ両親が彼女を身売りしたことを知る。

二人が二階へ上がらずに話しているところへ、伍長が客としてやって来る。問番がまだ客の相手をしていないヨシコに伍長の相手をするよう命じた時、タナカはヨシコを連れて隣の部屋に隠れ、ふすまの戸を閉める。伍長と問番が戸を開けようとしても戸は開かず、伍長は戸の向うにいるタナカに向かって戸を開けるよう命じる。その時、戸の向うで押し殺したような叫びと人が倒れる物音がする。戸が開くと、芸妓が息絶え、タナカが血まみれの銃剣を持って立っていた。タナカは、伍長が娘を抱かないようにと言って、さらに伍長を胸深く突き刺して殺害する。

第三幕。舞台は軍法会議法廷。

裁判長席後方の壁には天皇の御真影が掲げられている。裁判長をはじめとする士官たちと被告タナカが法廷に姿を現し、士官たちが御真影に最敬礼した後、裁判が開始される。調書が読み上げられ、被告人の確認がなされるが、被告人は沈黙したまま、返答しようとしない。再度促されてようやく名前を告げるが、罪状認否を拒む。さらに再三促された末に容疑を認めるが、背後関係や動機に関しては口を噤む。模範兵として上官、同僚の信任の篤かった彼がなぜこうした凶行に及んだかという肝心の点は明らかにされず、裁判長は執拗に問い質していく。一人の芸妓ごときに上官である伍長までも殺害したことの真相が問われる。しかし被告は沈黙を押し通す。

裁判長は裁判を中断し、芸妓の素性を調査したうえで再び開廷しようとする。その時、事件の核心に関して頑に供述を拒んできたタナカがついに、芸妓が彼の妹であるという事実を告白する。そして度重なる凶作のために膨らんだ借金の利子返済のために妹が売られたことを述べる。ようやく再会した妹が客の相手をするよう命じられた時、彼はそれを受け容れることができずに犯行に及んだのである。裁判長は妹殺害の罪を問わないこととし、上官殺害の罪をもとにいったん死刑判決を下す。その上で、天皇陛下の恩赦を請願する道が残されていると告げる。

裁判長が被告人に恩赦を願い出るよう促した時、タナカは逆に、天皇陛下こそが全軍を前に彼に謝罪すべきであると言う。予期せぬ答えに居合わせた人々は驚く。タナカは天皇陛下が謝罪したならば、自分も天皇の罪を許すと言う。静まり返った法廷。裁判長は沈黙を破り、声高に衛兵を呼び、タナカに恩赦請願の撤回を告げる。謀反と天皇冒瀆の言葉が語られたとして、即刻処刑が宣告される。

裁判長はじめ士官たちは天皇の御真影に最敬礼したのち退場する。それから衛兵がタナカを連れ出し、しばらくして太鼓が連打された後、一斉射撃の銃声が響く。人気のない法廷には天皇がいるかのように御真影が浮かび上がる。(幕)

〈二〉 作品世界

作品の構成と細部

以上は筋立てであるが、もとより概略が作品世界の奥行きを十分に写し取り、正確な像を伝えきることはできない。せりふの一語一語が絶えず劇全体の展開との関連の中に組み込まれる。作品のもつ価値や魅力は筋の展開だけでなく、細部の描写のうちにもある。各登場人物の一語一語が発せられる都度に、幾つもの水紋のように作品世界は拡がり、ポリフォニックに響き合い、重層化していく。作品はいわばひとつの建築物であり、その一部分を抜いてしまっては成立することも覚束ない。それゆえ、概略からこぼれ落ちてしまうものがあることを自覚し、細部にも目を配りながら論を展開してゆくほかない。この作品もまた各場面の雰囲気や細部が見事に描き込まれている。

作者カイザーは一八九〇年代後半の青年時代に三年間、中南米のアルゼンチンで生活した体験はあるが、日本もアジアも訪れたことはない。彼が亡命先のスイスで日本に関する資料さえ乏しいなか、これだけ信憑性ある日本像を描き得たということも驚嘆に値する。日本の風土や貧農の暮らし、軍隊の気風や兵隊の気質、芸妓の風俗、戦前の日本人が抱いていた天皇観などを見事にとらえている。その上で、実際に起きたわけではなく、当時の日本の状況と精神風土にあって起こりえた悲劇を極めて強い強度において描き出している。それは作家の想像力が産み出した現実性《リアリティ》の強度である。以下、いくつかの側面に即して作品の現実性と特質を考察したい。

農　村

第一幕では舞台となる貧農タナカ家を中心とする生活世界と人々の言動が克明に提示される。

タナカの母親は麦藁《わら》帽を被り、野良着の裾をからげ、柴の束を背負い帰宅した。家には石造りの囲炉裏があり、祖父は稲藁の上に寝ている。凶作による日常的な飢えを耐えながら、祖父は豊作の夢を見る。しかし米が取れ放題に取れながら、彼は口をなくしていたという。米があっても食べられないという悪夢から覚めて見ると、口はあっても食べる米がない。こうして悪夢に匹敵する現実の悲惨が示される。タナカ自身、少年時代にひもじさのあまり、木の根っこや茣蓙《ござ》をむしって噛んだ思い出を語る。祖父は歩けぬ自分を嫁が背負ってくれぬことに苛立ち、息子に彼女を折檻するよう求める。これも三世代同居という戦前日本に典型的な農家の光景である。

家族や村人たちはいずれも痩せ衰えており、竹の杖にすがり、旱魃と大雨による凶作と飢饉に喘ぐ様が示されている。タナカに供された食事には尾頭つきの魚に乾物、焼酎なども登場し、日本の食文化や生活感を見事に表現している。ただし、こうした御馳走は兵士となった息子の帰郷というハレの日を象徴するものであり、その購入代金は娘の身売りによって購われたものであることが後に明らかにされる。

その一方で、軍隊の生活水準は安定し、兵士たちの着る平服の生地の良さに農民たちは感嘆する。兵士が身に着ける軍服も靴も剣もすべて天皇のものであり、兵士たちに下賜されたものであるという認識を、タナカも両親も村人たちも共有している。「(兵隊の)どのボタンも天皇さまのもの(1)」とタナカの父親は言う。

タナカは観兵式で天皇が白馬に跨り、軍帽に白い羽飾りを煌めかせながら閲兵する様子を語る。

「天皇陛下は自分たちに下賜されたものを自分たちがしっかり管理しているか、検閲されるのだ。(…)どのボタンも留め金も陛下のものだ。自分たちが買ったものではない。(2)」

天皇が「自分たちを養ってくれる」と彼は言いながら、村人たちに持ち帰った乾物を分け与える。タナカにとって軍隊は第一に民衆の生活を守るためにあるというよりは、皇軍であり、天皇と国体を護持するために兵士としてご奉公しているという意識がある。天皇と国を守ることが民衆の生活を守ることにつながるという意識の回路がある。

妓楼

第二幕では舞台となる妓楼において、その特色や日本人の行動様式が的確に描き出される。

妓楼は射撃場の近くにあり、女将は兵隊たちを一番の得意客とみなす。妓楼の問番は胸に刺青をしている。芸妓たちはみな淡青色の着物を着て、白粉を塗り、扇子をあおぐ。そして三味線に合わせて「さくら、さくら」と歌いながら踊る。兵隊たちは相手をする順番を硬貨の裏表で決める。タナカはついに再会した妹ヨシコが芸妓となっていたことに衝撃を受ける。彼は両親の話から、妹は山向うの農家の家で女中として奉公していると信じていた。それゆえ彼は妹を妓楼へ追いやった者の名前を追及する。

妹は両親が借金と膨れ上がる利子を返済できず、彼女を借金取りに引き渡す取引をした事情を話す。借金取りは借金を返済できない農家の若い娘を妓楼に斡旋して仲介料を取っていた。借金取り自身、貸した金が返済されなければ生活できず、税金も支払えない。その男の話では、国の予算の中でも兵隊の維持に最も多くの金額が必要であるという。この時点でタナカは借金のために娘を身売りする農家の現実を他人事でなく体験する。さらに彼は軍隊を維持する費用のしわ寄せが結局、貧しい農家にきていることを知る。妹は、借金取りの目にかなった娘でなければ芸妓にはなれないと誇らしげに言う。そこには底辺に落ちながらもなお、他の娘と差別化して自己の誇りを保とうとする彼女の悲しい心性がある。

江戸の昔から遊郭を支配するのは第一に金銭であり、一歩その世界に足を踏み入れた者は、社会の身分秩序から一時自由になり、金の許す限りにおいて世俗とは異なる時間と空間に遊ぶことができる。そこには本来、武士や町人の区別はなく、あるのはただ金を仲立ちとした男女の情念のやりとりである。芸妓を落籍《ひか》すことができる者は身分あるがゆえにではなく、芸妓の借金を肩代わりする財力があるからである。

しかし妓楼に伍長が現れた時、非日常的ともいえる遊郭の世界に日常的な現実社会の掟や階級秩序が持ち込まれる。金が唯一支配するのではなく、軍隊の上下関係がここでも支配権を振るおうとする。伍長は相手が一兵卒であると知ると、上官反抗が死罪に値すると脅迫しながら、居丈高に芸妓を譲るよう迫る。軍隊生活とは無縁の場所において、上官反抗の罰則を持ち出して劣情を満たそうとする伍長の浅ましさ。タナカはこの時、「もう、すべてがはっきりした[3]」と語り、金の支配と軍隊の身分的な上下の支配関係が交差しながら世界を貫徹していることを悟る。

借金を返済しない限り、病に倒れるまで芸妓の世界から逃れることのできない妹と、妹を上官に譲れという伍長の命令に従う他ないタナカ。彼には妹をこの世界に生きるかぎり自由にすることはできない。兄は妹をみずから客の手に委ねることに堪えられない。唯一残された道として、彼女を殺すことでしか、妹を運命の呪縛から断ち切ることができない。そして彼自身、上官を殺害することでしか、上官の命令から逃れることができない。

タナカの一太刀による確信犯的な妹殺害と上官殺害は、運命の連鎖を文字通り切断しようとする絶望的な行為である。上官殺害は死罪に値する。金の支配と身分支配の冷徹な二重支配から逃れるために、死を選ぶほかない地点へと追い詰められた兄妹の悲劇がここに成立する。

軍法会議

第三幕では軍法会議におけるやりとりを通して、日本の軍隊を貫く性格が示される。

裁判は四人の将校が参加し、そのうちの一人は高官で裁判長をつとめ、他の二人が陪席判事となり、残りの一人が弁護人をつとめる。開廷に際し、裁判長は被告人の所属と経歴を明らかにする。すなわち、「タナカ・ホーゼン、一九二〇年(大正九年)入隊、第六一連隊で狙撃兵として教育を受けた」のである。「ホーゼン」の漢字としては「法善」「法全」「方禅」などが考えられる。告訴の理由としては、「伍長ウメズと氏名不詳の娼婦殺害」である。弁護人をつとめる将校は被告人が模範兵であったことを伝える。

伍長ウメズの殺害に関して審問がなされ、被告人は犯行前まで伍長と面識はなく、個人的な恨みはなかったことが確認される。伍長殺害に関して、タナカが「貴様(伍長)が娘を抱かないように」と言って犯行に及んだことが問題となる。タナカは「相手が誰であれ、伍長と同様な立場にあった者」に向けられた言葉であると述べる。ここで伍長殺害の理由が伍長個人に対する恨みではなく、娘に手をかけようとしたものであれば誰であろうとそれを阻止し、犯行に及んだということが明らかとなる。

芸妓の殺害に関して、タナカは芸妓との関係を明かそうとはしない。裁判長は芸妓を「娼婦」と呼ぶのに対して、タナカは頑な沈黙をもって応じる。弁護人は被告人の精神障害を疑い、医学鑑定を求めるが、裁判長はその要請を受け容れず、芸妓との関係を追及する。裁判長が裁判を中断し、芸妓の身元調査を指示しようとした時、タナカは自ら陳述を求め、芸妓が自分の妹であることを明かす。そして妹が芸妓となった経緯を述べる。

相次ぐ凶作に襲われ、両親は借金と膨れ上がる利子を返済できず、娘を借金取りに身売りした。

「稲は育たないことがよくあるが、利子は増える一方である。稲は嵐で海に流されてしまうが、利子が消えることはない。[4]」

それゆえ、利子が払えなければ、住む家を出るか、娘を売る他ない。タナカが帰郷した際に受けたもてなしは、妹の身売りによって返済した金の余りで賄われたものである。

「宴会の金の出所を知っていたならば、私は食べ物を吐き出していた。[5]」

自分たちがもてなしを受けていた時、妹は客の相手をしなければならなかった。裁判長は被告人の供述を受け入れ、妹殺害の罪を問わないこととする。

裁判長は上官殺害の罪をもとに死刑の判決を下す。その上で、裁判長は天皇陛下に恩赦を願い出るよう促す。この時、タナカは逆に被告人から原告に立場を変え、「天皇陛下こそが私に謝罪すべきである」と言う。タナカは今までの沈黙から一転して昂然とした態度で、天皇が謝罪する場面を思い描きながら語る。

「――観兵式場で連隊が方形に整列する中、天皇陛下が白馬に乗って姿を現す。軍楽隊の演奏は陛下の挙げた手とともに鳴り止み、観兵式場は静まり返る。その時、天皇陛下はタナカを呼ぶ。列から歩み出て、陛下の前に一人立った自分に向かって、陛下は話される。

〈全軍を維持する金を出しているのは朕ではない。利子を支払うために妹まで売らなければならないほど飢えに苦しむおまえたちから取ったのだ。これは許しがたいことだ。朕は鞍から降りて、おまえの前にひれ伏し、赦しを請わなければならない。しかしおまえは赦してくれるだろうな。おまえ以前には、誰も朕に訴え出たものはなかった。おまえが初めてだ。おまえは他の者よりも優れている。一人の人間だ。朕は一人の天皇であるにすぎない。朕は国内の連隊を廃止するよう命ずることはできない。余りに多くの者が軍隊で生活しておるのでな。しかし、朕はおまえや妹を持つ数百万の兄たちに起きた恥辱が繰り返されないようにしたい。(…)

おまえの気持ちは晴れたか。朕は十分に詫びたか。タナカよ。朕はおまえの赦しを請いたい。おまえが朕を赦してくれないならば、朕はもはや天皇たりえない。〉

(非常に強く)天皇陛下がこのように私に請われたならば、――野外の観兵式場で――私は天皇陛下の罪を赦すつもりです。……」(6)

タナカの法廷でのこの発言は、権威と秩序の頂点にある天皇に貧農の倅である一兵士が訴え出るという破天荒な設定である。一九四五年八月十五日、天皇による終戦の詔書以降の史実に先立つ、フィクションでありながら史上初めての天皇の人間宣言ともいえるものである。天皇が兵士と同等の人間として自ら罪を認め、赦しを請うという点は、史実にも見られない衝撃的な内容である。

「おまえが朕を赦してくれないならば、朕はもはや天皇たりえない」と記し、天皇としての権威と存在の正否を一兵士の意思に委ねるという、未だ嘗てない発想である。主権在君ではなく、国民主権としてとらえようとする。主権国家の首長としての天皇の神格性と権威を否定し、天皇を罪の担い手と位置付ける。兵士が天皇の罪を問い、天皇を裁くという、前代未聞の出来事である。タナカが恩赦を拒否して天皇を訴追した時、彼は自己の死を賭して絶対不可侵の権威に立ち向かい、踏みにじられた人間性の尊厳回復を求めたと言えよう。

タナカの訴えは軍法会議を成立させる根拠としての天皇を被告人として引き摺り下ろすものである。天皇の統帥権の下に置かれた軍隊の軍法会議の裁判官たちが、このタナカの訴えに仰天し、天皇冒瀆、不敬罪として即刻処刑判決を下したことは当然の成り行きである。

軍法会議の法廷の壁には天皇の御真影が掲げられており、裁判の始めと終わりに判事たちは御真影に最敬礼する。閉廷後、「人気のない法廷に天皇がいるかのように御真影が浮かび上がる」という劇の最後に記されたト書きは、この劇が現前化しようとした究極の対象が天皇であることを物語っている。兵士タナカの一家をはじめとする無数の民衆を襲った悲劇の究極的な責任者として、劇中には一度も登場しない天皇をとらえようとしている。

〈三〉 作品の背景

田中正造

人間天皇という認識や、民衆の惨禍に対して天皇の責任を問うという発想は戦前の日本ではごく限られたものだった。一九〇一年、足尾鉱毒事件の被害農民が上京して抗議行動を起こし、警察と衝突し逮捕された川俣事件の翌年、衆院議員田中正造が天皇に直訴しようとして阻止される事件が起きた。田中正造はすでに青年時代に領主の重税に喘ぐ農民の抗議運動に加わった。そして県会議員から衆院議員に転進し、鉱毒事件が起きると古河財閥や政府に対して農民の先頭に立って運動した。谷中村を廃村にして遊水池化することにも反対し、生涯、農民とともに闘い続けた。

カイザーが田中正造の天皇直訴事件を知っていたかどうかは確認できないが、主人公タナカという命名は偶然を超えたものを感じさせる。天皇に農民の生活苦を直訴する最初の人物という主人公タナカの設定に、田中正造の人物像と行動が重なり合う。

田中正造は天皇の権威を前提として直訴しようとした。主人公タナカの直訴にも日本的な情動と心情の動き方がある。主人公タナカの場合、天皇の謝罪を得ることに慰めを求めるという点や、妹の悲劇が繰り返されないという保証を天皇に求めるという点で、天皇に寄せる絶大な信頼というものがうかがえる。主人公タナカは天皇が「自分たちを養ってくれる」、「陛下は自分たちを飢えさせたりしない、そうなるなら御自身のお食事を諦めなさるでしょう(7)」と述べ、天皇が民衆の生活を支えているのであり、民衆の生活苦を無視するはずはないという信頼感がある。そうした天皇のためならば自己犠牲をも厭わないという忠誠意識がある。同時に、民衆の寄せる絶対的な信頼を裏切るならば、天皇といえども許さないとする、近代市民社会の契約原理や無条件の忠誠とも異質な報恩的な主従意識が潜んでいる。

幸徳秋水

田中正造の直訴文は当時『万朝報』の記者だった幸徳秋水によって執筆された。幸徳秋水はその後、堺利彦らと平民社を創設し、『平民新聞』を発刊し、投獄された。秋水はその後も直接行動論を唱え、一九一〇年六月に天皇暗殺計画に関与した大逆事件の容疑で逮捕された。桂内閣の下、大逆事件は大審院において証人を認めない秘密裁判で裁かれ、第一審のみで上告を認めず、大逆罪の有罪は死刑のみ適用された。この事件に対して同年十二月六日に米英仏各国で公正な裁判を求める抗議行動が起き、パリの日本大使館に人々が抗議した。

しかし翌年一月十八日には二四人に死刑宣告が下り、そのうち一二人は判決翌日の天皇の恩赦により無期に減刑されたが、幸徳秋水など残り一二人は判決六日後の二十四日に処刑された(菅野スガのみ翌日)。明治政府は釈明の必要に迫られ、「逆徒判決証拠証明書」を欧米各国に送った。田中正造の天皇直訴を招いた足尾鉱毒事件と幸徳秋水らの大逆事件は当時最も大きな事件として国内のみならず欧米人の関心を引いたのである。

幸徳秋水は一九〇三年に刊行した『社会主義神髄』の中で、

「高利に衣食せよ、株券に衣食せよ、地代に衣食せよ、租税に衣食せよ、今のいわゆる文明社会に処してしかあたわざる者は、(…)窮乏なり、無職業なり、餓死なり。餓死に甘んぜずんば、(…)女子は醜業婦たらんのみ、堕落あるのみ、罪悪あるのみ。[8]」(傍点論者)

と記し、文明社会にあってなお、高利に喘ぎ、多くの女子が醜業婦(芸妓)となる現実を告発している。秋水はさらに日露開戦に反対し、『平民新聞』に発表した「兵士を送る」(一九〇四)という一文の中で次のように記した。

「兵士としての諸君は、一個の自動機械なり。憐れむべし、諸君は思想の自由を有せざるなり。体軀の自由を有せざるなり。(…)

英霊なる人生を強いて、自動機械と為せる現時の社会制度の罪なり、(…)

ああ従軍の兵士、諸君の田畝《でんぽ》は荒れん、諸君の業務は廃せられん、諸君の老親は独り門に寄り、諸君の妻児は空しく飢えに泣く、しかして諸君の生還はもとより期すべからざるなり。(…)

吾人のなし得るところは、ただ諸君の子孫をしてふたたびこの惨事に会するなからしめんがために、今の悪制度廃止に尽力せんのみ。[9]」

この一文には兵士の運命と残された家族の悲惨に寄せる洞察、そして戦争を遂行する政府に対する鋭い批判が表明されている。秋水は当時の日本において傑出した反戦論を展開し、政府によって大逆事件の首謀者として処刑される。カイザーの主人公タナカが法廷において農民の悲惨と天皇の責任を告発する設定において、田中正造や幸徳秋水のような人物像の存在が告発者としてのリアリティを裏書きしている。天皇による恩赦の示唆と一審判決直後の処刑という展開も大逆事件の史実に重なる。

天皇機関説

さらに作品と関連した史実として、当時の日本を揺るがした事件がある。それは東京帝国大学教授美濃部達吉の天皇機関説をめぐる論争である。大逆事件の二年後の一九一二年(明治四十五年)、美濃部は『憲法講話』を刊行し、ドイツ人ゲオルク・イェリネックの国家法人説に従って国家を一法人と見なし、統治権は国家にあり、天皇は国家の最高機関であるとした。これは天皇の権限を限定的に捉え、議会の権限を拡大し、明治憲法を立憲主義的に解釈しようとするものである。これに対して東京帝国大学教授上杉慎吉が天皇主権説の立場から論難し、天皇と国体をめぐる憲法論争に発展した。

一九三五年(昭和十年)、貴族院で退役軍人の菊池武夫が天皇機関説を国体に対する反逆であるとして美濃部を批判した。これに対して美濃部は貴族院本会議で議長近衛文麿の指名により弁明を行った。ここでも美濃部は天皇の大権が天皇個人の権利ではなく、国家元首としての権限であり、限定的なものであると述べた。この後、右翼は機関説撲滅同盟を結成し、軍部も天皇機関説排撃運動を展開し、政府は統帥権の主体が天皇にあるという国体明徴声明を出す。美濃部は不敬罪で告発され、著書は発禁となり、貴族院議員辞職に追い込まれた。

美濃部の天皇機関説事件は大逆事件同様、天皇制国家日本の根幹に関わる問題であり、海外にも広く報道された。日本の同盟国ドイツにとっても無視できない問題だったはずである。憲法学者による天皇の立場と権限に対する問いかけは、そのまま『兵士タナカ』のモチーフに通底する。

カイザーの作品では、農村の生活と軍隊と妓楼という三つの世界が描き出されている。農民の息子タナカが一兵士として軍隊生活を体験し、妓楼に遊ぶ。一人の人物が異なる世界を横断することで三つの世界がひとつに結ばれる。さらに軍法会議の場を通して社会組織の頂点に立つ天皇制の在り方がクローズアップされる。

別の観点から見ると、借金に喘ぐ農村の生活が示される一方で、金の苦労とは一見無縁の軍隊生活が描かれ、金の論理に支配された妓楼の世界が示される。しかし劇の進行とともに、金とは無縁に見えた軍隊の金の出所が農民の租税にあり、農民の労働や娘の身売りによって支えられたものであることが明らかになる。初め、軍隊の維持費が天皇の下賜金によるものと考えていたタナカは、やがてその認識を改める。いずれの世界も金が支配し、身分制の支配が重なるという二重支配を主人公は直視する。「もう、すべてがはっきりした」という言葉に明らかなように、妹の運命を目の当たりにし、刷り込まれた価値観を根底から否定していく。

『ヴォイツェク』

一九三九年十二月、スイスの劇作家フォン・アルクスに宛てた手紙の中で、カイザーは次のように記している。

『兵士タナカ』は告発の松明《たいまつ》を掲げる。何に対してか。今日生じている一切のこと、現在称賛され、甘やかされているすべてのことに対して。制服を着た臆病に対して、軍人根性への堕落に対してである。現状は人間の尊厳失墜の最終段階である。(…)

『兵士タナカ』は偉大なる単純さが持つ明確さをもって語る。それは完成された『ヴォイツェク』であり、『ヴォイツェク』以上の作品である。それ以上の作品でなければ、作品を書きはしないだろう。そうでなければビューヒナーへの畏敬ゆえに書くことは許されなかったはずである。今や、松明に火を灯すことが必要であり、『兵士タナカ』はその松明を世界の上に振る。おそらくこの松明は今回の戦争を化膿した傷口のように焼いて取り除くだろう。[10]」

カイザーが意識したビューヒナーの『ヴォイツェク』(一八三六年作、没後の一八七六年刊行)は未完の戯曲である。この作品の主人公ヴォイツェクは兵士としての給料では内縁の妻子を養うことができず、上官を散髪し、医師の実験体となっている。内妻マリーが鼓手長に誘惑され、姦通したことを知らされたヴォイツェクは妻の否認にいったんは引き下がる。しかし鼓手長と妻が踊っているところを目撃し、さらに鼓手長に殴られる。やがて女を殺すようにという幻聴を聞き、妻を刺殺する。そして自らも池に入り、溺死する。

残された異稿からはヴォイツェクが生き残り、裁判を受けるという展開も窺われる。この作品が初演されたのは一九一三年になってからであり、一九二一年にはアルバン・ベルクによりオペラ化されている。オペラではヴォイツェクは幾度か幻覚を見、妻を殺害した後、沼で全身が血に染まる幻覚を見ながら溺死する。

愛する妻(妹)が上官の手に落ち、激昂した兵士が妻(妹)を刺し殺すという展開において両作品は似通っている。しかし主人公の性格はかなり異なる。ヴォイツェクは医師の実験体となり、しばしば幻覚を見る。そして女を殺すようにという幻聴を聞き、妻を刺殺する。嫉妬にとらわれた彼は思考力が弱く、強い意志を欠く。彼の問題意識は寝取られ男としての個人的な憎悪や恨みの段階に留まる。裁判を受けたとしても、社会や体制を雄弁に告発するとは考えがたい。権威や権力に個人として対峙するわけではなく、逆にその受難者としての側面が強い。作品の中には状況を打開する要素が見られない。

ファシズムへの怒りと新しい人間像

カイザーの主人公タナカは同僚たちが一致して認めるように熟慮型であり、考え抜いた末に迷うことなく行動する。彼はヴォイツェクのように普段から悪しき上司に抑圧されていたわけではなく、優秀な兵士として一目置かれていた。タナカの怒りは娘を売った両親や伍長だけに向けられるのではなく、娘の身売りへと両親を追い詰めた社会体制へと向けられる。そこには明確な思考のプロセスと怒りのパトスが見られる。その結果、天皇に対する恭順が強い断罪の姿勢に反転する姿を描き出した。作者のファシズムに対する怒りのパトスが主人公の怒りのパトスへと転化している。刊行の年に日独伊三国同盟を締結した日本の軍国主義のもたらす悲劇を描くことで、同盟国ドイツのファシズム体制をも間接的に告発している。

戦前の日本文学において、借金に喘ぎ、娘を身売りする農家の疲弊や妓楼の実態が文学的主題として取り上げられることは稀だった。アジアの侵略へと突き進んだ日本軍の権威的体質や軍法会議の実態を戦前の日本人作家が正面から取り上げることも稀だった。まして天皇と軍部との関係をとらえるという視点も見られなかった。カイザーの『兵士タナカ』は単にこれらの問題を取り上げただけではなく、力強い説得力によって金の支配と軍国主義と天皇制を三位一体としてとらえている。カイザーの透徹した歴史認識と作品構成力がうかがえる。

カイザーは表現主義の劇作家として出発した後、一九二〇年代後半から「本質的リアリズム」と呼ばれる作風を深化させていった。本作品は彼の表現主義的パトスと本質的リアリズムが見事に融け合った作品としてとらえることができる。

彼は友人達に宛てた手紙のなかで、「今まで世界に存在しなかった新しい人間がここに創られた」、「今までに世界文学のなかで『タナカ』ほど緊張を孕んだ三幕をもつ演劇作品はほとんどなかった」[11]と記している。この自負はあながち自惚れとみなすだけではすまない。日本を舞台とし、極めて重い内容をもったこの作品に関して、日本では戦後半世紀を経た今日まで論じられることはなかった。その理由の一端は安易なアプローチを許さない問題の由々しさにもある。この作品を戦前の日本に対する冷静な歴史認識のパースペクティブの中でとらえ、評価することが必要である。

注

（1） Georg Kaiser: Werke. Bd. 3. Frankfurt/M. Berlin, Wien 1970 (以下、GWと略) S. 713. なお訳出に際して、『現代世界演劇1』白水社、一九七〇年収録の岩淵達治訳を参照した。

（2） GW. S. 729.

（3） GW. S. 750.

（4） GW. S. 765.

（5） GW. S. 765.

（6） GW. S. 767.

（7） GW. S. 730.

（8） 近代日本思想大系十三『幸徳秋水』筑摩書房、一九七五年、一四二頁。

（9） 同書、一九一～一九二頁。

（10） Georg Kaiser Briefe. hg. von G. M. Valk, Frankfurt am Main, Berlin, Wien 1980, S. 488 (No. 608) 一九三九年十二月九日。彼の書簡集には日本人名の言及が見られない。なお、ブレヒトと親交があり、ブレヒトの『コーカサスの白墨の輪』の元となった『白墨の輪』の作者であるクラブント(一八九一～一九二八)には日本の松王をめぐる物語を脚色した戯曲『桜の花祭』(一九二七)や『芸者お仙』(一九一八)という詩集がある。カイザーはこうした作品等から日本のイメージを掴んだと考えられる。

（11） Ebd., S. 526 (No. 663) 一九四〇年四月二十一日。及び、S. 660 (No. 856) 一九四一年十月九日。なお、戦前の日本における天皇制と大逆事件をめぐる言説空間に関しては、渡辺直己『不敬文学論序説』太田出版、一九九九年、第二章参照。

第五章　亡命の道行き

――『ヤコボフスキと大佐』（F・ヴェルフェル）

映画『ヤコボフスキと大佐』

〈一〉作者

フランツ・ヴェルフェル

オーストリア文学の異才フランツ・ヴェルフェル(一八九〇～一九四五)はユダヤ系の富裕な手袋工場主の長男としてプラハに生まれた。プラハのドイツ・ユダヤ文化圏に育ち、ユダヤ教の宗教教育を受けたが、乳母を通じてカトリックの教義に傾倒し、洗礼こそ受けなかったが晩年まで両宗教の間を揺れ動いた。早くから詩才を発揮し、詩集『世界の友』(一九一一)を発表し、若き詩人として脚光を浴び、マックス・ブロートやカフカと親交を結んだ。翌年、ライプチヒのクルト・ヴォルフ出版社の原稿審査員となり、詩集『我らはある』を発表し、汎神論的パトスで人類の友愛と救済を謳いあげ、表現主義を代表する詩人と目された。劇作家W・ハーゼンクレーファーとも親交を結び、リルケと交流した。一九一五年にはエウリピデスの悲劇の改作劇『トロヤの女たち』を手がけた。

第一次大戦中の一九一六年にオーストリア軍兵士として召集され、ガリチア地方で戦争の悲惨を目撃した。翌年には戦時報道局へ転属となった。同年、かつて音楽家マーラーの妻で建築家ヴァルター・グロピウスと再婚したウィーン社交界の華アルマ・マーラーと出会う。

終戦後、彼はウィーンに移り住み、詩集『審判の日』(一九一九)だけでなく戯曲『鏡人』(一九二〇、邦訳あり)や小説『殺した者でなく、殺された者に罪がある』(同年)、熱愛する作曲家ヴェルディをヴァーグナーと対比的に描いた芸術家小説『ヴェルディ』（一九二四）、『小市民の死』（一九二七）、『バルバラあるいは敬虔』（一九二九）など次々に小説や戯曲を発表し、チェコ国家賞やシラー賞を受賞し、オーストリア文壇の寵児となった。彼は生涯に十五編にのぼる戯曲と九編の物語、数多くの短編を書き、英語圏で当時最も読まれたドイツ作家の一人である。二九年にはグロピウスと離婚したアルマと結婚した。翌年、中近東、エジプトを旅行し、三一年には邸宅を構え、人生の円熟期にさしかかった。

しかしナチス政権成立後、彼の後半生は険しい道のりを辿る。三三年、彼はプロイセンの芸術アカデミーから除名された。翌年、難を避けるように彼はイタリアに滞在し、三五年にはアメリカを旅行した。

一九三八年三月十二日、彼がカプリ島に残り、アルマが単身ウィーンに戻った直後にドイツ軍がオーストリアに侵攻し、翌日併合を布告した。アルマは娘を連れてプラハに逃れ、ヴェルフェルとミラノで落ち合い、チューリヒ、ロンドン、パリを転々とした末に六月に南仏サナリー・シュル・メールに辿り着いた。彼は同年夏に最初の心臓発作を起こし、医師でもある劇作家F・ヴォルフの処置を受けた。翌三九年には亡命オーストリア・ペンクラブ会長となる。同年九月、第二次大戦が勃発し、四〇年六月十四日にドイツ軍がパリを占領。その数日後、夫妻はパリを脱出し南仏へ向かい、九月にピレネーを越え、スペインを経てアメリカへ亡命した。

亡命体験

この必死の亡命体験から後年、彼の戯曲の代表作『ヤコボフスキと大佐』（一九四三）が書かれた。この作品には亡命がもたらす苦難が刻印されている。作品を理解するために不可欠な亡命の道程を記した妻アルマの自伝を一瞥しておきたい。

一九三八年三月のドイツ軍によるオーストリア併合後、アルマはアメリカ行きを提案したが、ヴェルフェルがフランス軍の難攻不落を信じたため、南仏サナリー・シュル・メールにつかの間の住処を見つけた。しかし四〇年六月にドイツ軍がフランスに侵攻した結果、彼らはヨーロッパに安住の地を見出せず、再亡命する。夫妻はマルセイユで領事館に通ったが、結局、出国査証《ビザ》もアメリカ入国査証も入手できないまま、逃避行が始まる。

六月十八日に自動車をつかまえてボルドーまで八千フランで行くことにした。寄り道する運転手に妥協し、道を間違えて同じ所を回った末に二日かけてトゥールーズに着き、難民収容所で眠れぬ一夜を過ごす。翌日は十五分毎に通行止めに遭い、通行証の提示を求められた。カルカソンヌから先は通行禁止となり、車を諦め、翌朝、手荷物以外を手放して最後の列車に乗り込み、ボルドーへ向かった。この時アルマはマーラー自筆の原譜を無くす(三ヵ月後に取り戻す)。ボルドーは激しい空爆を受け、田舎へ避難しようとする住民で駅は大混乱だった。二人は六千フランでタクシーを調達し、スペイン国境に近いビアリッツを目指した。

ビアリッツでは宿の主人に千フラン騙し取られた。ヴェルフェルは査証《ビザ》を入手するため大西洋に面したバイヨンヌに行くが無駄だった。ドイツ軍が翌日にビアリッツを占領すると知り、急遽アンダーユへ逃れた。同地に着いた翌日にドイツ軍が来ると知り、夜中に町を出て辛くもポーへ着いた。ルルドへ辿り着いたのはマルセイユを出て二週間後の七月二日である。この間、幾度も宿泊を断られ、着替えも洗濯も入浴もできなかった。苦難の末にルルドまで来た唯一の成果は、聖女ベルナデットの奇蹟を知ったことである。彼は無事亡命できたならば、聖女をめぐる作品を書くと心に誓った。

二週間かけてルルドへ来た挙句、二人は再びマルセイユへ戻ることにする。幾日か警察へ通って通行許可証をもらい、八月半ばにマルセイユへ戻り、隣室にゲシュタポが滞在するホテルに身を潜める。再びアメリカ領事館へ通った末、ようやく査証を入手する。

九月十二日、二人は老齢のハインリヒ・マン夫妻、ゴーロ・マンらと共にマルセイユを発った。アメリカ救援委員会の代表ヴァリアン・フライが付き添った。国境近くの町ペルピニャンで様子を窺い、翌日、ピレネーの山越えを決行。スペインの国境監視所からフランスの国境監視所へ連行されたが、監視隊長に煙草を渡すと黙認され、スペイン側へ下山できた。夫を背負うように歩き続けたネリー・マンの靴下は裂け、ふくらはぎには血が染みた。ポール・ボウで旅券が検査され、入国が認められた。二週間後の同月二十六日にW・ベンヤミンは同じ場所で入国を諦め、服毒自殺した。スペイン側の町の建物は内乱で破壊されていた。

一行は列車でバルセロナへ向かい、さらに列車で十五時間かけてマドリッドへ向かい、今度は飛行機でリスボンへ行き、厳しい検査を受けた末に入国が許可された。逃避行を始めたとき所持していた大金十万フランはほとんど使い果たした。二週間後、最後のギリシャ船に乗船できた。大西洋上でギリシャに対する宣戦が布告されたことを知る。十月十三日にニューヨークに入港した。マルセイユで逃避行を開始して四ヵ月近くが経っていた。(1) ヴェルフェルの父親は南フランスに留まり、四一年七月に亡くなった。

〈二〉 作品

筋立て

作者の決死の逃避行を確認した上で、『ヤコボフスキと大佐』の筋立てを見ておきたい。作品は全三幕、各幕とも二場からなる。

第一幕、一場。第二次大戦開始後の一九四〇年六月、パリ中心部左岸にある〈わが憩いと薔薇〉という名前のホテル。

ドイツ軍が深夜に空襲し、客たちは洗濯室に避難する。彼らは寝巻きにマントを羽織ったまま寒さに震えている。ラジオからはフランス首相レイノーが「事態は深刻だが絶望的ではない」と演説する声。ホテルの女主人はドイツ軍がパリまで百キロの所に迫っているが、一九一四年の時と同じ奇跡が起きるだろうと述べる。

ずんぐりして赤味を帯びた顔のポーランド人ヤコボフスキが清潔な身なりで姿を現す。彼は空襲も気にせず菓子を買いに出て戻る。外では飛行機の爆音と爆弾の音が響く。ヤコボフスキは啜り泣く老婦人を慰める。

壁にもたれて目を閉じていた猪首のポーランド人シュアブニェヴィッチが目を開き、ヤコボフスキの冷静さに感心する。地区長が来て夜間照明禁止令違反で明日にもホテルを閉鎖すると警告して去る。ラジオから途切れがちにマルセイエーズの歌が聞こえてくる。

長身で痩身のポーランド人大佐タデウシ・B・スティエルビニスキが姿を現す。彼はフランス軍の一員としてドイツ軍と闘い、収容所を脱走してきた。明日にもドイツ軍がパリを占領するという話に客たちはパニックに陥る。大佐はポーランド国内の抵抗組織の秘密名簿をロンドンへ運ばなければならない。彼はドイツ兵を殺害したため、五千マルクの懸賞金が掛けられていた。ラジオでフランス首相がイギリスへ助けを求める。

二場、同ホテル入口。

ホテルの客は列車が動かないと嘆く。ヤコボフスキはロスチャイルド家のお抱え運転手から、男爵一家が数週間前にパリを去ったと聞き、一家の古いリムジン自動車を手に入れる。人々は舞踏のように舞台を横切り消えていく。ヤコボフスキは運転手に運転を依頼するが、断られる。

ヤコボフスキは大佐に運転を依頼する。ヤコボフスキの生まれた村に大佐の父親が大農場を所有していたことも分かり、二人は愛国者として意気投合する。

第二幕、一場。サン・キリルにあるマリアンネの家。

初夏の夕暮れ。遠くにドイツ軍飛行機の鈍い音。人々は絶望した様子で荷物を引き摺っている。マリアンネは女友達に町から出る最後のバスに乗るよう促されるが、断って大佐を待つ。

大佐は幾度もドイツ軍部隊と遭遇しそうになり、二度衝突事故を起こし、四十八時間かけて町に着く。ヤコボフスキは寄り道しなければ既にボルドーに着いていたはずと文句を言う。大佐はマリアンネの家の前でヴァイオリンを奏で、優しく彼女を起こす。ヤコボフスキは彼女の姿にうっとりし、内心彼女に出会えたことを喜ぶ。

大佐と執事が彼女の荷造りを手伝う間にフランス軍旅団長が現れ、ヤコボフスキに尋問し、立ち去る。ドイツ軍機が飛来し、銃撃して去るが、運転に支障なく、一同は出発する。

二場、バイヨンヌ近郊。

大佐は逃避行を続けるうちに憂鬱になる。避難民に混じって食事や寝場所を乞う身を嘆く。マリアンネも幾日も車に揺られ、着替えもできず不満を漏らす。

一同はバイヨンヌから昨晩、最後の船が出港したことを知る。大佐は出国する機会を失って苛立ち、不満をぶつける。マリアンネは自分は逃げなくてもよいが、大佐への愛ゆえに一緒に逃げていると述べる。ヤコボフスキが食料を手に入れて戻り、世界の没落をしばし忘れ、愉快な一時を過ごそうと提案し、薔薇の花を渡し、彼女の手にキスする。大佐は反発し、両者の関係は険悪化する。

そこへ永遠のユダヤ人と聖フランチェスコが二人乗り自転車《タンデム》に乗って現れる。永遠のユダヤ人はドイツ軍がフランスの大半を占領し、引渡しリストを用意していると伝え、逃走費用を無心する。聖フランチェスコは一行に神の加護と許しを願い、ユダヤ人と共に立ち去る。

大佐はヤコボフスキに決闘を申し出て、マリアンネに止められる。ゲシュタポが来ると知り、ヤコボフスキは咄嗟に大佐の鞄を川へ投げ込む。ドイツ軍中尉が一同に身分証を求める。ヤコボフスキは市民権を失った元ドイツ国民と判明。ヤコボフスキは機転を利かし、ドイツ軍の空爆で精神病院が破壊され、女は夫をサナトリウムに連れて行く途中であると述べる。ドイツ軍中尉は相手が将校ではないかと疑う。大佐が銃を取り出そうとすると、執事が殴りつける。ヤコボフスキも患者が発作を起こしたと宥める。ドイツ軍は先を急ぐ。

ヤコボフスキは大佐に車を譲って別れる。大佐たちを乗せた車が出発した後、ヤコボフスキは絶望的な眼差しで天を仰ぎながら歩き出す。

第三幕、一場。サン・ジャン・ド・リュズの港に面した小さなカフェ。

数人の客が押し黙ったまま座っている。ラジオでペタン元帥が「国家は負託に堪えられなかった。忌まわしき過去にこだわらずに新ヨーロッパ再建に参加せよ」と演説する。疲れ切って眠り込んでいたヤコボフスキが目を覚まし、経由国の査証《ビザ》が入手できないと嘆く。その時、近くに座っていた難民の男が絶望して服毒自殺を図る。

警察長官がゲシュタポと共に現れる。ヤコボフスキは咄嗟に女トイレに隠れた。ゲシュタポが数人の客を連行した後、マリアンネと執事が大佐の手を引いて現れる。店に残ったさいころ遊びの男は英軍中尉ライトと名乗り、連合軍の将校を出国させるため、沖合に密かに停泊中の戦艦に送る任務を明かす。ヤコボフスキがトイレから姿を現し、大佐たちは再会に驚く。

二場、港の防波堤。

深夜、濃い霧に包まれ、打ち寄せる波音だけが聞こえる。大佐たちが船着場の石段に身を潜めている。英軍中尉は政治的価値がある人間のみを救うと述べる。大佐はヤコボフスキも乗船させるため、英軍中尉の喉を締めようとする。

ゲシュタポが巡回し、一同は慌てて隠れる。大佐は秘密書類を中尉に渡して自分はフランスに残ると述べる。ヤコボフスキは死を覚悟して毒薬の入った瓶と入っていない瓶を取り出し、運を天に任せて片方の瓶を飲み干す。幸い、彼が飲んだ瓶には毒が入っていなかった。英軍中尉はヤコボフスキの勇気に感心して乗船を認める。

　マリアンネは大佐と指輪を交換し、大佐が迎えに来るまで待ち続けると誓う。彼女は「休むことなく仕事をし、連合軍が上陸し、パリに進軍する時、大佐を夫、勝利者として迎える」と語り、夜明けの岸壁に立ち、髪を靡《なび》かせながら、大佐とヤコボフスキを乗せたボートを涙を浮かべて見送る。（幕）

〈三〉　作品世界

ヤコボフスキ

概略から理解できるように、この作品は作者の逃避行体験が色濃く反映している。亡命当初にヴェルフェル夫妻がパリで泊まったホテル、ロワイヤル・マドレーヌの様子が面白おかしく再現された。(2) 二人はルルドでヤコボヴィッツという男と知り合った。この男が話した不釣合いな結婚とパリ脱出体験、パリで中古自動車を買い、大佐に運転を任せてフランスを転々と逃げ延びた話を元にし、ヴェルフェル自身の体験を絡めた。マックス・ラインハルトに執筆を勧められ、四度も書き直した「笑劇《ファルス》で、フランスの没落を暗い背景とし、亡命者たちの逃亡を描いている。(3)」

　第一幕でラジオ演説したフランス首相はレイノーだが、第三幕ではペタン元帥に代わっている。レイノー内閣が総辞職し、ペタン政権に代わったのはドイツ軍がパリに入った二日後の六月十六日である。寄り道して時間を失い、ドイツ軍に追いつかれる展開や、ヤコボフスキがバイヨンヌで査証を手に入れようとして果たせないエピソードなどそのまま作者の体験と重なる。「笑劇《ファルス》」というのは生き延びた者の視点から言えることである。作品の主要人物の人間像を考察したい。

ヤコボフスキは陽気な楽天主義者でありながら、その礼儀正しい口調には時おり神経質な様子が影を落とし、彼の恭しい態度は運命から闘い取ったものだということが推察される。

彼は今までに四度死の危険を脱した。彼が三歳の時、母親は彼を含む五人の子供を連れてポーランドからドイツへ逃れた。父親はその時、ロシア兵によるポグロムの犠牲になった。ドイツで育ったが、ヒトラー政権が成立したため、ウィーンに逃れた(一九三三年)。ウィーンに根付いた時、ドイツがオーストリアを併合したため、無一文でプラハへ逃れた(一九三八年)。さらにドイツ軍がプラハに侵攻したため、彼はパリへ逃れた(一九三九年)。

彼は四度ゼロから人生を再建しなければならなかった。彼は繰り返し逃走し、失うことに慣れた。彼は生命の危険を絶えず意識しながらも、努めて楽天的に振舞う。彼は適合力に富み、機転を利かせて状況に柔軟に対応し、不幸は不安な時ほど大きいと述べ、徒らに不安を抱くまいとする。彼は生と死の狭間を逞しく生き抜きながらも美的センスを失わない。

彼はドイツで実業家として成功し、マンハイムに現代建築学校、カールスルーエに労働者向け図書館、別の町に室内音楽協会を設立するなど文化人として知られ、それがナチスの反感を買った。

彼の精神はドイツ文化に育まれた。彼はシューベルトの音楽を愛唱する一方で、グリム童話には愛らしい面と残酷な面があり、童話に出てくる人食いはドイツ人のようだと述べる。そこに彼のドイツ及びドイツ文化に対するアンヴィヴァレントな愛憎意識が窺われる。作者自身の経歴とドイツ観が主人公の造形に投影されている。作者はマックス・ブロートに宛てた手紙の中で、「ユダヤ人の悲劇を努めて非英雄的に描こうとし、平均的な実業家を主人公に仕立てた」と記している(4)。

人一倍女性に対してロマンチストな主人公はマリアンネに対して騎士道精神を発揮する。彼はマリアンネと同道したことで、逃避行の恐るべき日々が愛すべき日々に変わったと運命に感謝する。しかし彼は自分たちユダヤ人が「根こそぎにされる運命」にあり、「地球上のどこにいようとも亡命者である」(S. 120)がゆえに女性を幸福にできないという自覚があり、女性を自分の運命に巻き込もうとはしない。女性を賛美し熱愛しながらも、憧憬の対象に留めておく。その姿勢には亡命者としての孤独感がつきまとう。

第三幕で港のカフェで将来に悲観して自殺する男が示されるが、モデルはチェコ出身のユダヤ系作家エルンスト・ヴァイスである。彼はプラハを経てフランスへ亡命し、ヴェルフェルも面識があった。四〇年六月十四日、ドイツ軍がパリに進駐した日に彼はパリのホテルで自殺した。

ヤコボフスキは大陸の果てまで逃げた末に、「十歩前は海、十歩後は(ナチスによる)死」(S. 157)という限界状況に直面する。彼の姿は当時のすべてのユダヤ人亡命者が置かれた運命を体現している。フランスを脱出する最後の機会が失われかけた時、彼は「人生を愛しているが、もはや執着しない」、「私の中には深い静寂がある」(S. 152f.)と述べ、死を受け容れる覚悟を示し、毒の入った瓶を飲もうとする。その潔さ、無私な振舞いは大佐やマリアンネそして英軍中尉に感銘を与え、彼らを変えていく。毒死を試みた時点で、作品は主人公の死を孕《はら》んだものとなる。

大佐とヤコボフスキ

大佐は普段、勲章付きの軍服姿で身のこなしが軽く堂々としている。フランス語の喋り方は訥々としているが上品さを失わない。大佐は危険な使命を帯びた旅に恋人を同行するために大回りし、最後の船に乗り遅れる。彼は戦場では英雄的行動力を発揮したが不器用で、忍耐の続く逃避行に強い苛立ちを覚える。執事シュアブニェヴィッチは先祖代々大佐一家の執事、従者を勤めてきた。その彼でさえ、大佐の横柄さに腹を立てるほどである。

一緒に旅を続けるうちに、大佐とヤコボフスキの反目が表面化する。同じポーランド人でありながら、豊かとは言えないユダヤ人ヤコボフスキ家と、大農場を所有していた大佐一家。大佐が自己中心的で人一倍我が儘である一方、ヤコボフスキは常に周囲の人々に気を遣う。大佐はカトリックの愛国者で権威主義的で名誉を重んじ、戦場で死ぬことも厭わない。ヤコボフスキは大佐が名誉は重んじても人間の尊厳を尊重しないと批判する。マリアンネは両者が正反対のタイプだと指摘する。大佐はマリアンネがヤコボフスキの才覚と心遣いに感心し、好意を抱いたことに嫉妬する。そして大佐のユダヤ人蔑視が露になっていく。大佐はユダヤ人・ヤコボフスキを蔑視し、ヒトラーのユダヤ人盗人説に同調し、いつか相手を殺そうとまで考える。

二幕一場でドイツ軍と幾度も戦った大佐はヤコボフスキに向かって、逃げ出す以外にヒトラーに対して何をしたと問い詰める。ヤコボフスキはヒトラーとは邪悪な世界の別名であり、私は決してヒトラーにならない、しかし大佐はヒトラーになりうると応酬する。ヤコボフスキはさらに述べる。

「被迫害者の唯一の優位性は迫害者でないという点にある。私は同じポーランド人でありながら、君たちに三歳で国を追われた。一九三三年にドイツで(ナチスという)ペストにして受難が私を襲った時、君たちポーランド人は揉み手をして〈君の当然の報いだ〉と言った。私がオーストリアから逃げ出した時、ポーランド人だけでなく欧米中の人々は(ユダヤ人の)受難は〈自分たちには関わりがない〉と言った。チェコにペストであるドイツ軍が侵入した時、人々は我れ関せずと決め込み、逆に貧しいチェコ人の背後を襲ったのだ。しかし受難が彼ら自身を襲った時、彼らは無邪気に驚き、何の備えもなく二週間で降伏した。」

「もしも君たちが初めから彼(ユダヤ人)の受難に無関心ではなく、〈人間がそのように扱われることは許されない〉と言っていたならば、数年後に人々は今のように悲惨で愚かしくも屈辱的に破滅せず、六週間もあれば(ナチスという)ペストは根絶され、ヒトラーはミュンヘンの薄汚いビアホールの常連のままだっただろう。それゆえ、(ユダヤ人の受難を傍観した)君たちこそがヒトラーの強大さ、天才、電撃戦、勝利、世界支配を招いた張本人である。」(S. 66–68)

ユダヤ人の受難を黙認した人々にこそ、ヒトラーの横暴を助長させ、ヨーロッパ全土の降伏を招いた責任があるとする彼の批判は鋭い。ユダヤ人を追い立てた非ユダヤ系ポーランド人に対する憎しみも深い。彼は日頃の社交的で陽気な態度の裏に強い人間不信を抱いていた。そして被迫害者は迫害されても決して他者を迫害しないと自負し、倫理的優越感を抱いた。

永遠のユダヤ人と聖フランチェスコ

二幕二場で永遠のユダヤ人が聖フランチェスコと一緒に登場することで、作品に神話的次元が加わる。永遠のユダヤ人は二年間ダッハウ強制収容所にいた、そのため、無理に笑おうとしても笑うことができなくなったと述べる。聖フランチェスコは永遠のユダヤ人に同情し、「神は我々を自然の中の兄弟として愛と喜びのためにお創りになったのであり、無慈悲な国民的自尊心のために創られたのではない」(S. 103) と述べる。

受難の象徴である永遠のユダヤ人がナチスの迫害を語り、キリスト教の聖人がユダヤ人の受難を憂え、国家主義を非難することで、神話が現実に批判的に介入し、対立する現実世界に宥和すべき神話的未来像を対置することになる。永遠のユダヤ人と聖フランチェスコが一台の二人乗り自転車に乗り、運命を共にする姿は、ヤコボフスキと大佐の逃避行と対立関係に神話的奥行きと寓話的な色調を与える。

永遠のユダヤ人と聖フランチェスコが立ち去った後、大佐はドイツ軍に尋問されるがヤコボフスキの機転により救われた。ヤコボフスキの行為は聖フランチェスコの博愛精神と重なる。ヤコボフスキは大佐を救った理由をとっさの思いつきだったと言う。ヤコボフスキに救われたことで、大佐は相手が人間的にも一枚上手であると認める。大佐は以前は殺したいとさえ憎んだヤコボフスキを命の恩人、戦友と見なす。大佐の勇気とヤコボフスキの知性が補い合って初めて、両者は救われる。反目し続けていれば、両者とも生き延びることはできなかった。二人は共にナチスに追われながらも対立し、やがて互いを認め、助け合うに至る。

ユダヤ人ヤコボフスキとカトリックの大佐は、永遠のユダヤ人と聖フランチェスコの後裔となる。一台の自転車は一台の車に乗り合わせた人々に和解をもたらし、やがて和解がヨーロッパへ拡大していく先触れとなる。対立する二つの宗教の代表的人物が助け合いながら歩む姿に、宥和を求める作者の願いが投影されている。作者は宗教的対立や国家対立、人種的迫害の支配する現実世界を描くことに救いを見出せず、現実を超えた世界に救済の希望を見出そうとしたと言えよう。

イギリス軍中尉は乗船しようとするヤコボフスキに「ユリシーズ」と呼びかける。ナチスの魔の手から必死に逃げ延びようとするヤコボフスキを永遠のユダヤ人のみならず放浪のユリシーズ(オデュッセウス)と重ね合わせることで、作品は二重に神話化される。

ヴェルフェル自身がユダヤ人問題に直面したのはかなり早く、プラハを去ってドイツやウィーンに移住後、反ユダヤ主義を絶えず身近に感じてきた。彼は西欧文化に魅了され同化を試みたが、かえって自己のユダヤ的出自に目を向ける結果となり、宗教的にも確たるアイデンティティを得られずに悩み続けた。初期の表現主義的な詩に見られる人類愛の喚起は、対立を一挙に解消しようとする熱情《パッション》から生まれたといえる。

一九二五年に彼はパレスチナを旅行し、翌年『ユダヤ人の中のパウロ』を書き、ユダヤ教とキリスト教の対立の根源を見極めようとした。一九三五年には『約束の道』で不特定な時代のイスラエルを舞台に迫害を逃れるユダヤ教徒たちが過去の受難を追想する姿を描いている。また小説『その声を聞け』(一九三七)では前六世紀の新バビロニア王ネブカドネザル二世によるユダ王国の滅亡とヘブライ人のバビロン強制移住いわゆるバビロン捕囚を描き、ネブカドネザルをヒトラーになぞらえている。さらに小説『ツェレまたは克服者』(一九三九、未完)でもユダヤ人迫害を扱っている。その一方で彼はルルドで知った聖女ベルナデットの奇蹟をもとに一九四一年に小説『ベルナデットの歌』(四三年映画化)を書き、キリスト教にも惹かれ続けた。ユダヤ人のシオニズム運動に対しては反宗教的なナショナリズムと見なして距離を置いた。(5) このように両宗教の対立をめぐる問題が彼の終生のモチーフの一つであった。

マリアンネ

マリアンネは少女の時に親子ほども年の違う男と結婚し、死別していた。それでもなおコケティッシュで無邪気な女性として振舞い、大佐に同行するために孤児院の仕事を放り出してしまう。そうした気紛れな一面を示しながらも、彼女は大佐やヤコボフスキの人間性を鋭く見抜いていた。

マリアンネは大佐とヤコボフスキが正反対、両極に立つ人物であり、互いに補い合う必要があると考える。彼女は両者の手を重ね、和解を促す。しかし両者とも容易に互いを受け容れようとはしなかった。彼女は両者が互いを認め合うよう粘り強く働きかける。彼女はナチスに追われ、すっかり自信を喪失した大佐の手を引きながら言う。

「軽はずみな旅に出るように一緒に逃避行に出かけたの。今では人間に起こりうるすべてを体験したわ。以前は他の人たちが私の人生に責任を負っていたの。今、私はあなたの人生に責任があるの。以前はあなたに惚れていただけ。今はあなたを愛しているわ。」(S. 140)

苦難を分かち合うことで、彼女もまた成長していった。彼女は反ナチの闘士である大佐を奮い立たせ、生涯にわたる愛を誓いながらも一緒に乗船することを拒んで言う。

「私は大佐が解放者として戻って来た時に結婚するわ。私はあなたの愛を試練にかけます。私はフランスの果てに留まります。私は背後に踏みにじられた者たちの恐るべき沈黙を感じるの。私は苦悩というものをよく理解します。私は今この苦悩を手放すことができないわ。(…) あなたが戦場に立つあいだ、私は異国のホテルの部屋に座ったまま何もしないでいろというの。私は何かしたい。」(S. 150)

彼女は各地で無実のユダヤ人がドイツ軍のトラックに載せられていくのを目撃していた。ユダヤ人の親子が引き裂かれて連行されていく様を見ていた。彼らが嘆く声が耳に響いていた。彼女にはもはや自分だけ安全な場所に身を置くことができなかった。彼女は敢えて大佐と離ればなれになることで、再会できる日が訪れるまで闘うことを相手と自分に求める。彼女はさらに死を選ぼうとするヤコボフスキに縋り付き、放そうとしない。彼女は港の岸壁に立つユダヤ人亡命者にはもはや世界のどこにも居場所がないことを見抜く。彼女はフランスに助けを求めてきた相手を救うことがフランス人としての使命であると自覚する。

最初は逃避行のお荷物にみえたマリアンネが庇護される女から、共に歩み、庇護する女性へと変貌し、大佐の杖ともなる姿には、作者の妻アルマの姿が理想化されて投影されている。ヴェルフェルは逃避行の中で幾度か絶望感に襲われ、泣き崩れた。深夜の逃避行の最中、アルマは片時も「ヴェルフェルから視線をそらさなかった」。彼女は「ユダヤ人の運命と切っても切れぬ縁を結んでいる」ゆえに、「客観的なものの見方を失わなかった」。そして「私はユダヤの民とともに世界の涯までさまよい歩かねばなるまい」という覚悟を固めていた。

ヴェルフェルがこの作品を執筆中に彼女は記す。「私が造化の神様からフランツをうけとったとき、彼は若いジプシーだった。その彼に私は、私が長い年月の経験と闘いのうちにかちとったものを残らず与えた(6)」。一回り年上である彼女の支えを得て、ヴェルフェルはアメリカまで逃れた。ただし、アルマ本人はユダヤ教を忌避し、親ナチだった。彼女はユダヤ系のヴェルフェルと再々婚したため、政治的信条とは裏腹に亡命の辛酸を嘗めた。

この作品は四四年にニューヨークで英語で初演され、五八年にはヤコボフスキ役にダニー・ケイ、大佐役にクルト・ユルゲンスを得て映画化された。六五年には音楽劇《オペラ》化され、ハンブルク国立オペラで上演された。彼は四三年に心臓発作で倒れながらもダンテの『神曲』を手本にしたユートピア的長編小説『生まれざる者たちの星』を書き上げ、一九四五年八月にビバリーヒルズで亡くなった。

〈四〉 ゼーガースとレマルク

『トランジット』

ヤコボフスキは苦労して旅券を入手しながらも、経由国の通過ビザ(トランジット・ビザ)を入手できないために合法的に出国できない。最初の経由国の通過ビザは二国目、三国目の通過ビザがなければ発行されず、空しい悪循環に投げ込まれる。フランス軍兵士は彼に「合法(正規)でない者は生まれてこない方が良かった」(S. 81)と述べる。査証《ビザ》が入手できずに滞在も出国もままならない状況を描き出した作品として、アンナ・ゼーガースの小説『トランジット』がある。

アンナ・ゼーガース(本名ネッティ・ラドヴァンニ、一九〇〇〜一九八三)は古美術商の娘としてマインツに生まれ、ケルン及びハイデルベルク大学で歴史、美術史、シナ学を学び、「レンブラントの作品におけるユダヤ人」に関する学位論文を書き、二十五歳でハンガリーの亡命社会学者と結婚した。第一次大戦後の学生時代から社会問題に関心を深め、処女作『聖バルバラの漁民蜂起』(一九二八)でクライスト賞を受賞した。

一九三三年にナチス政権が成立すると、一時逮捕され、釈放後家族と共にパリに亡命。四〇年に南仏に逃れ、翌年さらにマルティニク島、サン・ドミンゴ、キューバを経てメキシコへ亡命した。この間、南仏マルセイユ滞在中に出入国ビザの入手をめぐって自らも翻弄されながら、亡命者の出国をめぐる小説『トランジット』を書き始めた。彼女のマルセイユ滞在はヴェルフェル夫妻がマルセイユからルルドへ行き、再びマルセイユへ戻り、ピレネーの山越えを決行した時期と重なる。

『トランジット』(一九四四)で描かれるのは、マルセイユで出国のための査証《ビザ》を入手しようとするドイツ人亡命者の果てしない待機である。亡命者がフランスを出国するためには最終受入れ国の入国ビザだけでなく、出国ビザ、経由国すべてのトランジット(通過)ビザ、乗船切符が必要である。ヨーロッパ各国をドイツ軍が制圧した結果、亡命者はヨーロッパ以外へ逃れるしかない。しかし何のつながりもない海外の国から最終受入れ国の入国ビザを入手できる見通しはない。経由国は不法滞在者を怖れ、最終受入れ国の入国ビザがなければ、通過ビザを発行しない。フランスでは通過ビザと乗船切符がなければ不法滞在者と見なされ、一時滞在権さえ認められず、出国ビザも発行されない。しかも亡命者はドイツ政府によって市民権が剝奪され、身分証も出生証も発行されない。

かくして亡命者は査証《ビザ》の入手をめぐる見通しのない悪循環に巻き込まれ、もがく。各国の官僚制機構に阻まれて身動きのとれない宙吊り状態に置かれた主人公は言う。

「この行列に並んでいるものはだれでもみんな、平時ならば人類がまるまる一世代かかってするほどの経験を過去に持っている。この連中は自分が三度までも確定的だった死の手を逃れ出た経験を話しはじめるんです。(7)」

不条理な体験の渦中にありながらも書くことを止めない亡命作家の業に関しても、主人公の口を通して距離を置いて語られる。

「われわれの人生のもっともおそろしい、もっとも奇妙なあの道程を生き抜いて来たことが、突然、ただそれを材料にして書くためだけのものになっているんですね、収容所も戦争も逃亡も。(8)」

主人公は長い間翻弄された末にビザと乗船切符を入手しながら、その切符を人に譲り、自分はフランスに留まり、土地の人々と運命を共にする決意をする。その決断の背後には、夫を探す同じ亡命者の女性への叶わぬ思いもある。しかし彼女を乗せた船は大西洋上で沈没してしまう。出国を諦めた者が生き残り、出国できた者が死ぬ皮肉な展開。この作品は国家の発行する査証《ビザ》をめぐって翻弄される亡命者の姿をカフカ的な白昼夢として描き出している。

『リスボンの夜』

同様な逃避行はレマルク(一八九八〜一九七〇)の小説『リスボンの夜』(一九六二)にも描かれている。主人公シュヴァルツは亡命先から密かにドイツへ帰国し、妻ヘレンに再会する。二人はドイツを出国し、妻の兄であるSS幹部ゲオルクに追われながら逃走し、マルセイユで追いすがるゲオルクを殺害し、リスボンまで辿り着く。しかし妻は癌に冒されたことを苦に自殺し、夫は大西洋を渡ることを諦める。この作には査証《ビザ》に関して次のように記されている。

「出・入国ビザを拒まれ、労働と滞在の許可をもらえず、官僚機構、孤独、異郷感、それに個人の運命に対する徹底的な一般の無関心――これはいつの世にも戦争、不安、窮乏の結果なのだ――にむしばまれて衰弱死するほかない。この時代には人間など無に等しく、有効な旅券がすべてであった。」「(マルセイユは)憲兵とゲシュタポの狩猟場だった。領事館の前の亡命者をウサギみたいに捕まえていったものです。(…)

ビザが交付されるのは非常な危険にさらされていることを証明できる場合、またはアメリカでつくられた著名な芸術家、科学者、知識人の名簿に載っている場合だけです。危険にさらされていない人間もいるみたいじゃないですか。人間が人間でないみたいだ！　重要人物と凡人との差は、ナチスいうところの優越人種と劣等人種に似ていませんかね？(9)」

ゼーガースの『トランジット』同様、どちらの主人公もビザを入手した後で出国を諦める。ヴェルフェルのヤコボフスキもまた「前は海、後はナチスによる死」の狭間に立たされ、自力での出国を諦める。いずれの主人公ももはや身動きできない極限状況に追い込まれる。このように亡命作家は亡命と出国をめぐる自らの不条理で過酷な体験を同時代の普遍的体験としてとらえ、相次いで作品化したのである。

注

使用テキストは F. Werfel: Jacobowsky und der Oberst. Frankfurt am Main (Fischer) 1998. 原作からの引用に際しては該当箇所を括弧内に示した。

(1) Alma Mahler: Mein Leben. 『わが恋の遍歴』(塚越敏・宮下啓三訳) 筑摩書房、一九六三年、二三八頁以下。
(2) 同書、二一七頁。
(3) 同書、二六八頁。
(4) W. Nehring u. H. Wegner (Hg.): Franz Werfel im Exil. Bonn, Berlin 1992. S. 120.

(5) Berndt W. Wessling: Alma. Düsseldorf 1983. 邦訳『アルマ・マーラー』(石田一志・松尾直美訳) 音楽之友社、一九八九年、二〇六頁。なお、ヴェルフェルは亡命先のロンドンにいるマックス・ヘルマン＝ナイセに手紙を書いている。

(6) Alma Mahler 同書二四四頁及び三二一頁。なお晩年のアルマと交流のあった B. W. Wessling は前掲書の中で、「アルマはユダヤ人を人種としては好んでいたが、彼らの信仰に関してはそうではない。彼らの信仰の対象が愛の神様でなく〈復讐の神さま〉であることから、アルマは拒絶していた」。また「アルマは実際〈政治的論理〉の一片すらも持ち合わせていなかった」と指摘する。そして劇作家F・ヴォルフのアルマ評として、「アルマがヴェルフェルの文学上の発展を〈過度に〉傷つけていた」。「水晶の輝きを持つ叙情詩人をつまらない三文詩人に仕立ててしまった」という言葉を紹介する。さらにアルマ自身の言葉として、「ヴェルフェルは若い時はプロレタリア社会主義による世界革命を確信していました。それがどうなるかは予測できなかったのです。私(アルマ)はイタリアのファシズム、ムッソリーニの業績による世界の救済を信じていました。私もまたヒトラーによって世の中がどうなるかを理解できなかったのです」と記している(同書、三〇八頁及び三二一頁)。

ヴェルフェルは一九三三年にプロイセン芸術アカデミー文芸部門代表H・マンが辞任させられた後、ナチス政権に対する忠誠を問う質問書に同意し、アカデミー除名後にドイツ帝国作家同盟に加入を申し出た。アルマはユダヤ人迫害を描く『ヤコボフスキと大佐』の執筆に反対したが、ヴェルフェルはブロードウェイにおける成功を確信して執筆に踏み切った。彼女はヴェルフェルの死後、彼の小説『生まれざる者たちの星』に朱を入れ、作品の三分の一を削った (P. S. Jungk: Alma Mahler Werfel und Einfluß und Wirkung. In: W. Nehring u. H. Wegner (Hg.), ebd., 1992. S. 27 f.)。

山口裕氏によれば、アルマはヴェルフェルにユダヤ教の棄教を迫った。彼女はシュシュニク首相の側近ヨハネス・ホルシュタイナーと愛人関係にあり、オーストリア併合前まで一緒の家に住んでいた。彼女はスペイン内戦時にはフランコ将軍を支持し、ヒトラーの優秀性とドイツの勝利を信じていた。彼女自身はヴェルフェルがユダヤ人でなければドイツ併合後のオーストリアに残れたと不満を述べてヴェルフェルを責めたという。ヴェルフェルはオーストリア・ファシズムの代表者シュシュニク首相がオーストリア的人間性を体現しているという一文を書くなど、政治音痴ぶりを示した(「亡命作家列伝(3)ヴェルフェル」『広島経済大学研究論集』二二-一、一九九九年)。

(7) Anna Seghers: Transit.(藤本淳雄訳)中央公論社『新集　世界の文学四二』一九七一年、二七九頁。

(8) 同書、二五七頁。

(9) Erich Maria Remarque: Die Nacht von Lissabon.(松谷健二訳)早川書房、一九七〇年、六頁及び二四八頁。

第六章　抵抗運動

——『非合法者たち』（G・ヴァイゼンボルン）と『愛国者たち』（F・ヴォルフ）

G. ヴァイゼンボルン

F. ヴォルフ

『非合法者たち』（G・ヴァイゼンボルン）

〈一〉作　者

作家活動と抵抗運動

ギュンター・ヴァイゼンボルンは一九〇二年にラインラントのフェルベルトに工業労働者の子として生まれ、ケルンとボンでドイツ文学と医学を学んだ。一九二二年にボン市立劇場の文芸部助手となり、処女作で反戦的な劇『UボートS4』（一九二八）がベルリンの民衆劇場でE・ピスカトール演出によりモンタージュ技法を用いて初演され、一躍脚光を浴びた。その後三〇年初めに南米アルゼンチンに渡り、農場で働いた。同年夏に帰国後、ピスカトールの政治劇の影響を受けながら執筆活動を展開し、『SOSまたはジャージーの労働者たち』の初演（一九三一）の際にはナチスの上演妨害を受けた。また労働者の革命を描いた小説『野蛮人たち』（一九三一）を発表し、ブレヒトやハンス・アイスラーらと共同してゴーリキーの『母』を脚色上演（一九三二）した。

一九三三年に彼の作品が上演禁止となり、三五年にアメリカに逃れ、ニューヨークで記者活動の傍ら、クリスチャン・ムンクやエーベルハルト・フェルスターなどの偽名で執筆した。北海沿岸の漁村を舞台とする小説『ファネーの娘』（一九三四）はナチス政権下の四一年に映画化され、十八世紀の旅回り一座の看板女優ノイベルの生涯を当時の文壇の大御所ヨハン・ゴットシェートとの確執を交え描いた『ノイベリン』（一九三五）は当時ベルリンで二〇〇回以上上演された。

彼は一九三七年に帰国し、南米の原始林を舞台とした小説『復讐の女神《フーリエ》』（一九三七）等を発表した。翌年ベルリン・シラー劇場の文芸部員となり、コレラ菌研究をめぐるロベルト・コッホとM・ペッテンコーファーの対立を描いた戯曲『良き敵』（一九三九）などがドイツで上演された。四一年には大ドイツ放送に移った。帰国後、彼は密かに「赤いオーケストラ」という抵抗運動組織に入った。同組織は四二年八月にカナリスを長とする国防軍諜報部によって暴かれ、ヴァイゼンボルン夫妻も翌月逮捕され、九ヵ月間独房生活を送った後にルッカウの強制収容所に送られた。

二年後の一九四五年に彼はソ連軍によって収容所から解放され、自らの抵抗運動体験を元に戯曲『非合法者たち』を執筆した。一時期ルッカウの町長となり、ベルリンへ戻ってカール・ハインツ・マルティンと共にヘッベル劇場の設立に携わり、風刺的雑誌『ウーレンシュピーゲル』の編集を二年間手がけた。ドイツ作家同盟議長となる一方で、自らの抵抗運動の回想記《メモリアル》『炎と果実』（一九四七）やリカルダ・フーフに託された抵抗運動の記録を元に『声なき蜂起』（一九五三、共に邦訳、岩波書店）を発表した。

一度亡命しながら祖国へ戻って抵抗運動に関与し、強制収容所に投獄され、終戦まで生き延びるという特異な体験がなければ、『非合法者たち』は書かれなかった。それゆえ文学的のみならず歴史的にも貴重な作品である。この『非合法者たち』とF・ヴォルフの『愛国者たち』を取り上げ、ドイツ内外における抵抗運動がどう形象化されたのか、史実との関連を含め考察したい。

〈二〉作品

梗概

作品は全三幕四十一場からなり、各場は緩やかにつながっている。舞台はナチス政権下のベルリン。以下そのあらましを見ておきたい。

第一幕。

初めに抵抗組織のリーダーで「隣人」と名乗る男が夜霧の中から姿を現し、自由を求め、権力に絡め取られ身動きできない状態からの解放を目指すと呟きながら立ち去る(一場)。

道具職人ブレとタイピストのシュパッツが恋人を装って非合法のビラを貼る。活動に参加して日の浅いシュパッツは捕まる不安からこれ以上活動できないと訴える。壁には反政府活動家が三名処刑された通知が貼られている(二場)。

酒場では店の主人夫婦の銀婚式が行われる。息子ヴァルターが義父と実母夫婦を称えて乾杯する(三、四場)。客が帰った後、ヴァルターは受信が禁止されたラジオ放送を聞こうとして、ウェイトレスのリリーに咎《とが》められる。ヴァルターの退室後、彼の母親マンナはリリーに息子と政治的な話をしないよう注意して去る(五〜九場)。

再び現れたヴァルターにリリーは机に置かれた非合法のチラシを見せる。リリーはそれとなく抵抗組織のことを示唆する。ヴァルターも抵抗に参加する意志を示す(十〜十二場)。リリーが退室すると、ヴァルターは母親に恋の話をしているので政治には関心ないと言う(十三〜十六場)。

リリーのいる店で抵抗組織のメンバーがトランプをしている。彼らはチャーチルの演説を入手した。そして軍需サボタージュを呼びかけるビラを印刷し配布する計画を立てる。タイピストのシュパッツが現れ、ブレが逮捕されたと伝える。リリーは仲間にヴァルターを引き合わせる。リーダーは証拠を処分するよう指示する。ヴァルターの母親は彼が組織に加わったことを知る(十七〜二十一場)。

第二幕。

ヴァルターの母親はリリーの住む部屋を訪ね、息子と関わらないよう求め、結婚は認めないと言う。一人になったリリーの部屋にヴァルターが訪れ、リリーに対する思いを打ち明ける。リリーは組織内で恋は認められない、私的な幸福を犠牲にする他ないと答える。ヴァルターは人生が一度であり、青春は二度と戻ってこないと述べ、秘密書類を持ち出す(二十二〜二十七場)。

屋根裏部屋でヴァルターがラジオの秘密放送を行う(二十八、二十九場)。一方、ゲシュタポはブレを取り調べる。ブレは偽名を使い、住所不定の左翼嫌いと述べる。彼の行動を調べた密偵の報告を受け、ゲシュタポはブレを娘と対面させて本人確認を行う。自宅前に連れて来られたブレは「パパ!」という娘の呼びかけを無視し切れない。ブレは娘に別れを告げ、連行される(三十〜三十四場)。

第三幕。

ヴァルターはリリーの間借りする家に移ることにする。母親は不安を隠せない。抵抗組織の連絡員テュンがヴァルターに明朝六時に街角で鞄を渡した後、組織から離れよと伝え去る。組織のリーダーたちが現れ、リリーが預かる書類を持ち出そうとした理由を問いただす。ヴァルターは彼女の危険を肩代わりしようとしたと答える。リーダーは納得せず、ヴァルターがスパイではないかと詰め寄る。ヴァルターは自分が秘密放送の送信者であると述べ、送信機を見せる。リーダーたちは容疑を解き、危険を回避するためにヴァルターと別れることにする(三十五〜三十七場)。

ヴァルターは人間の脆さを自覚しつつ、生死をかけて闘うと呟く。深夜、彼の部屋にリリーが訪ねてくる。彼女は書類を紛失したと語るが、ヴァルターが持ち出したと知り安堵する。彼女は抵抗運動が成功する見込みがなく疲れ切ったと嘆く。ヴァルターは彼女を励まし、二人は抱き合う(三十八、三十九場)。

明け方、彼女が立ち去った後、ヴァルターは送信機を組み立て、秘密放送を行う(四十場)。その時、警官が来てドアを開けるよう命じる。ヴァルターは送信機を壊す。ドアが破られ、警官は彼を連行する。リリーも驚いて駆けつける。ヴァルターは逃げようとして撃たれ、亡くなる。唖然とする下宿の女主人の傍らでリリーは嗚咽する(四十一場)。(幕)

〈三〉 作品世界

序文

ヴァイゼンボルンが参加した「赤いオーケストラ」という抵抗運動組織は空軍中尉ハロ・シュルツェ＝ボイゼンとハルナック夫妻を中心とし、ドイツの軍事計画をソ連に伝えるなどの非合法活動を行った。ハロ・シュルツェ＝ボイゼンは十九世紀末の海軍元帥A・ティルピッツ及び社会学者フェルディナント・テンニエスの曾甥である。アルヴィド・ハルナックはナチスに対峙した告白教会の理論的代表である神学者ディートリヒ・ボンヘッファー家の姻戚で、アメリカ留学体験のある経済省の官吏である。

一九四二年八月に同組織はカナリスを長とする国防軍諜報部によって暴かれ、翌年にかけてヴァイゼンボルンを含む計一二六人が逮捕され、多数の無線送信機が押収された。逮捕者の三分の一は女性だった。そして四八人が処刑された。

作者は作品の序文で次のように記している。

「ヴァルターやリリー、良き隣人、非合法者たちを演じた俳優は誰の役に立つのか。彼らはかつて実行され念入りに隠された行為を回想し想起することに役立つ。この劇は非合法組織の記念碑として、生き延びた証言者によって絶望的な冬の夜に精神的な動揺の中で執筆された。

組織の他界者はすでに何年も前に処刑台で純粋な生命を失っていたにも拘わらず、著者の執筆を手助けしてくれた。友人たちは著者にとって生きていた。著者は夜執筆する際に彼らと話し、リハーサルの際に彼らは観客席に座っていた。長い自己検証の後で著者は彼らの同意を確信した。(…)

我々生き延びた者は死者たちの手段となり、死者たちの記念碑を現在に設置する義務がある。我々は彼らの行為をドイツ民族特にドイツ青年に知らせる義務がある。(…)

世界はドイツに氷のように純粋で信念に満ち、自由を愛し人間性のために闘い死んでいった無数の人々がいたことを知る必要がある。劇は非合法組織の行為が世間で広く伝えられ、議論されるきっかけを与えるものとなるように願う。今がその時である。苦悩に縁取られた愛するドイツが非合法者たちの行動に内面的にどう対処するかは、世界におけるドイツの評価にとって決定的となるだろう。」

作者は非合法抵抗組織の生き残りとして仲間の死を歴史の闇に葬ることなく、光をあて、後世に伝えていく義務を感じた。それは傍観者や後世の人々にはできない行為だった。彼らの活動は人目に触れぬよう痕跡を消しながら行われたために、後世の目には一層見通し難かった。彼らの活動があったが故に、戦後人々は全くの加害者、罪人以外のドイツ人像を世界に示すことができた。作者は彼らの活動を歴史的記録として残すだけでなく、演劇に刻印した。演劇化することで人間像がより明瞭に浮かび上がり、生身の人間の苦悩や悲劇性がリアルに伝わる結果となった。虚構化することでより生々しい現実性を帯びるという逆説的な反転が起きる。

家族との別れ

第一幕の初めに抵抗組織のリーダーで「隣人」と名乗る男が呟くように話す。

「人間は自由を切望しているが、自由を手にしてもどう扱ったらいいか分からない。彼は数千もの蜘蛛の糸に絡め取られ、次第に身動きできなくなる。彼には仕事やトランプゲーム、散歩といった活動が残されるだけである。人間は安んじて蜘蛛の巣におさまる。彼は柔らかな権力の幾千もの蜘蛛の糸を見ない。日常の穏やかな糸を引く権力は最も危険である。ドイツ人は見ることを学ばなければならない。彼は子供のように穏やかな権力のアルファベットを読み解く術を学ばなければならない。ドイ

ツの幾人かの男女がドイツ人に読み方を教えようと決心した。(…)」(S. 665 f. 抄訳)

彼のこの言葉に非合法の抵抗運動に踏み切った者の意識が示されている。作品には印象的なエピソードが幾つかある。その一つは第二幕の最後で抵抗組織の一員として逮捕されたブレが素性を明かさず、ゲシュタポのいる前で幼い娘に呼びかけられる場面である。ゲシュタポは予め娘に会い、お菓子を与えながら、父親が戻ったら挨拶するよう促す。娘は何日も会っていない父親を見るなり啜り泣きながら「パパ！」と呼びかけ、花を差し出す。手錠をしたブレは体を硬直させ必死に無視しようとする。娘が幾度呼びかけても彼は「この子を知らない」と言う。ゲシュタポは冷ややかに「自分の子供を知らないって？」と言う。「何を言ってるの、パパ」と言う娘の言葉に、彼は「自分が敗北したことを悟り、震える声で微かに(ト書き)」、「こんにちは、愛しいマリー」と答える。こうして一挙に身元が割れ、偽証が崩れる。

彼は娘に言う。

「よくお聞き。もうパパはずっと戻って来ることはない。けれどもお前は勇気ある娘でいなさい。分かるね。誰かがお前の父親の悪口を言っても、尊敬するのだよ。」

そして娘の面倒を見てくれる女性の所へ行くよう促して言う。

「なぜ私が出て行ったか聞かれたら、自由のためだと言うんだよ、マリー、自由のために！　忘れないでおくれ！」

娘は幼いながら、手錠をはめた父親の口調にただならぬ気配を察し、「さようなら！」と叫ぶ。ゲシュタポの冷酷さと父娘の別れが交錯する痛ましくも哀切な場面である。父親が連行された後、彼女は彼が言い残した「〈自由〉とは何」と自問する（三十四場）。

父親は獄中で自白を拒んで自殺する。彼女は父親が命を賭けて求めた自由の意味を生涯問い続けることになる。このように非合法活動は生命を失うだけでなく、家族を不幸のどん底に突き落とす危険性を孕んでいることが示されている。

当時、非合法組織は大きな統一体としてではなく、幾つもの小グループに分かれ、グループ内でも構成員について互いに知ることなく活動していた。誰かが捕まった場合、他のメンバーや他のグループに被害が及ぶことを回避するためだった。組織のリーダーは仲間に目立たぬよう、訴えられぬよう誰も信ぜず、警察の命令に従い、常に冷静であれと指示する。しかしその反面、活動は個人単位のゲリラ戦となり、大掛かりな活動には発展しなかった。

活動家は家族にも自分の活動を知らせなかった。ヴァルターの父親は以前、ストライキに参加中、殺害された。ヴァルターの母親は息子までも政治活動に奪われることを怖れ、幾度も制止する。彼女は「改革を望む者は霊安室に終わる」（二十三場）と述べ、政治へ関わらないよう諌める。彼女はナチス政権下に多く見られた順応型の小市民である。

別の印象的な場面としては、ヴァルターとリリーのつながりである。二人はそれぞれが異なった非合法活動に関与しながら、互いの活動を知らずにいた。ラジオ受信をめぐる些細なきっかけから互いの意思や立場を知るようになる。ヴァルターはリリーに好意を寄せるが、彼女は初めそれを拒む。しかし彼女は一人でいる時、憎悪が支配する時代に生まれた不幸を口にし、非合法活動に関与する危険と孤独を嘆き、「自由の花嫁」と自嘲する(二十四場)。

彼女はヴァルターに向かって、自分たちが現在に生きているのではなく未来に属している「孤独な根」であって、人間らしくありえない、相手にとって女性たりえないと語る。ヴァルターは数年ぶりに「たった一時間でいいからすべてを忘れる」よう促す。そして、「何年もの間、人を疑いながら嘘をつき、隠れるように生活し、政治的に思考し続けるならば、魂を損ね」ずにはいない。人生は一度限りで、民衆の将来のために自分の青春を犠牲にすることはできないと述べる。

リリーは自由になれば報われると答えるが、ヴァルターは新しい時代になれば人々は勝手気ままに生き、過去の人々が犠牲を払ったことなど考えようとはしないと応じる。そして「世界は犠牲を愛するが、すぐに忘れる」、彼女の「目の奥に助けを求めて叫んでいる姿が見える」と述べる(二十七場)。

彼が秘密書類を持ち出してリリーの身の危険を肩代わりしようとしたことで、彼女は言葉だけでない彼の愛情と誠意を知り、彼の部屋を訪ねる。彼女は自分たちの活動が「砂嵐の中でスミレを植えたり、北海にマッチを投げ込んで海が干上がることを期待する」ようなものと嘆く。彼女の苦悩を受け止めるようにしてヴァルターは彼女を抱きしめる。彼女はずっと孤独だった、もう別れたくないと語り、ヴァルターは「やがて人生は再び美しくなる」と応える(三十九場)。それゆえ、彼女が部屋を出た直後にヴァルターが逮捕され、連行途中に射殺される展開は一層痛ましい。

抵抗放送

ヴァルターはラジオ送信機を使って「ヴァルデマールI」と名乗る抵抗放送を行った。彼は国内の受信者に次のように呼びかける。

「ドイツ民族は巨大な群れとなって破局に導かれている。前面に立つ信者はヒトラーを追走し、ドイツの運命的行進の最後に不信者や不平家がついて行く。民族は魅入られて前を見詰めている。多くの勲章、功労賞、名誉身分がばらまかれ、欲望に目が眩んだまま指導者の命令に従っている。

ドイツ民族の巨大な運命的行進が大音響を立てながら破滅へと向かっていく。ジーク・ハイルの叫びがヨーロッパ中にどよめいている。ガス室から音なき煙が色褪せた告発として民族の頭上に立ち昇っている。ヨーロッパ略奪の音楽に自失し、エゴイズムに踊らされてドイツ民族の黙示録的行進が近づく。民族はブラウナウの鼠捕り(ヒトラー)、帝国首相府の妄想の演奏者とともに奈落へ飛び込む。全体戦争の後には全体の破滅が続くだろう! これは運命なのだろうか、ドイツ人よ。よく考えよ! 目覚めよ!」(二十八場)

逮捕直前、仲間を失った報せを受けた後では次のように語る。

「私は服役囚がドイツ青年に宛てた手紙を朗読する。(…)君たちはドイツがヨーロッパに勝利することを望んでいる。しかし私はドイツの敗北を望んだ。八人の仲間のうち五人が処刑された。彼らは自由の戦士だった。彼らは晴れやかに厳かに死を覚悟した若く美しい青年たちだった。ドイツ史の最良の人々、大胆な精鋭だった。しかし人一倍勇気あるドイツ人たちが祖国の敗北のために生命を犠牲にすることがどうしてあり得たのだろうか。

我らの家に金色に飾られた伝染病が侵入したのだ。ドイツ民族は怒りに荒れ狂い始めた。民族は悲惨から逃れ出たいと望んだ。その時ブラウナウの鼠捕り(ヒトラー)が一つの道を示した。それは恐るべき道だった。ゴルゴダの道だった。民族の歴史的で狂暴な暴走は数百万人の死者をもたらし、全面的な破滅に終わるだろう。破滅だけが君たちのものとなるだろう。青年たちは挫折するのか。それとも彼らは立ち上がるために痛みの途方もない刺激を利用し、祖国の聖なる変容の中で純化されるだろうか。君は新しい世界を建設するだろう。痛みこそが君を動かす原動力だ。

建設は困難である。目標の遠さに絶望しかけた時は振り返って見るがよい。かつて権力に抵抗した青年たち、ベルリンの英雄的な男女もまた全く見通しのない状態に置かれていた。彼らの姿を君の心に刻み込み、彼らの歩んだ道を歩め。絶望しそうになった時には彼らの聖なる名前を口にせよ。ハロ・シュルツェ＝ボイゼン(以下四名)。英雄たちは沈黙の縦隊を作り倒れたが、君に道を指し示した、人間性への道を。」(四十場)

警察に踏み込まれた時、ヴァルターは「今日でこの放送は終了するが、他の放送が呼びかけるだろう、自由の声は決して途絶えない」と放送して送信機を砕く。この時、一つの抵抗放送は途絶えた。しかし他にも複数の抵抗放送が終戦までドイツ国内からラジオに送信され続けた。不滅の抵抗精神を物語るエピソードである。

パウル・リラの作品評

この作品は一九四六年三月にベルリンのヘッベル劇場で初演され、続けてドイツ各地で上演された。著名な劇評家パウル・リラは上演に関して次のように記している。

『非合法者たち』はドイツで遂行された闘いの内なる前線を参加者の視点から描いた最初の政治劇である。非合法活動は直接的な成果をもたらさなかった、ドイツ国内の情況を変えることもできず、戦争の進行に影響を与えることもできなかったという事実が劇作家の立場を困難にする。作者は秘密放送の送信者の最後のアピールにおいて、実践的な目標を示すことを断念させる。もはや全体の崩壊を回避する抵抗ではなく、不可避的な全体の崩壊こそ未来の教訓を引き出すべき結論としている。(…)それゆえこの闘いに関して言うならば、感情的葛藤が政治的パースペクティブの欠如を覆い隠している。そして冒険へと還元され、そのロマン主義的側面は現実の規制に堪えない。(…)

作品の長所は内的な相貌の強さである。経過に問題があるとしても、その口調は確かである。作者が問題としたのは実際の闘いを描くことではなく、孤立し幾重にも脅かされた闘争心の英雄的行為を構成することだった。この闘争心は目標が霧のように消えてしまうために初めから幾度も失せてしまう。ドイツ抵抗運動の意義と悲劇は最後に本来の関係において明らかになる。社会的諸力を一つの大きな組織にまとめる瞬間を既に取り逃がしたため、抵抗は幾つもの小さなグループに分裂した。抵抗は感情に養われ、決死の自由への衝動に勢いを与えられながらも、方法的認識や実践的戦略を見出せなかった。(1)」

パウル・リラは成功の見通しのない抵抗ゆえ、その闘争過程ではなく、抵抗に生命を賭けた人々の苦悩や葛藤を描き出す点に作者の狙いがあったことを見抜いている。フリードリヒ・ルフトは刊行された作品に寄せた一文「英雄主義なき英雄たち」でこの作品に登場する組織の活動家を〈いかなる勲章も名誉も称賛も期待できない非英雄的英雄〉と呼んでいる。作品は初めから挫折と敗北が条件付けられた抵抗に関わる人々の内面を刻印しようとした。抵抗運動に参加した人々は、ヴォルフの『マムロック教授』の中で抵抗運動に飛び込んだ教授の息子ロルフの同志といえる。

ヨハネス・ヴュステンの『ベシー・ボッシュ』

ドイツ国内の抵抗運動をめぐる劇は複数の作家が書いているが、ここではヨハネス・ヴュステンの『ベシー・ボッシュ』(一九三六)に言及する。ヨハネス・ヴュステンは一八九六年にハイデルベルクに生まれ、ヴォルプスヴェーデやドレスデン、ベルリンなどで絵画を学び、第一次大戦に出征。戦後、「新・分離派」創設に参加し、一九二五年には芸術学校を開く傍ら、アマチュア劇団を設立。処女戯曲『裏切り者たちの通り』(一九三二、現存不明)以後、一五二五年の農民反乱を一九一八年のドイツ革命と関連付けた『ヴァインスベルク』(一九三六)など複数の戯曲を執筆。三二年に共産党入党。三四年にプラハへ亡命し、三八年にパリへ逃れたが、四一年にゲシュタポに逮捕され懲役十五年の刑で投獄され、一九四三年に結核で亡くなった。彼の作品の大半は戦後刊行された。

プラハ亡命中に書かれた一幕劇『ベシー・ボッシュ』の女主人公ベシー・ボッシュは恋人で同じく抵抗運動家のカールをゲシュタポに逮捕され、絶望感を強めている。二人は結婚していないため面会も出来ず、彼の母親を通じて様子を知るだけである。投獄から二年経ち、母親の訴えかけも功を奏さず、彼の処刑の可能性が高まる。ベシーは自分が活動を自供すれば彼を救えるという考えを同志オットーに伝えるが、逆に利用されるだけだと気づく。同志オットーは彼女の気を紛らせ、組織を守るために出国するよう促す。

彼女が出国を決意した直後、同志オットーは彼女にカールの処刑の当日であることを伝える。ベシーは叫び、嗚咽し、手を噛みしめ、悲しみを露にする。いったんその場を離れた彼女は戻って来ると、復讐を誓うがやがてその限界に気づき、抵抗運動に倒れた死者たちに責務を感じ、死者たちの「闘ったか、搾取者を一掃したか、建設を始めたか」(2)という問いかけを聞き取る。処刑の時間である朝六時の時報が鳴ると、彼女は胸の上に手をやり、拳を握り締める。(幕)

彼女の姿は『非合法者たち』に出てくるリリーと重なる。ただし、まだ若いリリーと異なり、三十代半ばのベシーはナチス政権成立以前から政治活動に参加していた。リリーより一回り年長で、かつ社会的経験の差から、彼女は恋人の死に打ちのめされながらも必死に将来の道程を模索し、個人的な受難を乗り越えようとする。そこに抵抗に参加する女性像の違いが見られる。

歴史の忘却に抗して

一九四六年五月、ヴァイゼンボルンはザクセンハウゼン強制収容所解放一周年の日に解放された人々を前にベルリンのヘッベル劇場で演説した。さらにガブリエル・シュトレッカーというドイツ人が同年九月に『ニューヨーク・タイムズ』の行ったインタヴューでドイツには抵抗運動はなかったと述べたことに対し、ヴァイゼンボルンは同年十二月に「ドイツ抵抗運動は存在した」という一文を『新時代』という新聞に発表し、次のように記している。

「ゲシュタポの秘密報告書によればベルリン・オリンピックの開催された一九三六年にドイツで一万一、六〇〇人余りの人々が非合法活動に関与して拘束された。この年にナチ党員より多数の非合法ビラが配布された。ベルリンで一九四一年一月に四三人、二月に三二人、三月に四一人が非合法活動に関与して逮捕された。ナチス政権時代を通してドイツ全体で毎月八〇〇人から一、〇〇〇人が拘束された。ドイツ国内には〈ウーリッヒ〉や〈ヨーロッパ連合〉、〈KDF（反ファシズム闘争）〉、〈シュルツェ＝ボイゼン・ハルナック・グループ（赤いオーケストラ）〉、〈開始〉などの抵抗組織が存在した。

多くの女性が抵抗運動に参加し、逮捕された。その中には獄中で出産した数週間後に処刑された女性もいる。多くの葛藤や英雄的行為、犠牲が生じた。獄中ほど人間が偉大だったことも稀である。

抵抗運動がなければ戦争の終結は遅れ、より多くの犠牲者が出ただろう。外国の抵抗組織は周辺国と連携した。ドイツでは抵抗組織は自分だけが頼みで孤立し、成功の見通しはほとんどなかった。

ドイツの抵抗運動は世界の自由闘争史において特別な役割を演じる。ナチス独裁に対するドイツ人の闘争が世界におけるドイツの評価を決める。私(ヴァイゼンボルン)は英雄ではない、歯車の小さな輪の一つに過ぎないが、証言者である。私は命を失ったが忘却されてはならない数多くの同志の名において語る。彼らこそがより良いドイツ人だった。

ナチス政権は裁判の経過を秘密にし、家族は父親がいつどこで処刑されたかも分からず、裁判について語る者は利敵行為として告発された。それゆえ今日では全く内情を知ることができない。しかし抵抗運動に倒れた数多くの同志の名において、ガブリエル・シュトレッカー女史のような軽率な発言は断固として撤回されなければならない。抵抗運動の上にかかるヒトラーの霧はようやく薄れつつある。ドイツに抵抗運動は存在した。[3]」

終戦後すぐに歴史修正主義の動きが生じた。彼は歴史的事実の忘却や否定、誤認に対して直ちに反論した。彼は一九四八年にパリのソルボンヌ大学で行った講演「ドイツ人作家の課題」においても、ドイツに抵抗運動がなかったならば戦争はより長期化していたはずであると述べた。そして抵抗運動の史実を記録化する仕事に取り組み、『声なき蜂起』などを公刊した。

一九四九年の東西ドイツ分裂後、ヴァイゼンボルンが関与したシュルツェ＝ボイゼン・ハルナック・グループ(赤いオーケストラ)をめぐる評価は冷戦の影響を受けた。西ドイツでは同グループは冷戦の相手国ソ連に情報を流したスパイ組織として冷ややかな扱いを受けた。

他方、東ドイツでは「ソ連のための偵察隊」として「ドイツ共産党の指導下、人民戦線戦略の成功」例として評価された。いずれもソ連のスパイ扱いに留まった。同グループの客観的な研究評価は冷戦終結後にようやく始まった。[4] このように戦後になっても、命をかけて抵抗運動に関与した人々の活動は正しく記述されず、名誉さえ容易には回復されなかった。それゆえヴァイゼンボルンの劇作品とドキュメントは抵抗運動の参加者による鎮魂の書、歴史の記念碑として貴重である。

ヴァイゼンボルンはその後、農民戦争の時代を背景にオイレンシュピーゲルの活躍を描いた歴史劇『オイレンシュピーゲルのバラード』(一九四九)を執筆した。一九五〇年代に彼は戦後の窮乏状態にあって大掛かりな舞台装置や場面転換を必要としない「場所なき演劇論」を提唱し、最少限の小道具や舞台装置ですませ、人物の対話に観客の意識を集中させる作品を志向した。そして『二人の天使が舞い降りる』(一九五四)、核汚染の問題を扱った『ゲッティンゲン・カンタータ』(一九五六)と『ネヴァダの家族』(一九五八)などの作品を次々に執筆した。『ヴァルキューレ』(一九六五)ではナチス時代に戻り、一九四四年七月二十日のヒトラー暗殺事件に関与した将校たちを取り上げた。彼は一九六九年三月に西ベルリンで亡くなった。

『愛国者たち』（F・ヴォルフ）

〈一〉作品

粛清と南仏の収容所生活

フリードリヒ・ヴォルフは一九三三年にフランスへ亡命し、『マムロック教授』を書き上げた後、三四年にはスイス、チェコ、ポーランドを経てソ連へと亡命先を変えた。同年夏にモスクワで第一回ソ連作家会議に参加し、ゴーリキーらと交流した。三五年には第一回アメリカ作家会議に参加し、前年二月にウィーンで起きたドルフス政権に対する労働者蜂起を扱った戯曲『フロリスドルフ』を執筆した。三六年にはスカンジナビア諸国で講演し、ドイツ国内の若者を描いた戯曲『トロヤの木馬』を執筆し、『マムロック教授』の映画シナリオを執筆した。

一九三六年八月にモスクワで粛清裁判が始まると、粛清の嵐はソ連滞在のドイツ人亡命者にも吹き荒れた。九月初旬にはルカーチやベッヒャーらドイツ人亡命作家の秘密会議に彼も出席したが、スターリン体制を称える詩文を書くベッヒャーのように政治的に積極的に立ち回ろうとはしなかった。ヴォルフは身近な人々が相次いで逮捕されるなか、ソ連国内に留まることに危機感を感じ、国外の作家会議への参加をドイツ人亡命者グループの代表W・ピークに申請したが許可されなかった。

翌三七年にヴォルフの『カッタロの水夫』が上演された際には、政府系新聞『イズベスティア』紙上で赤旗が下ろされる結末が「敗北主義的で政治的に危険」と批判され、上演が打ち切られ、ヴォルフは孤立を深めた(5)。

同年十一月にスペイン内戦への参加を再びW・ピークに申請して認められ、ヴォルフは三八年一月にはスイスを経てフランスへ行き、南仏サナリー・シュル・メールでL・フォイヒトヴァンガーやF・ヴェルフェル、A・ツヴァイクらと交流し、同時代を扱った長編小説『国境のふたり』(邦訳、岩波書店)を執筆した。そしてスペイン内戦に国際義勇軍側の従軍医として参加しようとしたが、内戦は既に最終段階に入り、参加できなかった。三九年三月に内戦はフランコ軍側の勝利に終わる。

一九三九年九月のドイツ軍によるフランス侵攻直後、彼は敵性外国人政治犯として拘束され、ピレネーの近くにあるル・ヴェルネ収容所に拘留された。収容所では病死者も出たが、スペイン内戦に参加した各国の義勇兵との連帯感を育んだ。収容所には一冊の本もないため、ヴォルフはペンクラブにミシュレの『フランス革命史』とボーマルシェの『フィガロの結婚』を差し入れてもらい、フランス革命の時代を舞台とする劇を着想した。

彼は昼間は強制労働に従事し、夜、ランプの代わりに鰊《にしん》の缶詰にひもを入れて灯芯とし、翌年にかけて戯曲『ボーマルシェまたは〈フィガロ〉の誕生』を書いた。作品は囚人たちの前で朗読され、感想を得て加筆された。作品の原稿は書き写され、反ナチのフランス人看守によって密かに外部に運ばれた。この作品はフランス革命前夜に活躍した作家ボーマルシェを中心に革命前の転換期に生きた人々の姿を見事に描き出し、皮肉にもフランスによって収容所に拘留された作家による、フランス民衆とフランス革命に寄せる賛歌となった(6)。

ヴォルフはその後、ル・ヴェルネ収容所からドイツに向かう通過収容所に移送され、ドイツ軍当局へ引き渡されそうになった。健康状態も悪化したが、妻が申請したソ連国民の身分証によって四一年三月に収容所から釈放され、モスクワへ戻った。独ソ不可侵条約によって救われたことになる。

一九三九年八月の独ソ不可侵条約締結後、ソ連国内ではナチス政権に対する批判が控えられ、『マムロック教授』をはじめとする反ナチスを主題とする映画はすべて上映対象から外された。ナチスに追われ、ソ連に亡命したドイツ人は両国の友好を損ねる存在として立場を失った。ソ連に戻ったヴォルフも苦しい立場に置かれた。さらに一九四一年六月にドイツ軍がソ連に侵攻すると、亡命ドイツ人も敵国人として差別され、ヴォルフは一時期、アルマ・アタへ強制疎開させられた。

一九四二年にはヴォルフの叔父がドイツの強制収容所で殺された。翌年、ヴォルフはモスクワで「自由ドイツ」国民委員会設立に参加した。この間に執筆された戯曲『愛国者たち』(一九四二)はフランスにおける抵抗運動を描き、同国での体験が活かされている。

作品

作品は全四幕。時代は一九四〇年六月のフランス降伏時から翌年秋にかけて。舞台はフランス中部のロワール河畔にある町に住む鉄道員デュボワの家。

第一幕。デュボワ家の居間。

近くに自動車の音、遠くから銃声が聞こえてくる。政府による休戦が伝えられ、ドイツ軍が接近する。そこへデュボワの息子で将校のフランソワが腕に包帯をした姿で現れる。デュボワはなおドイツ軍と闘おうとする息子を制止する。休戦を告げる鐘が鳴り響き、息子の妻ジュヌヴィエーブは平和に生活できると喜ぶ。デュボワは息子に無駄な抵抗をしないよう促し、息子を知り合いの組立工ということにする。

ドイツ軍が来て、家の接収を伝える。ドイツ軍大尉ラウフはジュヌヴィエーブに関心を示す。元鉄道技術者だったフランソワは機関車を密かに南部の非占領地帯へ移動しに行く。機関車車庫長であるデュボワはドイツとの平和を損ねることを危惧する。フランソワの弟アンリが来て、兄が機関車五両を南部に移動したことを兄嫁に伝える。

第二幕。翌年の晩秋。同じく居間。

ドイツ軍大尉は一年たっても機関車車庫の管理が捗らず不満を抱く。ジュヌヴィエーブの女友達コリンヌは大尉にパリに一緒に行こうと誘う。フランソワは密かに南部から戻り、妻にドイツ軍を監視するよう求める。大尉がフランソワの妻を誘惑し抱きしめようとした時、フランソワが部屋に現れる。フランソワは妻を南部へ連れて行こうとするが、妻は監視の使命を選ぶ。そして車庫が拡大され、ドイツ軍の中継拠点となると伝える。デュボワはドイツ軍とフランス政府の指示に従う他ないと息子に自制を求める。大尉は車庫の全車両の接収を命じ、居間を大尉の居室にし、一家は地階の台所で寝るよう指示する。

第三幕。同日晩。台所。

一場。一家は台所に小さなベッドを並べる。エメリー伯母はこれ以上ドイツ軍へ協力できないと苛立つ。フランソワは妻が見つけた爆薬入りの小箱を慌てて取り上げる。ドイツ軍軍曹が台所で銃を見つけるが、一家は機転を利かせてその場を取り繕う。大尉はフランソワの妻に酒を作るよう命じる。フランソワはこの間に急いで鉄道の転轍機《ポイント》へ行き、機関車が来る前に電話回線を切断しようとする。フランソワの妻は拳銃を隠し持って大尉の部屋に行く。

二場。大尉がジュヌヴィエーブに執心していることに嫉妬したコリンヌは、ジュヌヴィエーブの夫が家の中にいると仄めかす。大尉は酒を持ってきたジュヌヴィエーブと二人きりになり、彼女を意のままにしようとした時、電話回線が切断され列車サボタージュが行われた報せが入る。大尉はフランスの列車五千両をドイツへ搬出する政府命令をデュボワに伝え、移送の責任者となるよう命じる。

第四幕。同夜。台所。

一場。デュボワは息子たちが車庫を爆破しようとしていることに反発する。ドイツ軍軍曹が現れ、一家を取り調べる。軍曹が立ち去った後、フランソワが姿を現す。妻は逃げるよう促す。デュボワはサボタージュや破壊行為は一層の混乱をもたらすだけと述べる。フランソワは父親の説得を試みた後、出ようとして逮捕される。

二場。大尉は全員を拘束し、尋問する。コリンヌは大尉と一緒にパリに行きたいと述べる。大尉はフランソワに協力すれば助けると述べるが、フランソワは拒否する。大尉はフランソワを先頭の機関車に人質として乗せると伝える。その時、車庫が大爆発を起こす。コリンヌはフランソワたちの仕業であると述べて、彼の素性を暴露する。フランソワの妻は隠し持っていた銃で大尉を撃つ。軍曹も銃を奪われて逃げ出す。フランソワの弟アンリはコリンヌから身分証を取り上げて兄夫婦に渡し、逃げるよう促す。デュボワが銃を片手に血まみれになって現れる。彼は息子たちに逃げて闘い続けるよう促す。息子たちが立ち去った後、デュボワは息子が赤ん坊だった頃を思い出し、幸福な子供が生まれてくる日を夢見ながら息絶える。(幕)

〈二〉作品世界

抵抗をめぐる父子の葛藤

作品はペタン政権による休戦受け入れ直前の戦闘場面から始まり、休戦後の接収に伴うドイツ軍大尉とフランス人一家の緊張を孕んだ共同生活、その中で密かに進められる抵抗運動、機関車車庫の爆発と抵抗者の発覚までが描かれている。劇の初めで一家の主デュボワは休戦直前に家に戻った息子の将校フランソワを別人の組立工ということにした。その背景の史実として、休戦によって九〇万人のフランス将兵が捕虜、人質としてドイツに連行され、強制労働に従事させられ、終戦時にもなお七〇万人がドイツにいた。

作品の軸を構成する葛藤の一つは抵抗運動と機関車車庫の爆発をめぐる車庫長デュボワと鉄道技師である息子フランソワの対立である。父親は自国政府の決定に従うべきであり、ドイツ軍に抵抗することは危険で無駄死にするだけであると説く。フランソワはドイツ軍が船や飛行機、食料品、原材料を次々に接収し、フランス人労働者をドイツへ移送していることに強く反発する。

フランソワが機関車を非占領地区のフランス南部に密かに移動させたことに対し、父親は平和を損ねると危惧する。父親は「まだ救えるものを救わなければならない」(S. 153) と述べ、無益な流血を避けるよう求めたが、息子は父親の言葉を逆に解釈し、少しでもフランスの損失を抑えたいと考えて実行した。

ドイツ軍大尉が全車両の接収とさらに五千台の車両のドイツ移送を伝えた時も、デュボワは三十年にわたって勤めてきた車庫に愛着を寄せ、爆破に反対する。デュボワはサボタージュや破壊行為は一層の混乱をもたらすだけであると述べて、息子に抵抗運動を中止するよう求める。これは彼だけの考えでなく、フランソワの弟アンリもゲシュタポに尋問されて人生を目茶目茶にされたくないと考える。抵抗の放棄はペタン政権が選んだ選択肢だった。同政権は消極的な対独協力を通して国民の最低限の生活と生命を守ろうとした。

デュボワが国家に忠誠を誓い、政府の決定に従おうとするのに対し、フランソワの妻ジュヌヴィエーブは国家が人々の自由を奪い、敵と結託して自国の子供たちに敵対していると反論する。彼女も夫と離れることを嘆きながらも、夫の行動を理解し、自らも危険を冒して行動する。彼女がドイツ軍大尉の相手をして油断させた間に、夫は電話回線を操作し列車サボタージュを実行することができた。

最後に父親と会話を交わした時、フランソワは人々が犠牲を払うことで何百倍もの人生が救われる、人々は幸福と感じた時のみ子供を持とうとする、闘いのみが唯一の救済の機会であり、子供・自由・名誉のために闘ってこそフランスは生き延びられると語る。父親は息子が犠牲となる危険性を憂慮しながらも、息子の活動を支持する嫁ジュヌヴィエーブの姿にも感化される。

最終場面で父親はドイツ軍兵士と争って撃たれながらも息子夫婦に生き延びて闘うよう促す。彼はついに息子たちの抵抗運動に理解を示し、自ら犠牲となる。彼は未来のフランスに幸福な子供が生まれてくることを確信して息絶える。彼は自分の生涯を捧げた車庫という過去を未来の祖国のために犠牲にした。それは自由のために自分の生命(実存)を投企する行為であり、レジスタンスの精神と結びついた実存主義の誕生と軌を一にする。

ドイツ占領下のフランス

ドイツ軍大尉ラウフはフランスにドイツ的秩序と考え方を持ち込もうとする。彼はフランスの国土、行政、仕事、交通システムすべてをドイツ流に組織し、フランスの神経の核に触れ、全筋肉をドイツのリズムに従って仕事させるという見通しを語る。

彼はフランス人は享楽的で国を滅ぼす、日向ぼっこする暇があればスポーツで体を鍛えるべきだと語る。フランソワの妻ジュヌヴィエーブは太陽は太陽として享受すればよく、ドイツ人は過度に勤勉で自他を休ませずにいつまでも行進させ続けると反論する。大尉は女とフランスを強奪することこそ掟と嘯《うそぶ》く。ジュヌヴィエーブはドイツが多くの死をもたらして幸福になったのか、一人でも幸福にしたのかと問いかける。大尉がフランス人に沈黙を強いると述べると、ジュヌヴィエーブは本来の所有者を追い立てて子供が飢えても構わないのか、人間は決して沈黙しないと応じる。このように独仏の文化の違い、支配者と被支配者の立場の違いが鮮明になる。

最終場で大尉はフランソワにサボタージュはフランスの自殺行為であると述べて、協力を要請する。

フランソワは抵抗者のリストを提出して国民を裏切る殺人者になるつもりはないと拒否する。彼はゲシュタポが家中引っくり返してもフランス人を理解できない、他国民を理解し尊重しない限り優等人種にはなれず、両国の協力はあり得ないと述べる。そして真の勝利の後には平和が訪れるはずだが、ドイツは平和を獲得する力がないため、勝利する力がないと断言する。このように両者の対話は平行線を辿る。被占領者は占領者の考えや欲望を見抜いているが、占領者が被占領者の心を理解することはない。

フランソワは最大の輸送機関である機関車の確保がフランスの生死を左右し、自立の名誉がかかっていると考えた。史実ではフランスは戦争で機関車の二〇パーセント、客車の四二パーセント、貨車の六〇パーセントを失っていた。残る輸送力のうち一九四〇年には一九パーセントをドイツ軍に提供したが、一九四四年には五七パーセントがドイツ軍に利用された。ドイツ軍は南部に持ち出された機関車の代わりに他の多くの機関車を差し押さえた。そしてフランス国内の石炭や銅、鉄鉱石を搾取し、工業資材や機械器具を鉄道でドイツに移送した。さらにフランス人六五万人が強制労働のためドイツに移送され、戦争捕虜九〇万人もドイツで労働に従事した(7)。

ルネ・クレマンのレジスタンス映画『鉄路の闘い』(一九四五)にも描かれたように、機関車をめぐる闘いはそのままフランスの動脈である鉄道網の支配権をめぐる闘いだった。映画でもサボタージュ首謀者の銃殺にもかかわらず、機関士たちは支線を爆破し、機関車の爆破や転覆を実行する。

史実では一九四四年六月六日の連合軍のノルマンディー上陸作戦に対応して、隣接するブルターニュ地方では全国抵抗評議会(CNR)が指揮するフランス国民軍(FFI)によってドイツ軍の移動を阻止するために輸送列車が爆破され、線路が破壊され、電話線が寸断された。

占領国において抵抗運動やドイツ将兵の殺害が起きる事態に手を焼いたドイツ軍当局は四〇年九月には国防軍参謀総長カイテルの政令として、占領国でドイツ将兵一人の殺害に対する報復として共産党員五〇人の処刑を求めた。

駐仏ドイツ大使アベッツの報告書によれば、一九四三年だけでドイツ警察が逮捕した対独抵抗運動家は三万五、〇〇〇人、フランス警察による逮捕者九、〇〇〇人に及ぶ。翌年の逮捕者はさらに増え、一五人の県知事も含まれていた。ドイツ警察はフランス占領中に総計約一五万人を拘留し、ニュルンベルク国際軍事裁判では二万九、六六〇人が銃殺されたと報告された。(8)

対独協力

ジュヌヴィエーブの女友達コリンヌは離婚経験があり、「力は正当化を必要としない」(S. 155)として、勝ち馬に乗る姿勢を示す。彼女は大尉と一緒にパリで暮らしたいと考え、従兄弟を通じてフランス政府中枢との結びつきがあると述べて大尉の気を引こうとする。一家が尋問された時、彼女は自分だけは無罪であると主張する一方で、愛国者の銃が自分を狙っていると報復に脅える。そして車庫爆破の報せが伝わると、フランソワの関与と素性を暴露する。彼女は敵味方の間を巧妙に立ち回る。

対独協力者《コラボ》の多くは弱みにつけこまれ、また目先の利害を求めて敵の投げた餌に飛びつき、自国民を売った。彼らの多くが旧政権下で日陰の立場にあり、社会に不満を抱いていた。女性の場合はさらにドイツ軍兵士との情事が絡む。ドイツ軍兵士と関係した女性は戦後、髪の毛を剃られ晒し者になった。デュラスの原作(一九六〇)によるアラン・レネの映画『二十四時間の情事(ヒロシマわが愛)』(一九五九)

も同じくロワール河畔の町を舞台とし、ドイツ軍兵士と関係した女性の受難と苦悩を描いている。ジョセフ・ケッセルの原作(一九四四)によるジャン・ピエール・メルヴィルの映画『影の軍隊』(一九六九)に登場するレジスタンスの女性活動家はドイツ軍に逮捕された際、娘の身の安全と引き換えに仲間を売り、釈放後、同志に射殺される。彼女を粛清した組織のメンバーはやがてドイツ軍に捕らえられ、自殺や拷問死に追い込まれる。個人を超えた社会への信念や未来への希望がなければ、彼らは死を賭して抵抗しなかったはずであり、彼らの死も報われない。

ヴォルフの劇でフランソワは「自由が傷つき血を流している光景を見て、中立的に振舞う者は惨めである」(S. 172)というヴィクトル・ユゴーが亡命中に記した言葉を述べる。ジュヌヴィエーブは「幸福への渇望が力を示すならば、祖国からドイツ人を追い出せる」(S. 209)と述べる。こうしたドイツ軍に対するフランス人の抵抗運動と祖国愛がドイツ人作家によって書かれたことに意味がある。

ドイツ占領下の国々ではナショナリズムが発揮され、国民が一体となってドイツ軍に抵抗した。それは大戦末期、連合軍と連携したレジスタンス勢力の一斉蜂起によるパリ解放をもたらした。しかしヴァイゼンボルンの『非合法者たち』に見られるように、ドイツ国内の抵抗運動はナチスを支持する大半の国民と対立し、祖国と民族に対する裏切りと非難され、自国の軍事的敗北を目指す悲惨な闘いだった。〈愛国者〉と〈非合法者〉という命名に見られるように、祖国への愛に生きた人々と、非合法の烙印を押された人々を取り巻く状況の違いはあまりに大きい。両作品にはドイツ国内と占領下のフランスで抵抗者が置かれた状況の違いが反映している。

『女医リリー・ヴァンナー』

南仏の収容所から逃れてソ連に帰還した後に起きた独ソ戦の最中、ヴォルフはモスクワ郊外の反ファシズム学校で教師を務め、捕虜となったドイツ軍兵士の再教育に関わる傍ら、『女医リリー・ヴァンナー』(一九四四)と『人間が種撒くもの』(一九四五)というドイツ情勢をめぐる戯曲を執筆した。

『女医リリー・ヴァンナー』は一九四三年末から四四年初めにかけてドイツの外科病院を舞台とし、ドイツ人医師ヴァンナーとシュトラスブルク大学で医学生時代を共にした妻のフランス人女医リリー・ヴァンナーの医者夫婦を軸に展開する。

作品は夫の出征中に彼女を支える実験助手、同僚医師、捕虜でありながら助手として働くフランス人レントゲン技師らを配し、フランス人捕虜患者の本国送還を増やし親衛隊の疑惑を受ける女医リリー、彼女に言い寄る親衛隊所属医師との駆け引き、撤退する戦場で片腕を失って帰還する夫ヴァンナー、フランス人技師による医院の爆破などが描かれ、ドイツの敗戦を見越した展開となっている。

スターリンへの直訴文

終戦を迎え、ヴォルフはドイツへの帰国申請を出すがなかなか許可されなかった。業を煮やしたヴォルフは一九四五年七月二十四日、スターリンに書簡を書き送った。その中で彼は、当時ソ連国内に見られた反ユダヤ主義の風潮との関連性を問題にした。

「私が不当に扱われているのは、私がユダヤ人だからでしょうか。私は英米などで大成功を収めた『マムロック教授』の著者としてナチスの人種妄想を鋭く弾劾しましたが、その記憶が今日もはや時宜に適わないからでしょうか。(…)

私がユダヤ人であるということが不当な処遇を受ける理由であるとは思いませんし、そのようなことはありえません。[9]」

ソ連の粛清の黒幕に手紙を書き送った彼のナイーブさが窺われる。この直訴文の結果であるか定かではないが、同年九月に彼は帰国が認められ、ドイツの戦後復興に文化面で関わる。同年には戦争末期のベルリン近郊を舞台に戦場から逃亡した青年兵士と恋人の悲劇を扱った戯曲『森の野獣』を執筆。翌四六年一月には『マムロック教授』がベルリンのヘッベル劇場でドイツ初演の運びとなる。しかし大多数の市民はファシズム体制と戦争に関与した罪の問題を回避し、作者が望むような反応は得られなかった。一九四九年の東西ドイツ分裂を境に、ヴォルフは冷戦という新たな政治の力学に呑み込まれていく。

ブレヒトとの討論

こうした中、彼は一九四九年にブレヒトと演劇に関する興味深い討論を行った。

ナチス政権成立直後、北欧を経てアメリカへ亡命したブレヒトは戦後、四七年秋に非米活動委員会で喚問された翌日、アメリカを出国し、スイス滞在を経て一九四八年秋に帰国し、ソ連が封鎖した東ベルリン地区に向かった。そして翌四九年一月に『肝っ玉おっ母』(一九三九)を上演した。この作品は大戦中にチューリヒで初演されたが、今回はブレヒト自身が上演に関与し、大きな反響を呼び、叙事的演劇を戦後のドイツに初めて提示する機会となった。この上演後、ブレヒトはヴォルフと作品の演劇理念をめぐって討論した。その内容を考察したい。

ヴォルフはまず両者が異なる演劇的立場に立ちながら、同一の目標を目指していると述べる。そしてブレヒトがこの作品を年代記と呼んだことに関して、年代記の形式はむき出しの事実を示すことなのか、また客観的演劇と心理的演劇を区別することなのかと問う。

ブレヒトはこの作品がむき出しの事実を見せることで人を説得するものではない、年代記は事実を含む、客観的か心理的かという区分は無用であり、心理的素材を中心対象とし、客観性を目指すことで、客観的で心理的な劇を作ることができると答える。

ヴォルフはブレヒト演劇が観客の認識能力に訴えかけるものであり、観客が所与のまたは可能な状況の関連性を認識し、正しい結論や決定を導き出すよう求めているが、感情や情動に向かうことを拒否するものであるのかと問う。

ブレヒトは叙事的演劇が単に非ドラマ(劇)的な芝居ではない、正義感や自由への衝動、抑圧者に対する聖なる怒りなどの情動を諦めるものでもない、そして批判的態度が情熱と矛盾するものではないと応じる。

『肝っ玉おっ母』や『三文オペラ』などで、個々の場面に先立って字幕で筋が観客に予め説明されることに関して、ヴォルフは演劇において緊張した筋立てのない認識や性格が変化せず発展しないような認識があるのか、そして古典的な劇的緊張要素(提示や急転回《ペリペティー》、大団円)をどう評価するかと問う。

ブレヒトは提示や大団円などの古典的図式はゲーテの『ゲッツ』などでも無視されていると述べ、人物の変化は当然起きるが、内面的な変化や認識につながる発展は不自然な場合もあり、常に起きるわけではない、個人の意識を社会的存在として規定し、作劇的に操作しない必要があると述べる。

ヴォルフは『肝っ玉おっ母』の主人公が戦争から利益を得ようとして逆に三人の子供を次々に失いながらも、覚醒せず、悲劇の真相を認識しないことを問題にした。それに対して、ブレヒトは両者の演劇手法を対比させて次のように語った。

「私(ブレヒト)は状況を人生と同じく客観的、不可避的に提示し、観客自らに善悪を決断させるのです。あなた(ヴォルフ)は舞台で傷口に手を触れます。あなたは決定を舞台上に移します。こうした手法は痛みをもたらし、今日の観客には耐えられない。あなたは医術におけるホメオパシー(類似療法)専門医として舞台でも外科医として振舞います。私(ブレヒト)は正反対の道を行きます。観客は私の処置にまったく気づかず、薬を呑み込んでしまうのです。(10)」

ブレヒトはさらに『肝っ玉おっ母』が大戦直前の三八年に書かれた作品で、人間が不幸から何かを学ぶということに確信が持てなかったと述べ、主人公が何も学ばなかったとしても、観客は彼女(母親)を注視しながら何かを学ぶことができると述べる。最後にブレヒトはどのような芸術手法を取るかは、どのようにしたら観客を社会的に活性化させ、昂揚させうるかという問いとしてのみある、この目的のためにあらゆる新旧の芸術手法を試す必要があると述べる。

ブレヒトは伝統的な手法を継承するヴォルフの演劇との相違を明確に表明している。ブレヒトは一九三〇年前後から、感情移入により主人公に同一化し、カタルシスを重視する伝統的なアリストテレス的演劇観から離れ、叙事的演劇と異化効果という新たな演劇手法の確立へと向かった。両者の演劇手法の対照はすでに一九三五年にエルヴィン・ピスカトールが指摘していた。

「演劇の〈劇的〉構成と対照的な〈叙事的〉構成に関する近年の果てしない議論において、ヴォルフはためらうことなく劇的構成の側の代表者として振舞う。同様にブレヒトも舞台芸術におけるアンチテーゼとして、叙事的構成劇の代表であることは明白である。」(11)

両者の討論は、ヴォルフに見られる伝統的演劇観とブレヒトの新たな演劇観が対峙した決定的な機会である。このように一般には伝統的演劇手法の担い手と見なされるヴォルフであるが、既に紹介したように、彼自身、『マムロック教授』執筆直後の一九三三年に自らの演劇手法に関して、「観客の思考能力を信頼し、観客に対してすべてを心理的、社会的に動機付けて舞台に提示するのではなく、舞台でまったく客観的にテーゼとアンチテーゼを提示し、観客が総合(ジンテーゼ)を実行するよう仕向ける」と記している。彼にはブレヒトの非カタルシス的演劇を理解し、受け入れる用意があった。

両者の対話からは本来、極めて豊かな理論的な発展が期待できたはずである。事実、ブレヒトはヴォルフと討論を行った前年にスイスで『演劇のための小思考原理』を発表し、自らの叙事的演劇理論を緻密で実りあるものにした。しかし、一九三四年に第一回全ソ作家大会で採択された社会主義リアリズム論が排他的な支配理論として機能していた衛星国東ドイツにあって、多くの作家にとって自由な討論や理論的発展が期待できる環境ではなかった。

東ドイツにて

東ドイツ国民となることを選んだ結果、西ドイツでヴォルフの作品は上演対象から外された。東ドイツにおいても反ファシズム国家という建国の国是とは裏腹に、反ファシズム劇は観客の望む上演目録とはならなかった。人々は苦しく忌まわしい過去と向き合うことを望まず、戦争責任や罪の問題を回避した。

そうしたなか、ヴォルフは戯曲『森の野獣』(一九四八)で戦争末期の悲劇を取り上げた。大戦末期、前線からベルリン郊外にある故郷へ逃げ帰った若い兵士クルトが敵前逃亡者として故郷の人々に追われ、恋人ハンネと森へ逃げ込む。二人はハンネの父親らに追いつめられ自殺しようとするが、ハンネだけ死に、クルトは逮捕される。しかし敵軍が迫り、クルトは釈放され再び戦うよう命じられる。ハンネの父親が再びクルトを捕えようとするが、ハンネの母親がクルトを庇う。

史実では脱走兵に対する処刑命令はドイツの敗色が濃くなった一九四四年下半期に親衛隊長官で国内軍総司令官となったヒムラーによって出された。この命令によって三万人に及ぶドイツ兵が処刑された[12]。作品にはロミオとジュリエットに似た展開を交えながら、青年を戦場に駆り出し、死を強要した戦争に対する告発が見られる。
ヴォルフは一九五〇年に初代ポーランド大使に任命されたが、それは反ファシズムの闘士としての彼をドイツから敬して遠ざける一面もあった。作家としてはプロレタリア作家の系列と見なされ、限定的な評価を受けた。『女村長アンナ』(一九四九年に映画、翌年に劇)は新しい社会秩序を求めて奮闘する女性村長の姿を描き出したが、東ドイツの政権政党であるドイツ社会主義統一党の文学官僚に批判された。自ら選んだ東ドイツにあって、彼は国家と党による芸術統制に苦悩し続けた。彼は最晩年、次のように記し、一貫して理想主義者としての面目を示している。

「私は自らを非難しなければならない。演劇に関して三十年以上ドイツの劇場で仕事をした後で初めて闘いを諦めたことを。官僚制、怠惰、ディレッタンティズムとの闘いを放棄したことを。[13]」

彼は官僚主義の壁に突き当たりながらも、社会主義という理念を最後まで抱き続け、社会主義体制を根底から批判することはなかった。そしてブレヒト同様、東ドイツに留まった。
一九五三年に彼は『トーマス・ミュンツァー、虹の旗を持てる男』を執筆し、聖職者として農民弾圧に同意したルターを批判し、農民戦争を先導して悲劇的な最期を遂げたミュンツァーと農民の姿を描き出した。『マムロック教授』など彼の作品の多くに一貫した特徴として、この作品でも主人公は損なわれた人間の尊厳や正義の回復を求めて闘う。『森の野獣』始め、彼は戦後も悲劇的な作品を執筆した。同年十月、彼は心筋梗塞で亡くなった。同年にスターリンも死去した。ヴォルフの一生はヒトラーとスターリンという二人の独裁者の暗い影の下で、演劇創造に苦闘した生涯だった。

注

使用テクストは F. Wolf: Gesammelte Werke (GW) Dramen. Hg. von Else Wolf und Walther Pollatschek, Berlin (Aufbau) 1960. 及び Stücke gegen den Faschismus. Berlin (Henschel) 1970. 作品からの引用に際して、原典該当頁または場を引用直後の括弧内に示した。

(1) Günther Rühle (Hg.): Zeit und Theater 1933–1945. Bd. IV. Frankfurt am Main, Berlin 1980. S. 866f.

(2) Stücke gegen den Faschismus. Berlin 1970, S. 310. なおヴァイゼンボルンの小説及びヨハネス・ヴュステンに関しては高村宏『ドイツ反戦・反ファシズム小説研究』創樹社、一九九七年、二四八頁及び四八六頁以下参照。

(3) Ebd., S. 869f.

(4) 中井晶夫『ヒトラー時代の抵抗運動』毎日新聞社、一九八二年、七五頁。及び山下公子『ヒトラー暗殺計画と抵抗運動』講談社、一九九七年、一八四頁以下。ドイツ国内のキリスト者の抵抗を扱った劇としてE・トラーの『牧師ハル』がある。島谷謙『ナチスと最初に闘った劇作家』ミネルヴァ書房、一九九七年、第十章参照。

(5) 当時、彼は「私は逮捕されるまでじっと待ちはしない」と語った (Henning Müller: Das Moskauer Exil der Familie Friedrich Wolf. In: Tel Aviver Jahrbuch für Deutsche Geschichte 1995. Gerlingen 1995, S. 200)。L・マルクーゼが一九三七年夏にソ連に滞在した際、ヴォルフが自作上演前に「人民」代表の批判を受け入れて演出法を変えさせられるという苦難を垣間見ている (Ludwig Marcuse: Mein 20. Jahrhundert. 『わが二十世紀』西義之訳、ダイヤモンド社、一九七五年、二三四頁)。なお、『カッタロの水夫』は戦後西ドイツでは政治的傾向劇であると見なされ、左右両派から一面的でイデオロギー的な批判を受け、正当な評価を受ける機会を失ってきたと言える。Reinhard Müller (Hg.): Die Säuberung. Moskau 1936. Rowohlt 1991, S. 29f.

（6） 島谷謙「『ボーマルシェ、または〈フィガロ〉の誕生』(ヴォルフ)——転換期の芸術と人間」(日本独文学会独文学叢書18、酒井府編「ドイツ文学とファシズムの影」、二〇〇三年)。なお、フランス滞在中にヴォルフは亡命ドイツ人女性ルート・ヘルマンと知り合い、四〇年五月に彼女は彼の娘カトリーヌを出産した。Wunderlich/S. Menke: Sanary sur mer. Stuttgart 1996. S. 246.

（7） 占領下における鉱物の搾取、鉄道機関、強制労働、抵抗運動に関してはジャン・デフラーヌ『ドイツ軍占領下のフランス』(長谷川公昭訳)白水社、一九八八年、六八頁以下参照。

（8） ジャン・デフラーヌ、前掲書、八七頁以下。一九四一年夏までは逮捕された抵抗運動家を処刑することはなかったが、同年十一月にナントやボルドーで暗殺事件の制裁・報復として実施された。ヴィシー政権もドイツ側に協力した。その後、駐仏ドイツ軍最高司令官シュテュルプナーゲルはドイツに対する敵愾心を強めるとの判断から人質処刑を控えたが、彼の辞任後再び行われた。一九四四年には各地で村人がドイツ親衛隊によって虐殺された。なお、フランス人作家の抵抗劇として、終戦直後に発表されたアルマン・サラクルーの『怒りの夜』(一九四六)がある。

（9） Deutsche Dramatiker des 20. Jahrhunderts. S. 194.

（10） F. Wolf: GW, Bd. 16. S. 224.

（11） Erwin Piscator: Theater-Film-Politik. Berlin 1980, S. 144f.

（12） Das Ende. Köln 1985. H・ベル「四台の自転車」(『戦争は終わった』好村冨士彦編訳、ほるぷ出版、一九八八年、二六頁参照)。

（13） F. Wolf: GW. Bd. 16. S. 395. なお、ヴォルフは晩年にイルムガルト・シャーフと知り合い、彼女は一九五三年に彼の息子トーマスを出産した。

第七章　歴史的想像力

——『英雄的喜劇』（F・ブルックナー）と
『ニューオーリンズのナポレオン』（G・カイザー）

スタール夫人

『英雄的喜劇』（F・ブルックナー）

〈一〉作品

スタール夫人

一九三〇年代、四〇年代におけるドイツ亡命演劇の特徴のひとつに歴史劇特にナポレオンを扱った作品が複数の作家によって書かれた点が挙げられる。そのひとりF・ブルックナーは大戦中に亡命先のアメリカで『英雄的喜劇』（一九四二）という劇で、革命後に誕生したナポレオン体制下における作家スタール夫人の権力との闘いを描き出した。G・カイザーも『ニューオーリンズのナポレオン』（一九四一）で好戦的な時代精神を戯画化した。両者の作品に描かれたナポレオン像を考察したい。

スタール夫人（アンヌ＝ルイーズ＝ジュルメーヌ・ネッケル、一七六六〜一八一七）はドイツ系スイス人の銀行家でルイ十六世の財務長官を務めたネッケルの娘としてパリに生まれた。少女時代、母親のサロンを訪れる啓蒙思想家たちに感化された。二十歳で駐仏スウェーデン大使スタール男爵と結婚し三人の子を生むが、数年後に別居（第三子は陸軍大臣となったナルボンヌ伯爵との子と推定される）。この間に処女作『ルソーの性格および著作についての書簡』（一七八八）を刊行し、自らサロンを主催した。

フランス革命当初は革命を支持したが、父の追放と革命の過激化に反発する。一七九〇年には革命の過激派を避け、父の隠棲するレマン湖畔コッペの領地に滞在。一七九二年にパリで起きた大虐殺を避けコッペへ逃れた(最初の亡命)。翌年、国王ルイ十六世を処刑した革命の過激化を批判する穏健な自由主義の立場から、王妃マリー・アントワネットを擁護する冊子を刊行。一七九四年パリへ戻り、作家コンスタンと知り合う。翌年国民議会で非難され、コンスタンとスイスへ逃れる(二度目の亡命)。そして一七九七年にコンスタンとの子と推定される子を出産する一方で、『情熱論』(一七九六)を刊行した。一七九八年に帰国後、自由主義的言動を行う夫人と独裁化傾向を強めるナポレオンとの対立が生じる。『文学論』(一八〇〇)及び小説『デルフィーヌ』(一八〇二)はナポレオンの反発を招き、夫人のサロンがナポレオン批判を繰り返したためナポレオンの怒りを買い、夫人は一八〇三年にパリ退去を命じられ再びレマン湖畔へ(三度目の亡命)。

同年秋コンスタンとドイツへ旅立ち、ヴァイマルでゲーテ、シラーと会い、ベルリンでA・W・シュレーゲルらと交流する。翌年父の死で急遽帰国。一八〇七年に小説『コリンヌ』を発表したが、パリに入れずコッペへ戻る。同年末から翌年にかけてドイツ、オーストリアに滞在。旅の成果である『ドイツ論』(一八一〇)はナポレオンの意を受けた警視総監により刊行禁止になる。国外退去処分となり(四度目の亡命)、コッペに軟禁中に組版を砕かれた。

翌年、二十歳余り年下の少尉ジョン・ロッカと事実上の再婚。一八一二年、出産の翌月に監視下にあるコッペから密かに脱出し(五度目の亡命)、二年間かけてオーストリア、ロシア、スウェーデン、イギリス各国に滞在。一八一三年には没収を免れた『ドイツ論』の校正刷をもとにイギリスで出版した。

一八一四年、ナポレオン退位の翌月にイギリスより帰国。翌年三月、ナポレオンのエルバ島脱出の報せを受け、直ちにコッペへ移る(六度目の亡命)。ナポレオンが百日天下を経てセント・ヘレナ島へ流された翌年、夫人は病に倒れ半身不随となり、一八一七年にパリで逝去。遺稿『フランス革命論』は長男の手で翌年刊行された。夫人はシャトーブリアンと並ぶフランス・ロマン主義の先駆者である。

二十三歳でフランス革命を迎えた彼女のその後の人生は、革命とナポレオン政権の時代と重なる。幾度も亡命と帰国を繰り返したスタール夫人の生涯を作品化することは、ブルックナーにとって亡命生活を生き抜く精神的支えともなった。以下そのあらましを見ておきたい。

作品

作品は三幕五場からなる。時代は一八一〇〜一八一五年に至る「ナポレオンの栄光と没落の時代」。

第一幕、一場。一八一〇年、皇帝ナポレオンが君臨するパリのスタール夫人(以下、夫人)の住居。夫人は『ドイツ論』の校正刷を推敲している。作家で彼女の愛人であるバンジャマン・コンスタンは夫人と別れて、ドイツ女性と結婚する意志を伝える。夫人は有名な革命家が世間知らずの娘と結婚することを皮肉る。コンスタンは夫人が『ドイツ論』を刊行すれば、ナポレオンが夫人のパリ追放か投獄を命じるだろうと述べる。

夫人は政治的夕食会の開催を計画し、人々が彼女の招待に応じれば、ナポレオン独裁反対を表明したことになると意気盛んである。コンスタンは勝ち目のない闘いは諦めるべきであると冷ややかである。

ナポレオンの元部下だったベルナドット元帥が現れる。彼はスウェーデン皇太子となり、フランスを旅立つ前に夫人に別れを告げに来た。夫人は皇帝を揶揄しながら、『ドイツ論』にはゲーテ、シラーの名前は出ても、ナポレオンの名前は一度も出てこないと述べる。元帥は夫人にこれ以上皇帝を刺激しないよう忠告する。夫人はナポレオンがロシアと戦争すると予見する。元帥は夫人が亡命する際にはスウェーデン皇太子として避難場所を提供すると述べて退出する。

夕食会欠席の手紙が相次いで届く。夫人の元恋人で陸軍大臣となったナルボンヌ伯爵の手紙には、警視総監フーシェが夫人の出国を促しているので今日中にもスイスへ出国するようにと記されている。夫人は手紙を破り捨て、パリに留まる決意を語る。新聞には、夫人がドイツ滞在中に、ナポレオンの独裁はロシアの独裁体制を凌ぐと述べたと報じられている。コンスタンもスイスへの出国を勧める。

二場。一八一一年、スイスのコッペにあるレマン湖に面したスタール夫人の住居。

ナルボンヌ伯爵が訪れ、まもなく生まれるナポレオンの嫡子を称える文章を書けば、恩赦を得てパリへ戻れると忠告する。夫人は申し出を断り、スイスへ留まると答える。夫人は昨年、国外退去を命じられて家宅捜査され、『ドイツ論』の校正刷が辛くも没収を免れたと語る。伯爵はナポレオンは不敗の星を持つ人物であると称える。

前年秋にスイスで出会い、年明けに密かに夫人と結婚した年下の元少尉ロッカが現れ、フランスに必要なのは「戦争に対する聖戦」であると語る。伯爵がナポレオンのロシア進軍計画を告げると、夫人はロシアへ先回りし、ロシア皇帝に最後まで戦うよう進言する意志を伝える。伯爵は権力者ナポレオンには逆らえないと言って立ち去る。

夫人とロッカはスイスの家もスパイに囲まれていることに気づき、オーストリア、ロシアを経て、スウェーデンに行くことを計画する。そして『ドイツ論』の校正刷をイギリスで出版しようとする。

第二幕、三場。一八一二年十月、スウェーデンのストックホルム。

ナポレオン軍は九月にモスクワに入城した。スタール夫人は一足先にロシアまで行きながら、結局ナポレオンの野望を挫けず、自分が道化役を演じただけであると考えて落ち込む。ロッカは彼女を慰め、信念を失わないよう励ます。ナポレオンが勝利する限り、彼女がパリに戻る日は来ない。夫人はパリ中の人々が自分たちの年齢差のある結婚や無謀な行動を嘲笑するだろうと気にかける。

スウェーデン皇太子となったベルナドットが現れ、夫人がナポレオンの和平提案を受け入れないようロシア皇帝に直接進言したことが世間に知れ渡っていると述べる。ベルナドットはスウェーデンが勝者ナポレオンの庇護下に加わると伝える。

皇太子が退出した後、コンスタンが現れる。彼はロシア宮廷による夫人歓待の様子がパリで驚きをもって受け止められ、夫人がナポレオンの和平提案を拒否するよう進言したことに対するパリ政界の憤激を伝える。夫人はナポレオンの不敗神話を信じない。彼女はコンスタンにロッカと結婚したことを明かし、別れを告げる。

コンスタンが立ち去った後、スウェーデン宮廷から国外退去命令が届く。そしてロシア人自らがモスクワに火を放った結果、ナポレオン軍が撤退を開始したことが伝えられる。夫人は不敗神話を誇るナポレオンが撤退したことに感極まる。

第三幕、四場。一八一四年四月、パリのスタール夫人の住居。

スウェーデン皇太子ベルナドットはパリに進駐した各国連合軍司令官たちの様子を話す。新聞の売り子は、ナポレオンが反撃を企て、パリ郊外のフォンテーヌブロー宮からパリに向かって進軍すると叫ぶ。報せを聞いた夫人は共和国と自由なヨーロッパのために闘うと述べる。皇太子は夫人にスイスへ避難するよう促す。夫人は国民の意思を示す国民議会の召集を求める。

その時、今度はナポレオンがパリ奪還を諦め、退位したと告げられる。ナルボンヌ伯爵が現れ、「自由の女性」を称えて祝杯を挙げる。伯爵は夫人を追放したナポレオンが永久にフランスを立ち去ることになったと述べる。夫人は喜びの涙を浮かべ、ロッカの胸に身を寄せる。ロッカは「自由万歳！」と叫ぶ。

五場。一八一五年三月、スイスのコッペにあるスタール夫人の住居。

疎遠になっていたコンスタンが再び夫人を訪ねる。夫人はウィーン会議で列強が国境を高値で売りつけ、小国を売買することに反発する。ナポレオン失脚後も彼女は心休まらない。コンスタンはフランス外相タレーランが夫人にスイスに留まるよう要請してきたことを述べる。ブルボン家が王政復古し、夫ロッカが結核で亡くなったが、彼女は怯《ひる》まない。

夫人はコンスタンやロッカのお蔭で出版できた『ドイツ論』を頰に押し当てながら、「本の旅もついに終わった」と言う。そこへナルボンヌ伯爵が現れ、ナポレオンがエルバ島を脱出したと知らせる。伯爵は夫人にナポレオンと闘うよう促すが、夫人は自分がジャンヌ・ダルクではありえないと答える。彼女はコンスタンに今度追放される時には一緒に亡命してくれるよう求める。コンスタンが湖の岸辺へ降りていこうと誘うが、彼女はすでに民衆の闘いを記す新たな著作の執筆に没頭している。（幕）

〈二〉 作品世界

史実との相違点

この作品はスタール夫人の独裁者ナポレオンに対する抵抗の生涯を描くことで、精神と権力が対峙する関係を見事に作品化している。各場面はパリ、コッペ、ストックホルム、パリ、コッペと三場のストックホルムを挟み、パリからの亡命と帰還が繰り返される。作品にはスタール夫人の最大のライバルであり、「夫人の運命の同伴者」（コンスタン）であるナポレオンは直接には一度も登場しない。

史実と対比するならば、実際の出来事を多少時間をずらして作品に組み込んでいる箇所がある。主な点を挙げると、第三幕、四場でスタール夫人は一八一四年四月六日のナポレオンの退位をパリで知る。史実では皇帝が退位した翌月の五月になって夫人はロンドンからパリへ戻った。つまり作品では三月三十一日の連合国軍のパリ入城直後に夫人もパリに戻ったことにしている。

また五場はナポレオンのエルバ島脱出をコッペで知る設定になっている。史実では夫人は皇帝のエルバ島脱出を聞いた直後にコッペに避難している。作品では夫人のスイス滞在には仏外相タレーランの要請があると示唆し、ナポレオン没落後も夫人の影響力を恐れる各国政権の圧力が働いていることを示している。

さらに史実と異なる点は、作品ではスタール夫人と結婚したロッカが彼女より先に亡くなったとしている。史実ではロッカが亡くなったのは彼女の死の六ヵ月後である。

夫人の再婚相手となる少尉ロッカは夫人の息子の仲間でジュネーブの貴族の家に生まれた。彼はフランス革命以来、夫人を自由の女神として熱烈に尊敬していた。ロッカは夫人より二十二歳も年下であり、夫人の出産後もすぐには結婚しなかった。彼は亡命の歳月にあって夫人を支えたが、やがて肺結核に倒れ、夫人は二人の関係を正式なものとするために結婚した。彼は夫人の死の半年後に後を追うように三十歳前で亡くなった。作品の中でロッカは夫人の亡命に同伴し、夫人の孤立を慰め、信念を貫くよう励ます。また夫人の元恋人のナルボンヌ伯爵に対して、夫人がかつて革命の恐怖政治の最中に伯爵を自室に匿い、逮捕や処刑から救ったにもかかわらず、伯爵は今では皇帝を支持していると非難するなど熱血漢ぶりを示す。

史実で実際に夫人の通夜に立ち会った元恋人バンジャマン・コンスタン(一七六七〜一八三〇)は一歳年上の夫人との間に一子をもうけ、彼女の支援で政界に出たが、ナポレオンによって共に追放された。コンスタンはかつて夫人が彼の求愛を拒んだ時には狂言自殺を図ったこともある。夫人は求愛を断りながらも、彼を自分と深いつながりのある唯一の男性と見なしていた。彼は夫人に心惹かれながらも彼女の性格と信念の強さについていけず、別の女性と結婚する。それでも両者は行き違いを繰り返しながら夫人の死まで交流した。それゆえ作品の最後で夫人がコンスタンに信頼を寄せる場面を描いたことは理解できる。

心理小説の傑作であるコンスタンの『アドルフ』はスタール夫人との関係から生まれ、夫人が亡くなる前年に出版された。コンスタンは複雑な性格の持ち主として知られ、夫人亡き後の一八三〇年に起きた七月革命の際には、革命派にもかかわらず賭博の負債返済のためルイ・フィリップの王政即位を支持した。

スタール夫人とナポレオン

スタール夫人は生涯に幾度も亡命の旅に出た。フランス革命の最中の一七九二年には恐怖政治に揺るパリを逃れてコッペに行き、次男出産翌月にイギリスに渡った。一七九五年にも国民議会で非難されスイスへ逃れている。ナポレオンのスタール夫人敵視の遠因には、夫人の父ネッケルがナポレオン政府の財政を批判した一文にもあった。スタール夫人はイタリア遠征後、相次いで戦争に勝利するナポレオンを「最高の共和主義者」と称えていた。(1) しかしナポレオンがブリュメール十八日のクーデター以後、第一執政となり独裁体制を固めたことに対して反発し、批判するようになった。

彼女の愛人コンスタンも法制審議院議員として院の自由化を求め、ナポレオンに睨まれ、一八〇二年には共和主義者として他の議員と共に法制審議院から追放された。夫人のサロンは劇作品にも登場するベルナドットやモローなどナポレオン配下の将軍や後に同じく亡命したレカミエ夫人も集まり、反ナポレオンの動きを強めていった。

夫人が書いた『文学論』(一八〇〇)は社会制度と文学の関係をとらえると共に、南方文学と北方文学を対比し、後者に学ぼうとした。これはフランス文学よりも当時敵国だったドイツの文学を評価した点でナポレオンの反発を買った。書簡体小説『デルフィーヌ』(一八〇二)は離婚を評価し、新教を賛美し、女性の権利を唱える内容だった。知性的で個性的な女性を嫌ったナポレオンは、夫人を「世界で最も醜い女性」と中傷した。夫人のサロンが反ナポレオン勢力の拠点となっていることに怒ったナポレオンはついに一八〇三年にパリから一六〇キロ以内への立入りを禁じた。この直後、夫人はコンスタンと二人の子供と共にドイツへ亡命旅行に出る。

半年後、夫人はコッペに戻り、小説『コリンヌ』(一八〇七)を発表した。この作品は「国際小説の開祖」と呼ばれ、「スタール夫人の運命、恋愛、才能のヴァリエーションである」(ティボーデ)と高く評された。しかし作品発表後、夫人はパリに戻ることが許されず、亡命勧告を受けてコッペに留まった。

劇作品ではコンスタンの話の中で、スタール夫人がナポレオンに会い、現代の最も重要な女性は誰かと尋ねた時、ナポレオンは最も子沢山な女性であると答えたというエピソードが紹介され、両者の女性観の違いを端的に示している。『ドイツ論』(一八一〇)はナポレオンが一八〇六年にライン同盟を成立させ、神聖ローマ帝国を崩壊させた後に、ドイツ文化を評価した大著で、ナポレオンの怒りを買い、刊行禁止となった。

スタール夫人の反ナポレオン闘争を物語るエピソードとして劇作品に取り入れられた事柄は、夫人がナポレオン軍に先回りしてロシアまで行き、ナポレオンに譲歩しないよう働きかけたことである。史実では夫人はロッカとの子供を出産したわずか一ヵ月半後の一八一二年五月二十三日に監視下に置かれたコッペからロッカと子供二人と共に散歩に出ると見せかけて出立した。八月二日から七日までモスクワに滞在し、十三日から九月七日までペテルブルクに滞在し、宮廷の歓待を受けた。九月二十四日から翌年にかけて八ヵ月余りスウェーデンに滞在し、翌年六月中旬、最終目的地「自由の地」イギリスに着いた。

一方、ナポレオンは夫人のコッペ脱出の翌月にロシア遠征を開始し、八月にスモレンスクを占領。九月十四日にモスクワに入城し、十月十九日にモスクワ撤退を開始した。夫人のモスクワ訪問はナポレオンより一ヵ月早いものの、ナポレオン軍は既にロシアに侵攻していた。夫人がナポレオンのモスクワ遠征計画を早めに察知できたのは、元恋人で陸軍大臣を務めたナルボンヌ伯爵らの報せによる。作品には伯爵から遠征計画を知らされる場面が描かれている。

九月中旬に夫人がスウェーデンに着いた時点で、ナポレオン軍はモスクワに入城していた。作品で夫人がロシアまで出かけてナポレオンに譲歩しないよう説いたことが無駄だったと落ち込み、女道化師と自嘲する場面はこうした状況を背景に描かれている。その直後、ナポレオン軍のモスクワ撤退の報せが届く。しかも撤退当初、ナポレオンが権力を誇示するためにモスクワに火を放ったとされていた。しかしロシア人自ら、敵に町を明け渡さないためにモスクワを炎上させたことが判明する。これによってナポレオン軍は糧食の調達手段を失い、敗退する。ロシア人は愛するモスクワの町を炎上してまでナポレオンに譲歩しない姿勢を示した。

ロシア宮廷がナポレオンへの徹底抗戦を決意する上で、スタール夫人がどの程度影響を与えたかは外交文書のレベルでは確定できない。しかしナポレオンに追放された夫人がロシア宮廷で歓待され、夫人がロシアを去った後に次男アルベールがロシア軍に入隊した。またナポレオンが退位し、夫人がパリに帰還した後、彼女のサロンにはロシア皇帝アレクサンドル一世も訪れていることなどから推察すれば、夫人がロシア宮廷に与えた進言は皇帝の対ナポレオン政策決定に影響したことは明らかである。

劇作品の中でコンスタンは、夫人がロシア皇帝にナポレオンの和平申し出を拒否するよう進言したことに対し、ナポレオンが憤激していると述べ、夫人が「平和の天使から戦争をしかける復讐の女神になった」(S. 466) と指摘する。コンスタンはさらに妻への手紙の中で、「恐るべきスタール夫人がいなければ我々は平和だろう」と書き記したと述べる。夫人も人々が彼女を「パリのペスト」と呼んでいることを知り、嘆息する。このように当時、夫人のナポレオンに対する抵抗は祖国に対する裏切りとしてフランス国民に受け取られた。彼女は救国の英雄として不敗神話を誇る独裁者ナポレオンに対して筆のみを武器として孤立無援で闘った。

スウェーデン皇太子

スウェーデン皇太子そして同国王となるジャン・ベルナドット元帥(一七六三～一八四四)はナポレオンの元部下だった。彼は一八一〇年十一月にスウェーデンのカール十三世の養子としてスウェーデン皇太子(後のカール十四世)となり、すぐに国王に代わって政治の実権を握った。ベルナドットはフランスとロシアが開戦すると祖国フランスを裏切り、ロシアと同盟した。さらに一八一三年に第六回対仏大同盟に加わり、ライプチヒ会戦に参加してナポレオン軍を破ると直ちにデンマーク南部に侵攻し、デンマークからノルウェーを奪い保護国化した。

彼がナポレオンの君臨する祖国フランスと敵対した背景に、スタール夫人との交流があったことは事実である。彼は一八〇〇年頃からスタール夫人のサロンに出入りし、独裁的傾向を強めるナポレオンに反発するようになった。スタール夫人は亡命の途上、彼の支配するスウェーデンに八ヵ月余り滞在し、彼女の滞在中に同国は対仏大同盟に加わった。また夫人の元夫スタール男爵は駐仏スウェーデン大使だった。スタール夫人のナポレオンに対する抵抗が単に筆による戦いだけでなく、人間的つながりを最大限に活用し、国家間の対仏大同盟の展開にも影響を与えたことが推察される。

こうした夫人とスウェーデン皇太子となるベルナドット元帥とのつながりを描いた点に、作家ブルックナーの歴史的状況と人間関係の読み取りの鋭さが窺える。作品の中で夫人はスウェーデンに赴くベルナドット元帥を「フランス革命の偉大な司令官だった。ナポレオンに対しても主張を貫く人物」であると称え、ナポレオンからの独立を暗に促す。

スウェーデン皇太子となったベルナドットは夫人に、「(フランス革命という)英雄的青春時代を過ごした我々の血には、達成し難いことに対する憧れが潜んでいる」(S. 475) と語る。同時に「権力の秘密とは達成しうるものを望むことにある。達成できないものを望めば、敵を利する」と述べる。

ここには青年時代にフランス革命に熱狂しながらも、自己の立場を見定めて現実政治家となった人物の二面性がよく示されている。それゆえに彼は立場上慎むべきスタール夫人との交友関係をすぐには断ち切れなかった。彼は夫人のスウェーデン滞在を認めながら、情勢が変化すると夫人に国外退去を促す。彼は現実主義的政治家として政治に可能性ではなく、限界を見る。彼は現在のスウェーデン王室の始祖である。

亡命生活

スタール夫人が晩年に執筆した未完の自伝『亡命十年』は死の翌年に長男オーギュストの手で出版された。自伝は二部に分かれ、第一部は一八〇〇〜一八〇四年まで、第二部は一八一〇〜一八一二年の秋、夫人がスウェーデンのストックホルムに着いたところまでで途切れている。その中で夫人は、「私が亡命を死に比べるとしたらみんなは驚くだろう。しかし古代の偉人であれ、現代の偉人であれ、この苦痛には耐えられぬであろう(2)」と記している。この一文に彼女の亡命者としての苦悩が集約されている。

こうした死にも等しい受難意識にもかかわらず、彼女は闘いを止めなかった。彼女は記している。

「私に対するナポレオンの最大の不満は、私が真の自由をあくまでも渇望していることである。私のこの感情は、まるで遺産のように私に受け継がれているものである。(3)」

「遺産」とあるが、スタール夫人の父方の祖先はアイルランド人で、父方の祖母はフランス人亡命者の娘であり、母方の祖母はナントの勅令後にスイスへ亡命したフランス人である。このように両親の祖先はともに自由を求めてスイスへ亡命した一家である。

劇作品の中でスタール夫人は自由と理想を追求する女性として描かれている。コンスタンは夫人を「歴史上最も多く追放された女性」(S. 484)と評し、「自由主義思想を表明する人は追放されるか投獄される」(S. 488)と述べる。しかし夫人は「一人の人間の内に情熱が燃える限り、その人間はすべてを担いうる」(S. 479)と述べる。スウェーデン皇太子ベルナドットは夫人を評して、「理想の炎は何も焼かないが、輝き、光を広げる」(S. 477)と述べ、「自由の女性」と称える。自由の実現が遠のいたとしても、彼女にとって自由の理念的価値は色褪せない。

作品は自由を求める一方で現実を鋭く捉える女性としてスタール夫人を描いている。彼女はナポレオン没落後も大国間の政治的利害が優先され、各国民衆の自由が依然実現されないことを冷静に認識する。彼女と周囲の人物との会話には政治や権力に関する考察が散りばめられている。例えば夫人の侍女フランソワは述べる。

「(かつて)フランスが王国だった時、人々は王国が偉大だと信じました。革命後初めて、私たち自身が偉大だと信じました。帝国となってからは、もはや私たちがどれだけ偉大なのか分かりません。」(S. 453)

侍女フランソワには、夫人の忠実な秘書だったファニーの面影が重ねられている。

英雄的喜劇

最終幕でスタール夫人はナポレオンの時代を生き延びる者は僅かであろうと述べる一方で、ナポレオンが復活すれば王政復古したブルボン家を地獄へ追いやることになると述べる。夫人の考えによれば、ナポレオンは本来立っていた自由の立場へ戻るべきでありながら、自由を権力の手段とした放蕩息子である。権力がすべての人のものになれば、自由は権力となりうる。

夫人の崇拝者で夫となる年下のロッカは革命当時、夫人をジャンヌ・ダルクの再来と見ていたが、夫人自身はジャンヌ・ダルクのように振舞うつもりはない。彼女はジャンヌ・ダルクであればナポレオンを信じたであろうし、民衆の疲弊を理解しなかっただろうと考える。夫人は国家主義者ではなく、あくまで個人主義を基本とした共和主義者である。

夫人の考えを受けて、コンスタンは言う。——スタール夫人は勝利することを理解していないので勝利できなかった。生まれながらの勝者は、戦う目的を断念しても勝者であり続けることを知っている。スタール夫人は勝つこともできたが、目的を断念しないために敗北を選んだ。

「フランスは自由になれば夫人を称賛するだろう。フランスが抑圧されている限り、スタール夫人を探し続けるだろう。」(S. 489)

コンスタンの言葉を受けて夫人は語る。

「私は多くを求めながら何も得ることのなかった女道化師です、多くを求めたことは神が許すが、何も得なかったことは彼女自身が許す。(…)

私たちは英雄ではありません。私たちは多くの喜劇を演じています。しかし結局のところ私たちの生涯は英雄的生涯だったのでしょう。英雄的生涯が私たちを駆り立て、喜劇であっても悲痛です。私たちは英雄的精神を受けたのです。」(S. 490)

夫人は自ら望んで英雄であろうとしたのではなく、時代の中でやむを得ずそうした立場を引き受けた。その上で自らの英雄的生涯を喜劇として突き放してとらえた。そこに夫人の高邁な精神性が窺われる。

作品の最後で、夫人はナポレオンのエルバ島脱出の報せを受け止め、「ナポレオンの嵐(急襲)を利用するならば、急ぐ必要がある。日夜急ぐならば、泣き叫ぶような不正を回避することができる」と述べる。そしてスウェーデンに併合されつつあるノルウェー民衆の闘いを見殺しにできないと考え、「人間の証しとなる行為は、人間の卑小さや諦念を忘れさせる」(S. 491)と語る。

夫人はナポレオンの没落後も大国間の争いが続き、自由への道がなお遠いことを見越している。このように作品は最後まで信念に生き、個人のみならず諸国民全体の自由を求めた女性像、自由の体現者を描き出す。

史実では夫人は一八一二年に四十六歳で出産したわずか一ヵ月半後にスイスを発ち、オーストリア、ロシア、スウェーデンを経て一年かけてイギリスに至る亡命旅行を行った。その旅の無理が祟《たた》り体調を損ねた。さらに帰国後ロッカの結核に夫人自身が感染した疑いもあり、一八一七年に夫人は水腫による発作と診断され、半身不随となった。しかし意識は最期まで明瞭で、仕事や旅行の計画をしながら日々を過ごした。同年七月十三日夜、秘書ファニーは、苦痛を訴える夫人の願いを聞き容れ、阿片を与えた。翌日早朝、秘書が気づいた時、夫人はすでに亡くなっていた。

劇でコンスタンが「信念に生きて亡くなる者は幸せ」と言うと、夫人は「私は幸福に死にたい」(S. 484)と応じる。この言葉は病に冒されながら最期まで仕事に取り組み続けた夫人の姿をよくとらえている。

作品で「いかなる権力も、権力に屈しない意志より強力ではありえない」(S. 472)とロッカが評したスタール夫人の独裁者との闘争と不屈の生涯に、作家ブルックナーは限りない共感を寄せた。作者はナポレオンにヒトラーを重ね、スタール夫人に同じ亡命作家として自分を重ねると共に、夫人に最良の手本を見た。彼は祖国の人々から売国奴扱いされる亡命者の孤独もスタール夫人と共有した。

この作品の執筆時期は一九四一年六月の独ソ戦開始後から翌年にかけてである。それゆえナポレオンのロシア侵攻はヒトラーのソ連侵攻と重ねてとらえられる。ブルックナーは歴史に自己の境遇の先例を求め、亡命体験を歴史化し、運命を打開する糸口とするためにこの作品を書き上げた。夫人の生涯を通して、亡命を単に否定的な運命としてとらえるのではなく、権力と対峙し、自由の理念を擁護する行動として積極的な意味付けを与えようとした。夫人の足跡が一世紀を経てドイツの亡命作家によって新たに評価されたといえよう。

ブルックナーのその後の軌跡を一瞥しておく。戦後アメリカで執筆した戯曲『足跡』(一九四八)は未婚の母親の子供をめぐる作品で、普遍的な問題を扱おうとしている。一九五一年に帰国し、西ベルリンでシラー劇場の文芸部員となり、『天使との闘い』、『人形の死』(一九五七)などの作品を執筆した。彼の数ある作品の中で最も高く評価される作品は『人種』を含む「二つの大戦の青春」三部作と『英雄的喜劇』である。

『ニューオーリンズのナポレオン』(G・カイザー)

〈一〉作品

ナポレオン伝説

ゲオルク・カイザーはスイスに亡命する一年前の一九三七年、ナチス政権下のドイツでナポレオンをモデルとする戯曲を構想し、一九四一年、亡命先のスイスにおいて完成させた。それは実在のナポレオンではなく、ナポレオン伝説に基づくものである。作品の冒頭には前書きが記されている。

「次のような伝説がある。ナポレオンはセント・ヘレナから連れ出され、別人物と入れ替わった。彼は晩年、アメリカで暮らし、ニューオーリンズに埋葬されたと伝えられる。彼の墓もある。」(S. 565)

カイザーはこの伝説をもとに好戦的かつ猥雑なナポレオン像を描き出した。それは執筆当時、ナポレオンと同じくヨーロッパ制覇の野望を抱いたヒトラーを猥雑な詐欺師と重ね合わせてとらえた「悲喜劇」である。そこにはヒトラーおよび彼を支持した人物たちにたいする作者カイザーの徹底した戯画化、風刺化と嘲笑の精神が窺える。以下、その内実をとらえたい。

作品

作品の時代設定は一八一五年にナポレオンがワーテルローの戦いに敗れて退位し、終焉の地セント・ヘレナ島に流されてしばらくした後。作品は九場からなる。

第一場。アメリカ、ミシシッピー河畔の町ニューオーリンズにあるヘクトール・デルガン男爵の広壮な邸宅の玄関大広間。

大広間の四壁には多くの武具や軍服、煤《すす》けてぼろぼろの旗などが飾られている。広間の中央に長身で粗末な身なりの片腕の男キャトルスーが立っている。そこへフランス名門貴族の末裔であるデルガン男爵が大理石の階段を降りて来る。男爵は片腕の男に、新しく収集したナポレオンゆかりの品々を見せながらナポレオンの偉業を熱く語り、エルバ島脱出と百日天下の快挙を称える。

この日、片腕の男キャトルスーは粗い亜麻布製の上着を見せ、セント・ヘレナ島に幽閉されたナポレオン着用の品であると述べる。キャトルスーは島の食料運搬人の少年と入れ替わった航海士を通じて入手したと語る。ナポレオンは忠誠を誓う男爵の存在を知って感激し、幽閉の苦悩を語ったと伝えられる。男爵はナポレオンを奪回できないか思案する。キャトルスーの退去後、男爵の娘グローリアが姿を現す。彼女もナポレオンを崇拝し、父娘はナポレオンが解放される日を待ち望む。

第二場。一軒のあばら家。

キャトルスーは住処に戻ると、仲間の赤髭のキャロッテや元役者のユーユー、二人の女ポリーやペペに財布を見せ、男爵邸で上着の作り話が信用されたことを伝える。一同は男爵から金を巻き上げる方法を考え、偽ナポレオンを仕立てることを思いつく。ナポレオン役は元役者ユーユー。他の四人は廷臣の元帥および夫人の衣装をつけて踊る。

第三場。男爵邸の大広間(以下、最終場まで同じ)。

男爵と娘はナポレオンがセント・ヘレナ島を脱出してアメリカへ渡り、男爵邸を訪れるという報せに狂喜する。父娘は到着を待ち望む。そこへナポレオン(=ユーユー)と臣下の一行が姿を現す。ナポレオンは二組の元帥夫妻を紹介し、庶民階級から取り立て、苦労を共にしてきたと語る。彼は広間の壁に飾られた武具はいずれも見覚えがあると述べ、休息の地を得たいと述べる。男爵は一同を二階の一室に招き入れる。

第四場。

安楽椅子にだらしなく寝そべるナポレオン(=ユーユー)ら三人の男たち。飽食し、惰眠を貪る日々。彼らは男爵が見事に詐欺に引っかかったことを喜ぶ。その時、男爵が来室し、男たちは急いで制服を着て迎える。男爵はアメリカで再び挙兵してヨーロッパを再征服するよう提案する。男爵はそのために全財産を提供する用意がある。

即答を避け、男爵退室後、放心する五人。正体がばれる前にずらかろうと言う仲間に対して、ユーユーは健康状態を理由に新たな戦争の開始に反対しながら男爵邸に留まることを主張する。一同は新兵勧誘と武器調達を名目に、代金を着服することにする。

第五場。

大広間のテーブルの上に堆く積まれた金貨を囲んで、三人の男たちは黙々と金貨を数える。ユーユーは武器調達のためなら金が容易に手に入るおかしさを述べる。三人は金の分配をめぐり口論する。そこへ男爵が現れ、アメリカを代表する女性として娘をナポレオンの后にしたいと述べる。

父娘の退室後、キャロッテは金をもって逃げ出そうと言うが、ユーユーは逃げても捕まるだけである、相手を完全に麻痺させて追いかける力を奪う必要があると述べる。ポリーが、男爵の希望通り娘を懐妊させようと提案する。かくしてナポレオンと娘の結婚話がまとまる。

第六場。

蠟燭の光に照らされたテーブルの上には果物やグラス、ワインが並ぶ。婚礼の衣装に身を包んだグローリアを挟んで男爵とナポレオン(=ユーユー)。傍らに二組の臣下夫妻。キャトルスーはアウステルリッツ会戦で片腕を失った武勇伝を雄弁に物語る。一同は婚礼の踊りを踊る。ナポレオンと娘は部屋に入り、男爵は退去する。暗い大広間からは臣下夫妻たちの忍び笑いが聞こえてくる。

第七場。

大広間では二人の臣下がさいころ遊びをしている。そこへ突然、男爵が姿を現す。慌てふためく一同。ナポレオン(=ユーユー)はグローリアと部屋に引きこもったまま下りて来ない。男爵は資産が尽き、邸宅も担保に取られることを伝える。そこへナポレオン(=ユーユー)が姿を現す。男爵は今こそアメリカ民衆に名乗り出て、宣戦布告するよう迫る。

二人の臣下は急いでずらかるよう合図するが、ナポレオンはセント・ヘレナ島に幽閉された恐ろしさを語り、再び戦争を起こせば自分のためにさらに多くの血が流されることを危惧する。今まで幾多の戦闘でわが意に反して人殺しを行ってきたが、意識して人殺しとなることはできない。セント・ヘレナ島の替え玉が亡くなった後で正体を明らかにし、立ち上がる。男爵はナポレオンにこう説得されて退室する。

第八場。

大広間にグローリアが下りて来て、男爵に懐妊を告げる。男爵はセント・ヘレナ島にいたナポレオンの身代わりが亡くなったことを伝える。そこへ五人の男女が盗賊姿で現れる。男爵は今こそナポレオンが正体を明らかにし、宣戦布告する時であると述べ、娘の懐妊を伝える。ほくそ笑む五人。ナポレオン(=ユーユー)は懐妊の知らせに有頂天となり、「これで警察に追われる心配がない」と叫び、胸の刺青を見せ、正体を明かす。彼らは軍資金として頂いた金はみな隠したと述べ、ならず者に娘が孕まされたことを世間に告白できまいと嘲笑し、逃走する。軍旗を手にしたまま身動きしない男爵。鐘の音だけが鳴り続ける。

第九場。

大広間に立ちつくす男爵と娘。男爵は詐欺師の作り話に引っかかり、娘にも信じ込ませた自分の愚かさと、全財産を失った責任を語る。それでもナポレオンにかけた夢を捨てきれず、自分が生きる希望と深く結びついていたと語る。自分の夢が幻想であり驕りだったと認めながらも、夢を見た自分が幸福だったと考える。夢の終わりを見届けた彼は、過ちの果実である娘のお腹の子供や偽りのコレクションとともに人生に終止符を打つことを覚悟し、娘を強く腕に抱きかかえる。やがて煙が大広間に立ち込め、炎が壁を割って燃え上がる。天井が音を立てて崩れ落ち、すべてを埋め尽くす。(幕)

全体戦争のドン・キホーテ

史実においてナポレオンはかつてエルバ島を脱出して政権の座に返り咲いた(百日天下)。セント・ヘレナ島幽閉後も、皇帝支持派はナポレオン救出の方途を探っていた。それゆえ男爵はナポレオンが絶海の孤島セント・ヘレナを再び脱出したという作り話を疑いもなく信じ込んだ。

フランス革命後、多くの貴族が亡命した。フランス貴族の末裔である男爵はナポレオン崇拝熱に取り憑かれていた。男爵はナポレオン失墜後、崇拝や熱狂から冷め、もはやその名前さえ口にしない世間に対して、新大陸アメリカにあってその栄光の復活を夢見ていた。そこへ噂を聞きつけた片腕の男が現れ、上着をナポレオン軍の制服であるとふれこんで売った。男爵はナポレオン軍の生き残りと称する男にナポレオン軍ゆかりの品を持ってくるよう言いつけた。男はフランスにいる生き残り兵からゆかりの品を集めたと称しては男爵に売り渡す。かくして一大コレクションが収集された。

コレクションはナポレオンが最初に頭角を現したトゥーロン奪回戦、エジプト遠征、栄光の頂点となったアウステルリッツ会戦、プロイセンに潰滅的な敗北をもたらしたイエナ゠アウエルシュタットの戦い、敗退に終わったロシア遠征、大陸支配に終わりを告げたライプチヒ諸国民戦争、最後の戦いとなったワーテルローの戦いなどで実際に使用された武具であるとされる。

男爵は偽のナポレオンを本物と信じ込み、ならず者に娘を委ね、全財産を提供した挙句にすべてを失って破産し、死を選ぶ。ならず者が娘を懐妊させ、退路を断ったうえですべてを暴露した時、男爵は恐るべき詐欺に引っかかったことに初めて気づく。男爵は夢が知らぬ間に悪夢に変わったことを知り、後戻りできず、己の夢に殉じる。

一方、ならず者たちは相手の幻想にうまく取り入り、偽ナポレオン＝ユーユーは元役者としての体験を生かし、最後までナポレオンを演じきる。途中、幾度か危うい場面に出くわしながら見栄を切り、さらに相手から金をゆすり取ることに成功する。男爵に同情の余地はない。哀れを誘うのは唯一男爵の娘である。ならず者一味がナチスを、男爵がヒトラーに肩入れし財力を提供し続けた財界人を表していることは明らかである。とはいえ、この作品の魅力はあくまでナポレオンにまつわる伝説を生かしながら、夢を真実と思い込み没落する貴族の愚かさ、悲喜劇を描き切った点にある。

カイザーは一九四一年十二月のある手紙の中でこの作品に次のように言及している。

「私はこの作品で不滅の人物を作った。新しいドン・キホーテ、全体戦争のドン・キホーテである。デルガン男爵には不滅性があり、ドン・キホーテ同様忘却されることはないと思う。私は亡くなるが、男爵は生き続けるだろう。(4)」

同月十九日のユリウス・マルクス宛の手紙にも次のように記している。

「私はデルガン男爵という全体戦争のドン・キホーテを作り出した。彼は戦争や戦場に現世の意味を見出すという妄想によって盲目であるか、すっかり目がくらんでいる人物である。その妄想から恐るべき目覚めが生じる。この人物は何物をも見ず、農民の娘を王女ドゥルシネアと思い込んだスペインの不滅のドン・キホーテ同様、不滅となるだろうと確信する。デルガン男爵はならず者の正体を見抜かず、詐欺師たちを夢の中の英雄と思い込んだ。この作品は現代について書かれうる最も真実な作品となるだろう(5)。」

さらに翌年四月、フォン・アルクス宛の手紙では、「この作品は軍事ファシズムに対する闘争手段として重要である」と述べている(6)。このように作者は作品のもつ時代批判的性格を鮮明に意識している。ナポレオンの武勇伝に陶酔し、新たな戦争を切望する男爵像はまさに「全体戦争のドン・キホーテ」である。ドン・キホーテの妄想が個人的な行動に終始するのにたいして、男爵の企ては多くの人々を巻き込む点において始末が悪い。男爵の企てが実現すれば恐ろしい結果を招く。偽ナポレオン＝ユーユーは男爵の金の使い方を評して、「人々がパンを買う金が不足しているのに、武器の調達のためならばいくらでも金が出てくる」(S. 602) と皮肉っている。

ユーユーは偽皇帝を演じながら、皇帝や権力の本質に関して次のように思いをめぐらす。

「残忍、卑劣、約束違反、下劣さ、嫉妬、憎悪、背信、殺人、暗殺などは人間性に含まれている素質であるが、発達するにつれ抑圧され休眠する。皇帝はこうした素質を再び呼び覚ます。彼は他者の発言を禁ずることで自分の意志を貫徹する。彼だけが口を開き、諸民族を後見するための機会を手放すことなく叫ぶ。しまいには全地球を後見しようとする。皇帝の厚顔さは留まるところを知らない。彼の権力欲に役立つものだけが崇高である。権力は殺人者、悪党、詐欺師を必要とする。権力は多足類であり、そのどの足も犯罪である。権力を握り、皇帝となるまでに、どのような犯罪であれ人より恥知らずに実行する。」(S. 594)

皇帝となるまでに犯される数多くの犯罪行為、その際限ない権力欲、権力の周辺に群がる犯罪者、皇帝によって正当化される侵略戦争、そうしたものをユーユーは犯罪者特有の嗅覚によって鋭くとらえ、身につけ、表現することで皇帝役を演じきろうとした。

〈三〉 ナポレオン像と歴史的想像力

英雄史観との戦い

ここでナポレオン像の歴史的な変遷を確認しておきたい。一七九二年、ヴァルミーの戦いでプロイセン・オーストリア連合軍がフランス軍に敗れた時、プロイセン軍に従軍していたゲーテは「世界史の新しい時代の始まり」を見た。ゲーテは一八〇八年にナポレオンに謁見し、皇帝の偉大さに心打たれた。哲学者ヘーゲルは一八〇六年にイエーナの戦いに勝利し市内に入城する馬上のナポレオンに絶対精神、世界史的個人の姿を見た。

一方、一八〇四年にナポレオンの皇帝選出という報せを聞いた時、ベートーヴェンはナポレオンに失望し、交響曲第三番『英雄《エロイカ》』の献呈を取りやめた。自由な共和国の担い手と期待したナポレオンが独裁者になることを批判する点で、スタール夫人と同じ立場にある。ベートーヴェンはナポレオンの副官ベルナドット将軍が駐墺大使としてウィーンに赴任した際に面識を得ていた。ベルナドットは『英雄的喜劇』でスタール夫人の友人として登場し、スウェーデン皇太子となって後、スイスを逃れて来た彼女を迎えている。ベルナドット将軍はベートーヴェンとスタール夫人双方とつながりがあった。

ナポレオン軍に徴兵され戦死した兵士の家族は当然ナポレオンを恨んだ。王党派貴族として英国へ亡命し辛酸を嘗めた作家シャトーブリアンにとってナポレオンは「暴君」に他ならなかった。王政復古後の政府がナポレオンを嫌ったのは当然である。他方、ヴィクトル・ユゴーは一八二七年以降それまでのナポレオンに対する反発から一転し、詩「記念柱に寄せるオード」でナポレオンを賛美した。作家スタンダールにとってナポレオンは「カエサル以降もっとも偉大な人物」だった(7)。

十九世紀後半に活躍した歴史家ミシュレは、ナポレオンが亡くなった当時にはナポレオンを「フランス革命の子」として評価していた。しかし『十九世紀史』第一巻(一八七二)では革命の共和主義的理念を裏切り、殺戮戦争を繰り返したナポレオンを批判した。しかしミシュレのナポレオン批判はフランス人のナポレオン観の主流とはならなかった。フランスにおいてナポレオンは英雄であり続けた。

一八七一年に普仏戦争で敗北後、フランスでは対独復讐熱から愛国主義が高まり、強力な軍事的指導者が待望された。その後も帝国主義時代を迎え、ドイツとの軍事的緊張が続く中で軍事的英雄ナポレオンに寄せる思いは衰えなかった。

一方、ドイツでも一九三〇〜三三年に対ナポレオン解放戦争を扱った映画だけで八本もの作品が生まれた。ナチス政権下のドイツにおいて、対ナポレオン解放戦争後に展開されたナショナリズムを引き継ぎ、民族主義と軍国精神を昂揚させる劇作品や映画が多く生み出された。

ナチス政権下の最後に制作された映画『コルベルク』(一九四三)も対ナポレオン解放戦争に題材を取ったものであり、題名は一八〇六年にフランス軍に降伏することを拒否した町の名に由来する。ゲッベルスは敗戦の気配が漂う中、この映画製作のために前線から一万人の兵士を動員した[8]。これらの作品はナポレオンに匹敵する英雄像を求め、自己犠牲と英雄的な戦死を称揚した。

ドイツ人亡命作家はこうしたナチスのイデオロギー的英雄像と歴史解釈に対峙するために、ナポレオン的偉大さの幻想性を暴き、戯画化し、脱神話化を図った。亡命作家はナポレオンとヒトラーを重ね合わせて捉え、自らの時代を歴史的に把握しようとした。

フランスで再びナポレオンを戦争犯罪者とする見方が出たのは二十世紀に入ってからである。アンドレ・シュアレスは「権力の虜となった怪物」、「すべての絶対君主や征服者たちのなかにナポレオン的な面がある」と一九三三年に指摘した。百科事典編者としても知られるロジェ・カラティーニは『ナポレオンのいかさま』(一九九八)という本でナポレオンを戦争犯罪人としてとらえた。(括弧内は論者の付言。)

・ナポレオンはエジプト遠征軍司令官としてジャッファで降伏した四千人のトルコ兵を殺害し、ペストに罹患したフランス軍兵士にモルヒネを与えて殺害した。スペインやロシアでも大量処刑が行われた。(処刑の様子はゴヤの絵にも描かれている。)

・ナポレオンは革命によって確立した共和制を覆し、皇帝となり、貴族性を復活させ、階級社会を再現させた。(皇帝となったことに対する同時代人の反応はベートーヴェンの交響曲第三番『英雄《エロイカ》』をめぐるエピソードにも窺われる。)

・ナポレオンは人権宣言に反して植民地に奴隷制度を復活させ、フランス国内にユダヤ人差別令を施行した。(フランス軍支配下のドイツにおけるユダヤ人解放令とは対照的である。)

・ナポレオンは好戦的で、フランスを戦争状態に置き、十七年間に二〇〇万人の兵士を死なせ、国民経済、産業の発展を妨げ、他国を略奪した。(9)

こうしたナポレオンの功罪に対する冷静な歴史的評価が一般に受け入れられるようになったのはごく最近のことである。ナポレオン崇拝と英雄史観は近代国家が必要とした政治的神話である。

様々なナポレオン像

二十世紀ドイツの作家たちはナポレオンを演劇の主人公として相次いで取り上げた。ヴァルター・ハーゼンクレーファーがヴァイマル共和国時代に書いた戯曲『ナポレオンの介入』(一九二七)では、パリのグレヴァン蠟人形館に展示されているナポレオンの蠟人形が一九二〇年代にふたたび蘇る。彼はヨーロッパ統一という長年の夢を実現しようとする。彼はアメリカの経済政策に依存したまま、なお自分をヨーロッパの救済者であると宣言する。やがて彼は政治がもはや将軍たちによってではなくて、経済戦略によって動いていることを認め、夢を諦めて蠟人形の陳列棚の中に戻っていく。この作品でナポレオンはズボンを盗まれると、ムッソリーニの蠟人形からズボンを拝借する。ナポレオンは二十世紀のヨーロッパに現れて過去の夢を時代錯誤な形で実現しようとして失敗する。

一九三〇年代半ば、エルンスト・トラーが亡命先のロンドンで執筆した戯曲『もう二度と平和』（一九三四～三六）には、天上界に住む神の一人としてナポレオンが登場する。ナポレオンは好戦的な現実主義者として登場し、下界では戦争がなくならずに繰り返されると確信している[10]。

アルノルト・ツヴァイクは亡命中に戯曲『ジャッファのボナパルト』（一九三四～三八）を書き、一七九九年早春のパレスチナ近郊ジャッファを舞台に、エジプト遠征時代のナポレオンを歴史劇として描き出した。

ブルックナーも亡命中、『英雄的喜劇』の執筆前に戯曲『ナポレオン一世』（一九三六）を書いた。後者が権力者ナポレオンを主人公とし、『英雄的喜劇』がナポレオンと対峙した一個人を描いた点で両作品は対照的な関係にある。『ナポレオン一世』ではロシア遠征を強行した理由を、妻に権勢を誇示し、軍事力を示すためだったと捉え、英雄的人物を卑小化した。いずれもナポレオンを通して、ヨーロッパ支配を狙うヒトラーの個人的野望や権力者像を捉えようとした。ドイツの亡命作家たちはナポレオン神話を打ち砕くことで国家主義の神話を否定したのである。

歴史的想像力

亡命作家が相次いで歴史に題材を求めた点に関して、リオン・フォイヒトヴァンガーは「歴史小説の意味」（一九三五）という一文で次のように記している。

「歴史小説といえば、人々はモンテ・クリスト伯やベンハーなどを思い浮かべ、冒険、陰謀、衣装、多彩な色彩、大袈裟なお喋り、政治と恋の混合、大事件を個人的な受難に面白半分に転嫁することなどを思い浮かべる。歴史小説の多くが色彩過剰な情景を描き、読者に現代の諸問題を回避させているという悪評がある。しかし過去の傑作の多くは歴史を題材としている。

ホメロスは数百年前の争いを物語り、アイスキュロスはオレステの伝説的行動を扱い、ギリシャ悲劇の舞台の多くは神話的時代に設定される。シェイクスピア劇の大半は過去に設定される。トルストイは『戦争と平和』でナポレオン戦争の歴史を描こうとしたのではなく、戦争と平和に関する彼の思想を表現しようとした。歴史文学において作者は自らの(同時代の)生活感情と世界像を表現しようとする。人間や思想を時代的に距離化することでより良いパースペクティブを獲得できる、山の稜線は山中より遠くから眺めた方がより鮮明にとらえられると確信する。

私は歴史小説に現代小説と同様の現実性を付与する。歴史的衣装を纏《まと》うことは様式化の手段であり、他の作家は世界像を鮮明に投影するために空間的に距離化し、エキゾチックな場所へ移す。同時代の出来事はなお流動的で、結末は偶然的、枠組みも曖昧である。私は行為者の葛藤をめぐり、同時代人ヴァルター・ラーテナウの生涯を作品化しようと試みて失敗したが、ユダヤ人ジュース・オッペンハイマーの作品化においては成功できた。私にとって古代ローマのネロ帝の放火事件の方がナチスの国会放火事件より確信を持って描ける。

作家は歴史家と異なり史実の忠実な再現を目指すのではなく、彼のイメージを描くために史実に変更を加えることもある。虚構(イリュージョン)を描きながら、年代記作家より説得的である。悪代官ゲスラーは元の実在した人物ペーター・フォン・ハーゲンバッハより知られ、架空の人物ヴィルヘルム・テルもよく知られている。歴史小説はイメージ的真実を表現し、より生彩に富む。

史実は配列の仕方次第であり、複数の解釈が存在する。ナチスに殺害されたユダヤ系哲学者テオドール・レッシングは〈歴史は意味なきものの有意味化である〉と述べた。歴史家も作家も歴史に盲目的で本能に導かれる大多数に対する少数者の闘いを捉える。過去の勝利と敗北、伝説、歴史小説は武器となりうる。敵(ナチス)もまた歴史をイデオロギー的に改竄《ざん》し、血腥い神話化を行っている。(11)」

フォイヒトヴァンガーは歴史小説が過去に舞台を設定し様式化を図りつつ、作家の世界像を投影し、イメージ的真実を表現すると述べている。

同じく亡命作家で中国に取材した歴史小説などを書いたA・デーブリーンは「歴史小説と我々」(一九三六)という一文で次のように述べる。

「我々は歴史小説の成立過程を辿るならば、小説の現実性の問題をより鮮明に理解する。作家は個人的状況と社会状態に規定され、ある素材群に直面する。彼はカルタゴやユダヤ人迫害、農民戦争などに執着する。対象との共鳴が生じ、作家と埋没した時代との親和性が明らかとなる。彼は考古学者のようにこの墓を掘るのではなく、埋没した世界を生き生きと蘇らす。(…)

受け取った史実や伝承が真に目的性と興味に満ちた現実性へと移行し、単なる素材は確かな形式に組み込まれ、独特な変容を遂げる。作家は各人物に声を与え、各人物固有の状況を生きる。良く選ばれた素材には作者の全人間性が織り込まれる。歴史の断片が作者の断片となる。彼は今日の状況という炎を失われた時代に移し入れる。かくして歴史小説の現実性と真実性を手に入れる。出来事は自ずと整う。まるでばらばらに落ちた石が生者の杖によって再び柱になるかのように。

亡命作家は好んで歴史小説に向かった。そこに現在が欠けている点は別として、自らの立場の歴史的な類似を見出し、自己を歴史的に規定し、正当化したいという願い、そして思念し、自らを慰め、少なくとも想像力において復讐する必要性を抱くことは理解できる。(…)

フェリックス・ダーンのローマ、ゴート時代の小説やグスタフ・フライタークの『先祖たち』は古めかしい。彼らはドイツ人の屈した政治的去勢によって歴史的素材群を結集しきれず、真正さに至らず、生き、意欲する人々の意志に届かず、ただ(過去を)是認し、賛美するだけである。(…)

自由、平和、真の社会、自然との調和を求める闘いは勇気や力の事例を生む。そうした事例は歴史のどの時期にも見出される。[12]」

デーブリーンも埋没し忘れられた時代を蘇らし、現在とのつながりを見出し、変革と生きる勇気の実例を見出そうとする。

G・ルカーチは「ドイツ反ファシズムの歴史小説の鏡に映る自由主義《リベラリスム》と民主主義《デモクラシー》の闘い」(一九三八年、戦後『リアリズムの諸問題』に収録)という一文で次のように記している。

「ドイツ反ファシズム文学において歴史小説が主導的役割を演じている。そこに現実と闘争からの離反を見ることは誤りである。フォイヒトヴァンガーの『偽ネロ』では歴史的状況は衣装、舞台に過ぎず、適切な戯画像でヒトラーやゲッベルスらの人間的政治的卑しさを暴露している。グスタフ・レーグラーの『種』は十五世紀のドイツ農民の蜂起と英雄的な非合法闘争や反革命の血腥い残虐さを生き生きと提示している。反ファシズム作家の中で歴史的現実を最も深く真実にとらえるハインリヒ・マンの『アンリ四世の青春』にはギーズ公の人物像などに〈総統〉の風刺が見られる。

ドイツ反ファシズム小説の主な狙いはヒューマニズムの理想を擁護し、ファシズムの野蛮性を理論的にも実践的にも駆逐することである。(…)第三帝国の野獣性に対する対抗像である。作家たちは歴史的パースペクティブを与え、ファシズム支配は突然の破局でなく、経済的、政治的、文化的解放に向かう闘争の一章であると見る。

反ファシズム歴史小説の肯定的な主人公たちは、ドイツの知識人がヒトラーの政権獲得前に示した小心で臆病な態度に対する自己批判をもたらす。現代文学の主人公は極端なエゴイストで孤独に生活し、あらゆる社会的関係から切り離された場所で主観的な夢を実現しようとする。イプセン劇からトニオ・クレーゲルに至る主人公はいずれもそうした悲喜劇的人物像である。ブルーノ・フランクのセルバンテス小説にはこうした人物像に対置される人物像が見られる。その人物は民衆の喜びと怖れを含む運命を自ら深く体験している。

シュテファン・ツヴァイクの評伝『エラスムス』はヒトラー政権以前の知識人の政治的イデオロギー的弱点を克服していない。彼のエラスムス像は古いタイプで諦念と妥協を美化している。それはヒトラー政権以前の知識人の弱点を鋭く定式化している。作者は作中で述べている。〈彼らは大衆の深層を根源的に支配しているものを知らないし、知ろうともしない。〉」[13]

ルカーチはさらにナチス政権以前の知識人が広範な民衆から孤立した夢想世界を紡いでいたと指摘し、亡命作家がそうした姿勢を自己批判し、民衆の喜びと苦悩を自ら体験し表現する主人公を造形しつつあると記している。

三者の文章には時代の行き詰まりを打開する糸口を歴史と想像力に見出そうとする志向が等しく読み取れる。時代を変革する進歩的な力と破壊的、退行的な力のせめぎ合いとして歴史をとらえようとする。こうした志向は亡命作家の歴史劇にも当てはまる。ブルックナーは『英雄喜劇』において、フランス革命によって封建制を打破した民衆の自由への渇望を体現する人物としてスタール夫人をとらえ、自由を抑圧するナポレオンに対する夫人の毅然とした闘いを描き出した。

F・ヴォルフは同じく亡命時代の戯曲『ボーマルシェまたは〈フィガロ〉の誕生』(一九四〇)において、フランス革命を精神的に醸成したとされる〈フィガロの結婚〉の生みの親である劇作家ボーマルシェの革命前夜の生き様を描き、転換期における人間と芸術の関わりをとらえた。またオーストリア出身の劇作家エデン・フォン・ホルヴァートは亡命後の戯曲『フィガロの離婚』(一九三六)で〈フィガロの結婚〉の後日談として革命後の人間関係を思い描いた。[14]

歴史劇は多くの亡命作家にとって逃避の産物ではなく、時代の展望と打開の糸口を見出すために過去と取り組んだ貴重な成果であり、新たな発見と認識をもたらした。

注

依拠したテキストは Ferdinand Bruckner: Schauspiele nach historischen Stoffen. Köln (Kiepenheuer & Witsch) 1956 及び Georg Kaiser Werke. Bd. 3. Frankfurt am Main, Berlin, Wien 1972. 両作品からの引用に際しては引用文の括弧内に該当頁を記す。

(1) 城野節子『スタール夫人研究』朝日出版社、一九七六年、二九一頁。

(2) 同書、一八三頁。

(3) 同書、一七八頁。なおスタール夫人『ドイツ論一〜三』(E・グロート、梶谷温子・中村加津・大竹仁子訳) 鳥影社、一九九六年、二〇〇二年参照。

(4) Georg Kaiser Briefe. Hg. von G. M. Valk. Frankfurt am Main, Berlin, Wien 1980, S. 683 (No. 885)

(5) Ebd., S. 691 (No. 893)

(6) Ebd., S. 728 (No. 939)

(7) ロマン・ロラン『ベートーヴェンの生涯』(新庄嘉章訳) 角川書店、一九九五年、三四頁。ティエリー・レンツ『ナポレオンの生涯』(福井憲彦監修) 創元社、一九九九年、一五〇頁以下。及び杉本淑彦『ナポレオン伝説とパリ』山川書店、二〇〇二年、一八二頁以下参照。

(8) R. Grunberger: A Social History of the Third Reich. Penguin Books 1971.『第三帝国の社会史』(池内光久訳) 彩流社、二〇〇〇年、四六〇頁以下。

(9) ティエリー・レンツ、前掲書、一五七頁。及び倉田保雄『ナポレオン ミステリー』文藝春秋、二〇〇一年、二七頁以下。

(10) 島谷謙『ナチスと最初に闘った劇作家』ミネルヴァ書房、一九九七年、第十章参照。

(11) in: Das neue Tagebuch. Jg. 3 (1935), S. 640f.
(12) in: Das Wort. Jg. 1 (1936), H. 4, S. 67f.
(13) in: Internationale Literatur. Jg. 8 (1938), H. 5, S. 63f. この一文は後に一冊にまとめられた際に字句が変わっている。本論では雑誌掲載文に従った。なお、S・ツヴァイクの『エラスムス』が提示する中立的姿勢に対してはクラウス・マンやL・マルクーゼも批判的だった。この作品をめぐる意見や批判に関しては山口知三『ドイツを追われた人びと』第二章、人文書院、一九九一年参照。
(14) 亡命作家の歴史劇に関しては、他に島谷謙「『ボーマルシェ、または〈フィガロ〉の誕生』(F・ヴォルフ)――転換期の芸術と人間」(日本独文学会独文学叢書『ドイツ文学とファシズムの影』二〇〇三年収録)及び島谷謙「ホルヴァートの『フィガロの離婚』――転換期の芸術」(広島大学総合科学部『人間文化研究』第一一号、二〇〇二年収録)を参照。
なお、山口裕は『ドイツの歴史小説』第六章でブレヒトの『ユリウス・カエサル氏の商売』を論じた際、「亡命者の歴史小説にはナチスへの反感から露骨な風刺が見られる。フォイヒトヴァンガーの『偽ネロ』は同じ失敗を犯しているし、ハインリヒ・マンの『アンリ四世の青春』では、ナチス要人への風刺が時代の雰囲気から浮き上がって、壮大な小説の唯一の目立つ欠点になっている」と述べ、ルカーチの『歴史小説論』における風刺の積極的評価とは正反対の見解を示している(三修社、二〇〇三年、一六二頁以下)。本稿では歴史小説論を歴史劇の分析に関連付けた。

第八章　運命をめぐるドラマ
――『メデューサの筏』と『オルゴール』（G・カイザー）

K. コルヴィッツ〈両親たち〉(1923 年作)

『メデューサの筏』

〈一〉 作品

ゲオルク・カイザーの亡命時代

ゲオルク・カイザーがスイス亡命時代に執筆した劇作品のうち、『兵士タナカ』(一九四〇)脱稿後に取り組んだ作品が『メデューサの筏』である。この作品が実際に完成したのは一九四三年であり、この間に並行して『クラヴィッター』や『英国放送局』そして『オルゴール』さらに三つのギリシャ劇などが書かれた。このうち、『クラヴィッター』と『英国放送局』はナチス政権下のドイツを舞台とし、作者によって「NSDAP(ナチス)」二部作として一括された。三つのギリシャ劇は文字通り古代ギリシャ劇のモチーフや舞台を活かしながら、独自の解釈に従って新たな作品を構築したものである。残る『メデューサの筏』と『オルゴール』は同時代のヨーロッパ情勢を背景として、悲劇的で彫りの深い独特な作品世界を構築している。この二作品には当時、カイザーが抱いていた固有の運命観や人間観が色濃くうかがえる。以下、その独特な作品世界のありようを考察したい。

史実

この作品を執筆するきっかけは第二次大戦中の一九四〇年九月、イギリスからカナダへ向かった旅客船シティ・オブ・ベナレス号がドイツ軍潜水艦Uボートの無差別攻撃によって撃沈された史実による。乗船者二五六人中一〇六人が亡くなり、乗船していた児童一〇〇人のうち生還したのは一九人にすぎない。トーマス・マンの次女モニカと夫も乗船して難に遭い、モニカは助かったが夫は溺死した。作品では一三人の子供が救命ボートで大西洋上を漂流する七日間の出来事が一日ずつ描き出される。以下、日を追って述べる。

作品

プロローグ。

夜の闇の中、攻撃された旅客船がけたたましい音と閃光を放ちながら爆発する。ざわめく炎に人々の悲鳴は掻き消され、人影は炎と煙に包まれて見えない。稲妻のような炎が燃え立った直後、ボイラーが爆発する。船全体が炎に包まれない間に救命ボートが何艘か水面に降ろされる。やがて客船の燃料が引火して大爆発を起こす。船体が折れて亀裂が生じ、船底まで浸水し、船首と船尾がともに天を向いたまま沈んでいく。船が沈没し、炎が消えた闇夜の中、海面は潮の流れにざわめき、波が砕ける。風がため息をつくようにわき起こり、過ぎゆく。再びわき起こる風はうめくように「メデューサ、メデューサ、メデューーサ」と聞こえ、やがて風の音は囁《ささや》くようなため息となって消えていく。

漂流一日目。

靄《もや》に包まれた夜明けの薄明の中から、救命ボートの姿が浮かび上がってくる。やがて濃い霧が消え、ボートがはっきりと現れる。ボートには一二人の子供が体を丸めたまま眠り込んでいる。子供は十歳から十二歳までの男女六人ずつである。

最初に目覚めた少女アンは抱えていた魔法瓶の蓋を開けてミルクを飲み、次に目覚めた少年アランにも飲ませる。アランが十二歳、アンが十一歳と互いの年齢を知った時、アンは「私と結婚できる？」と尋ね、二人は運命的な出会いを感じる。

アンは他の子供にミルクを与える。彼らは非常食を探し、船尾の帆布の下に一人の少年を発見する。赤毛で赤錆色のセーターを着たそばかすだらけの九歳の少年が狐に似ているので、皆は彼を「子狐《こぎつね》君」と呼ぶ。子狐君は客船爆発の衝撃のせいか、押し黙ったまま、手を痙攣させながらミルクを飲む。アランは皆でオールを漕いで少しでも陸地に近づこうと提案する。子供は男女に分かれて三人でひとつのオールを持って、「一、二、一、二」という声に合わせて拍子を取りながら漕ぐ。子狐君だけ動かずに船尾に座っている。やがてボートの姿も子供たちの掛け声も消えていく。

漂流二日目。

海上一面に漂う靄の中からボートと子供たちの姿が浮かび上がる。船尾の帆布の下に潜り込んで眠る子狐君がうなされた声を出す。アランはビスケットを皆に配る。アンがイエスと一二人の使徒による最後の晩餐にならって一三人で食事することはクリスチャンである以上許されない、嵐が起きて皆溺れ死ぬと言う。他の子供も自分の両親が一三人の食事を避けた体験を述べる。子供たちはビスケットを食べることをためらう。アランの提案で皆は再びオールを漕ぎ出す。アンは何もしない子狐君を暗に非難する。拍子を取る声が次第に消えていく。

漂流三日目。

朝靄が消えていく。一人の少女がハンカチを取り出して海水に浸し、ボート漕ぎで怪我した右手に巻こうとする。傷口に海水が沁みて思わず叫び、他の子供が目を覚ます。アランは布切れを飲み水に浸して彼女の傷口に巻きつける。飲み水を使うことに反発する子供に、アランは自分の分の飲み水であると言う。彼はアンの手が無傷なので感心する。彼女は伯父の農園の池でよくボートを漕いだことがあると話す。二人は一三人の故事をめぐって対立しながらも互いに惹かれ合う。

子供たちはもう漕げないと訴える。アンはだれか一人が一三人いる罪を贖《あがな》う必要があると主張する。アンは誰も食事を辞退しない以上、くじ引きで犠牲者を決めようと提案する。十字の紙を引いた一人が絶食することにする。丸めた一三枚の紙を入れた袋から一人ずつ紙を取る。最後の一枚は子狐君のものとなる。

アンが気づかないうちに膝からくじが落ちる。アランはそれを拾い、中を見て驚く。彼は自分のくじと一緒に海へ投げ捨て、他の子供のくじも奪って投げ捨てる。彼は一人が犠牲になっても救われないと言い、代わりにマストを立てて三角旗を掲げようと提案する。そして船首の先にスカーフを巻きつける。やがて霧が立ち込めてボートの姿をかき消す。

漂流四日目。

昼間も霧に包まれ、何も見えない。太鼓を叩くような音が響く。やがて霧が消え、ボートが見える。ブリキ缶を叩き疲れた子供が、叩いても何の役にも立たないと言う。アランは近くの船が音には気づくと言う。皆はアランが掲げた三角旗が無くなっていることに気づく。アンは漕いでも音を立てても旗を掲げても無駄である、一三人いるあいだは全員助からないと再び主張する。彼女はアランがくじを捨てたのは、彼の引いた紙に十字が書かれていたからだと疑う。そして子狐君が何もしない無用者だから、彼を一三人目のユダとしてボートから放り出すよう子供たちを扇動する。アランは船首に帆布でテントを作って子狐君をかくまい、太鼓を叩き続ける。

漂流五日目。

子供たちは疲れ切っている。アランが夢の中でアンの伯父に許しを得て彼女に接吻したと話す。彼女は話を聞いて、婚約の接吻を行う。さらに翌朝に結婚式を行うことにする。子供たちは立会いの署名をした紙を魔法瓶に入れて海に流す。アンはアランと子狐君を除いた子供を集め、内緒話をする。再び太鼓の音が鳴り出す。

漂流六日目。

どんよりとした霧が薄れ、鐘の音がして、ボートが姿を現す。アランとアンの結婚式が行われる。アンはボートを教会に見たてる。子供たちが結婚賛歌を歌い、アンは指輪交換の真似をする。婚礼の祝宴が行われ、架空の御馳走が振舞われる。婚礼式が終わり、アンはテントの中にいる子狐君を外へ出し、二人はテントの中に入る。缶と太鼓が叩かれ、他の物音をかき消してしまう。

漂流七日目。

陽が昇るにしたがい、海上に立ち込めた霧が薄れていく。轟音が聞こえ、目を覚ました少年が飛行機を発見する。アランとアンも一夜を共に過ごしたテントから姿を現し、味方の飛行機を確認する。飛行機は頭上で旋回する。

アランは子狐君の居場所を問うが、子供らの態度から、子狐君が海に投げ込まれたことを知る。アンは子狐君の犠牲と引換えに助かったのだと言う。アランは子狐君をテントから連れ出すために、彼女が自分と一緒にテントにいたのかとアンを問い詰める。「あなたを愛していたわ」と答えるアン。他の子供らも「ボートに一三人いたことなど誰も知らない」と述べ、子狐君殺害が発覚する心配はないと言う。

飛行機が水面に接近して、はしごが降ろされる。パイロットは魔法瓶を捜索船が見つけ、生存を確認したと言い、子供たちの行動が国民の模範と評されていると伝える。子供たちが飛行機に乗り込み、パイロットが最後に残ったアランに登るよう促した時、アランは自分が助かることを拒否する。パイロットは敵機が近づいたため、アランが錯乱したと見なし、その場を離れる。

日が暮れ、反対方向から敵機が近づいてくる。アランはポケットから懐中電燈を取り出し、大きく振る。敵機が彼を機銃掃射して立ち去る。

エピローグ。

海から月が真っ赤に立ち昇り、潮の流れを赤く染めている。ボートは銃撃を受けて浸水し、半ば沈みかけている。アランはボートの真中に両手を拡げて十字架に架けられたように横たわっている。次第に海水が彼の体を洗い始める。やがてボートは沈みかけ、高波が来て呑み込まれる。大波が収まった時、ボートとアランの姿はもはや波間に消え去っていた。(幕)

〈二〉作品世界

アラン

史実では沈没から八日目に六人の子供を含む救命ボートが沈没現場から六〇〇マイル離れた海上でイギリス空軍機に発見され、救出された。救命ボートには大人も乗っていた。作品では救命ボートに子供だけがいる設定に変えられた。漂流中に起きた事柄も作者の想像に基づく。

作品ではパイロットが最後に残ったアランに登るよう促した時、アランは自分が助かることを拒否する。彼は「子狐君がいなくなった以上、この世界に生きていたくない！」「子狐君は全世界に属していた。全世界が彼の最期に責任がある」と述べる。さらに「人間はいかなる時にもすべきでないことを行おうとしている」と述べ、殺し合いを止めない人間全体を呪詛する。そして「子供もすでに大人と同じ（罪深い）」と述べる（S. 818）。

アランは自分ひとりでは何もできない子狐君を支えることができるかどうかを、世界がなお信じるに足りる、生きるに値する場である証と見なした。子狐君殺害を通して、子供が無垢の存在ではなく、大人と同様に残酷で罪深いことが示された。子供たちが仲間を支えようとせずに切り捨てた時、アランは人間に対する信頼、世界に対する希望を失う。彼は世界と人間に深く絶望し、生きる根拠を失い、生き延びることを拒否する。

この作品には「ドイツ」や「ナチス」は直接言及されない。ナチス・ドイツのもたらす戦争や惨禍は子供を取り巻く現実の大きな枠組みとしてある。この作品で彼が直接の対象としたのはナチスの残虐さではなく、ナチスの攻撃の犠牲者であり、無垢なはずの子供の犯す罪である。結末で敵機はアランの死への意志を成就する役回りを果たす。

アランとアンは〈13〉という数字をめぐり現実には鋭く対立しながらも、無意識のレベルで深く惹かれ合う。二人の運命的な出会い。救援機が来た時、はしごを登るよう説得するアンにアランは言う。彼は「アンの引いたくじが十字(当たり)であることを見て、自分のくじと一緒に海に投げ捨てた」と(S. 818)。彼は彼女が犠牲になることを知って彼女を救ったのだった。生死をめぐる土壇場での告白。迷信にとりつかれたアンはくじの結果が明らかになれば、自ら海に飛び込む可能性があった。一方、アランは終始冷静に判断し、理性を失わなかった。その彼が最後に助かることを拒否し、自分を敵機の銃撃にさらす。理性を貫いたがゆえに世界を拒否するという悲劇的な反転。死を求める悲愴な決意と悽愴な結末。

アン

アンは〈13〉を不吉な数字とするキリスト教の故事にこだわり、〈13〉を避けるためには一人を犠牲にしても良いとする考えに取りつかれる。その一方で「汝殺すなかれ」という同じキリスト教の戒律は強引に無視する。彼女は一三人という人数の一致のみを都合よく取り上げ、数字にこだわることで出口なしの状況が打開できるかのように自他を信じ込ませようとする。

アンは〈13〉を避けるという教えに従わないアランに向かって「異教徒!」と非難する。これに対してアランは「汝殺すなかれ」というキリスト教の戒律を持ち出し、相手を諌める。他の子供はだれも反論しない。アンだけが反論して、教会における十戒の教えと実人生は違う、実人生では人殺しも避けられない、人殺しに用いる武器を聖別するのは説教者である、と述べる。こうして迷信にとらわれ、極限状況を回避するために殺人をも主張する子供と、一人の子供に扇動され、仲間を見殺しにする子供たちの姿が描かれる。〈13〉という数にこだわり、仲間を犠牲にすることも厭わない子供の行動を通して、十戒や民主主義を標榜しながら、迫害されるユダヤ人を見捨てて顧《かえり》みないローマ法王庁および欧米諸国の欺瞞を告発していると捉えることもできる。『メデューサの筏』という題名は、死の呪いにとりつかれた子供たちを暗示している。

霧と太鼓

作品の中で、霧は意志ある存在であるかのようにボートを覆い隠し、また逆にボートの姿を浮かび上がらせる。その都度、運命が進行する。漂流三日目、霧はせっかくアランが取り付けた三角旗の姿をかき消し、ボートが救援船から見つからないようにする。漂流四、五、六日目とも最後に霧がボートを包み込み、運命は遅延する。漂流七日目、霧が晴れたことで探索機がボートを発見する。エピローグ、霧はボートを敵機の前に隠すことなく露にし、アランの運命が決まる。霧は運命の暗喩である。

太鼓の音もまた場面によって異なる意味合いを暗示しながら鳴る。漂流四日目の終わりには、原始林の中で「黒人が鳴らす太鼓が血を止めるかのように」、暗い運命を予感させて鳴り響く (S. 803)。漂流五日目の終わりには、アンの扇動にのる子供たちの姿を見せながら、太鼓は「勝利のように」鳴り響く

(S. 808)。漂流六日目の終わり、婚礼式のあとテントから子狐君が連れ出され、密かに海に投げ込まれようとした時、太鼓の音は「他の物音をかき消してしまう」のである。霧と同様、太鼓の音もまた運命の暗喩である。

『カレーの市民』

犠牲者をくじ引きで選ぶというモチーフは、カイザー初期の劇作品で表現主義の始まりを告げる作品のひとつ『カレーの市民』(一九一四)にも見られる。彼はロダンの同名の彫刻作品を通じて知った史実を利用して作品を書いた。その史実とは英仏百年戦争の最中に起きたイギリス軍によるカレー包囲(一三四六)の際、六人の市議会議員が人質として死を受け容れることで町の破壊を防いだ事件である。史実ではイギリス王妃の働きかけにより結局、六人の人質は釈放された。

カイザーは作品化に際し、史実に手を加え、七人の志願者の中から六人を選ぶことにする。そして死を免れる一人をくじ引きで決めることにする。主人公ウスターシュ・ド・サンピエールは全部のくじを同じにしておき、志願者たちの覚悟を試す。次に彼は広場に最後に来た者が死なずにすむように提案する。他の六人は全員広場に来るが、ウスターシュだけは姿を現さない。六人の議員は彼一人助かろうとしたと憤る。そこへ彼の遺体が運ばれる。彼は全市民のためには死をも怖れぬ「新しい人間」の誕生を身をもって示す。この作品は自己犠牲としての死がエゴイズムを超えた「新しい人間」の誕生を促すという積極的なメッセージを提示している。

一方、『メデューサの筏』では主人公アランは子供たちのエゴイズムに絶望し、罪深い人間の世界に戻ることを拒否し、死を選ぶ。もはや「新しい人間」の誕生や世界の再生という表現主義時代の理念は夢見られない。

「私はアランです」

カイザーは一九四三年一月、友人フォン・アルクスに宛てた手紙で次のように記している。

「大人が犯す罪はすべてこの子供たちのうちに示されています。十歳の子供たちが一三人目の子供を冷酷に殺害するのです。——その子を入れると一三人で食事することになるというキリスト教の故事ゆえにです。ツェザール君、私は人間性の剝き出しの臍《へそ》を見たのです。——その見たものを書くのです。それが私の勇気であり、呪いです。(1)」

この作品が完成した直後の同年四月に同じ相手に宛てた手紙の中で次のように記す。

「死の孤独が近づいている。——死はそれほど困難なことではない。少年アランがボートで死んだように、私はアランの中で死ぬ。(2)」

同月、ユリウス・マルクス宛の手紙では次のように記される。

「私はアランのうちに自分自身を描き、自分が人生で体験したあらゆる幻滅を叫ぶように吐き出しました。私は純粋な感受性をもってこの世に生まれ、すっかり汚されたのです。私が知っているのは侮蔑と苦痛だけです。(…)『メデューサの筏』は私の純粋さ――私が精神的にも倫理的にも純粋であることの証です。(…)私はドイツの解放を待たなければなりません。――私自身の死を超えて。[3]」

さらに亡くなる二ヵ月前の一九四五年三月、フォン・アルクスに宛てた手紙では次のように記されている。

「私はアランです。私はアランのうちに自分を描きました。彼の若い死が羨ましい。私は長生きして、人生のあらゆるおぞましさに耐えなければならなかった。私はボートの中のアランだったのではなく、――人生という拷問台の上でアランになったのです。[4]」

彼自身の言葉に見られるように、彼は自分をアランと同一視し、アランと同じく世界に幻滅し、アランの決意に従って死を受け容れようとする。この作品は作者カイザーがナチス政権下のドイツとスイス亡命時代に体験した失意と幻滅感を痛切に描き出している。

『蠅の王』と『ぼくの神さま』

子供だけが取り残され、対立が生じ、生死をかけた争いが生じるという点で、ゴールディングの小説

『蠅の王』(一九五四)にも似たモチーフが見られる。戦争中、南海の孤島に不時着した飛行機に乗っていた男子ばかりの子供たちがリーダーの座をめぐる争いに端を発し、理性を失って互いに殺し合う。子供ゆえ、理性を失ってというより、理性が未発達で確立しきれずにと言った方が正しい。いったん起きた対立と抗争は凄惨な殺し合いにエスカレートする。山火事の直後に島に上陸する自国の海兵隊によって争いに決着がつけられるのは、デウス・エクス・マキナであり、いささか唐突な幕切れである。この作品はゴールディングの代表作であり、ノーベル文学賞の対象作である。

ジャンルこそ異なれ、ゴールディングの作品と比べると、カイザーの作品の先駆性や意外な結末、男女間の繊細な心理描写や死を選び取る動機づけの独自性などが理解できる。

ナチス占領下のポーランドを舞台とした映画『ぼくの神さま』(ユレク・ボガエヴィッチ監督、二〇〇〇)には、『メデューサの筏』のアランに似た痛ましい最期を遂げる少年が登場する。父親を殺された少年トロは繰り返される悲劇を目の当たりにし、キリストの故事にならって自らサクリファイス(犠牲者)となることで汚辱に満ちた世界を救済しようとする。少年は世界の浄化と再生を願い、キリストのように木に磔《はりつけ》になろうとし、最期には兄たちの呼びかけに応えずにユダヤ人と運命を共にし、アウシュヴィッツ行きの移送列車に乗り込む。

この世界に絶望し、自ら死を選び取る少年の心境はアランの心情に通底する。それはまた第二次大戦中の一九四三年に、占領下のフランスを逃れながら一人助かることの罪悪感にとらわれ、世界の悲劇を前にわずかな配給食以外を取ることを拒否して衰弱死したシモーヌ・ヴェイユの死にもつながる。

『オルゴール』

〈一〉作　品

筋立て

カイザーが『メデューサの筏』と同時期に並行して取り組んだ作品が『オルゴール』である。この作品にもこの時期の作者に特有な運命観が刻印されている。

作品はナチス・ドイツ占領下の北フランス・ブルターニュ地方の農家を舞台とし、五幕からなる。以下、まず作品を紹介したい。

第一幕。舞台は最終幕まで海辺に立つシャウドラッツ家の居間。

出征中のパウル・シャウドラッツの妻ノエルがパウルの父ピエールと二人で暮らしている。義父ピエールは黒髪で若々しい。二人だけの暮らしが続き、ノエルは義父を頼り、親密さを増している。二人はオルゴールを聞き、パウルが戦地から書き送った手紙を繰り返し読みながら日々を過ごしている。

ある日、オルゴールが故障して鳴らなくなる。結婚記念として買い求めた時、ノエルは「二人の愛が続く限り」オルゴールが壊れることはないと言われた。しかしオルゴールに髪の毛が挟まっていたと分かり、安堵する。そこへ村長パルメリンが訪れ、パウルの戦死を伝え、公報と遺品を残して立ち去る。

二人はパウルの戦死を受け容れられない。ノエルは戦死の報せを否認しようとして喘ぎ、ピエールにしがみつく。彼女は運命を共に受け止め、支えあって生きることを求める。ピエールは彼女の提案にたじろぐが、やがて彼女の願いを受け容れる。

第二幕。

ピエールが岩場で海草を採って帰宅する。喜ぶノエル。二人は揺り籠をのぞき込み、二人の間に生まれた子供〈パウル〉を見守る。死の悲しみを忘れて新しい生命誕生の喜びをかみしめているところへ、村長パルメリンが再び訪れる。

村長は戦死したはずのパウルが死なずに捕虜となり、記憶喪失となって釈放されたことを伝え、外に待たせたパウルを家に入れる。ピエールとノエルは驚いて彼を迎える。パウルは下男として生活を共にする。

第三幕。

パウルはやがて不信を募らせる。彼は仕事がないのになぜ解雇されないのか、奉公先を替えることはできないのかと問う。人間としての義務感からだと答えるピエール。

ピエールとノエルが外出中に、パウルは紛失したミルクの配給券を探し回る。彼は抽き出しの中にあるオルゴールを手にとって鳴らす。その音が鳴り響いたとたん、彼の記憶が目覚め始める。彼は抽き出しに入った写真や手紙を取り出す。さらに小包の中から自分の時計やポケットナイフを見つける。そして自分が誰かを思い出し、叫び出しそうになり、オルゴールや手紙を元の場所に戻す。ピエールが帰宅し、パウルに明日岩場へ海草を採りに行くと告げる。パウルは一人啜り泣く。

第四幕。

ノエルが食事の準備をしているところへ村長が訪れる。彼はピエールが岩場から海へ転落死したことを伝える。悲しみの底に突き落とされるノエル。村長はパウルがピエールの転落を目撃した衝撃をきっかけに記憶を取り戻したことを話す。村長が立ち去った後、パウルが姿を現す。

彼は岩場で記憶を取り戻したことや、戦場で気を失った後の記憶の空白について語る。ノエルは彼の戦死が伝えられた後のいきさつを話す。パウルは彼女が父親と再婚したことに反発する。ノエルはパウルと再びやり直す意思を伝える。

彼女を取り戻したことを喜びながら、彼は問いかける。もし父親が生きていたら、彼女は二人の男性のどちらを選んだかと。彼女はその問いに答えない。パウルは彼女が父親を選んだのではないかと詰め寄り、父親を殺害したことを告白する。いつ記憶が蘇《よみがえ》ったのかと問われ、彼はオルゴールの音を聞いた時と答える。

第五幕。

パウルが事情聴取を終えて帰宅する。彼の証言に従って、ピエールは波にさらわれて海に落ちたということで決着がつけられる。しかし、ノエルは子供の父親を殺した男とは一緒に暮らせないと述べ、家を出ようとして、引き止められる。

村長が家を訪れ、敵軍の兵士が何者かによって刺殺されたと伝える。犯人が逮捕されない場合、報復として一〇人の人質が射殺される。村長は犯人探しに協力を求めて去る。ノエルが再び家を出ようとした時、パウルは自分が犯人に代わって名乗り出ると述べる。彼は父親を殺《あや》めた罪の贖《あがな》いとして、自分が犠牲になり、一〇人の人質を救う意思を語る。そして彼女が家に留まり、母親の務めを果たすよう求める。

彼はオルゴールが再び過去の記憶を呼び出さないよう、海に投げ捨てる。そして子供が親の過ちにとらわれることなく成長するよう願いながら家をあとにする。ノエルは彼の後ろ姿を見つめながら、家に留まることを決意する。(幕)

〈二〉 作品世界

ノエルと義父ピエール

パウルが戦死したと知らされた時、ノエルは初めその事実を正面から受け容れられない。村長が訪れたことも否認し、彼の訪問は頭を掠めた思いつきだったと考える。次にはオルゴールが鳴らなかったので、何か恐るべきことが起きたとしか理解できない。そして遺品や公報を抽き出しにしまい込み、戦死の報せを否定しようとする。義父ピエールに「死を消し去るつもりか」と問われ、否定の身振りが空しい試みであると知る。やがて、事態をはっきりと認識した時、「天が崩れ落ち、世界が空虚に」なったと感じる (S. 832)。二人は最愛の人を失って絶望し、「溺《おぼ》れ死ぬ前に互いにしがみついた」(S. 836)。

ノエルと義父ピエールは愛する者の喪失という過去を封印し、運命を共有しながら互いに支え合い、新たな関係を築くことで傷口を癒し、生きのびようとした。二人は式も挙げずに再婚し、生まれた子供を〈パウル〉と名づけ、亡きパウルの蘇《よみがえ》り、「復活」と見なした。最初の夫パウルはもはや過去の存在にすぎない。その過去の登場は現在の二人の幸福を脅かす存在となる。二人は彼を家に迎え入れた時から、彼が慣れ親しんだ事物との接触や海のざわめきによって記憶を呼び覚ますことを危惧する。

再婚後の生還

記憶を取り戻したパウルにとって、彼女がどちらをより愛していたかということは実存的な問題であり、問われた彼女にとっても身を裂くような問いかけであった。彼女は「運命が答えを与えたわ。あなたが私を求める前に彼は亡くなったのよ」と述べる（S. 860）。パウルが一番愛されているならば、妻を奪った父親の殺害は彼にとっては心情的に正当化される。しかし、彼女が父親を最も愛していたならば、父の殺害は彼女から最愛の男性を奪ったことになる。そうなれば、彼は彼女との結婚を継続することはできない。

彼は「自分が暴力を振るったのは正当だったのか、それとも暴力を用いずとも自分の権利が認められていただろうか」と述べ、殺害の正当性をめぐって苦悩する。そして「一生、拷問の苦しみを待ち受けていたくない」と述べ（S. 861）、殺害を告白した上で、相手の同意を求める。相手の同意を求めたことは、男女の愛情関係が相互選択の上に成り立つものであることを示している。

殺害を知らされていない段階では、ノエルは事態を運命として受け容れ、パウルとの愛情関係を復活させる意志を示した。しかし殺害行為を知った段階でノエルは「愛を強要するつもり」（S. 864）と述べ、もはやパウルを愛せないことを伝える。パウルは一人の女性をめぐって二人の男性が決闘し、一人が倒れただけであると述べるが、彼女の心を取り戻すことはできなかった。

かくしてこの劇は女性が二度目の夫を殺した前夫を受け容れるかどうかという、古典悲劇に見られるような深刻な葛藤を示す一方で、パウルのエゴイズムと罪の行方をとらえた、すぐれて近代的な心理的葛藤を描いた悲劇であると言える。

テニソンの長詩「イノック・アーデン」(一八六四)の主人公は船が難破し、漂着した島で十年以上生活する。帰国した時、妻は幼友達と再婚していた。イノックは一家の幸福な様子を見て名乗り出ず、死に臨んで人づてに素性を明かす。主人公が自分から身を引くため、男同士の対立は回避され、葛藤は主人公の内面に限定される。

他方、『オルゴール』は一人の女性をめぐり二人の男性が向かい合う深刻な展開と、犯された殺人に対する贖罪という主題を導入し、より拡がりのある位相において描かれている。

サマセット・モームの戯曲『夫が多すぎて』(一九一九)は夫の戦死が伝えられた後に親友と再婚し、子供が生まれた直後に最初の夫が戻って来る。贅沢な生活を望む妻は二人の夫と離婚して成金男性と再々婚する。これは女性に不利な離婚法の下にありながら両方の男性を捨て去るという意表を突いた笑劇である。

映画『戦争の真の終わり』(カワレロヴィッチ監督、一九五七)では主人公の男は強制収容所から解放され生還したが、妻は別の男性と再婚しようとしていた。主人公は収容所体験の悪夢に苦しんで自殺し、妻は再婚を思い止まる。

映画『ひまわり』(V・デ・シーカ監督、一九七〇)もまた第二次大戦を背景とした二重結婚の悲劇を扱っている。主人公のイタリア人男性はロシア戦線で重傷を負い、妻がありながら介護してくれたロシア女性の許に留まる。イタリア人の妻がロシア各地を捜し回った末に見つけた夫は別の女性と暮らしていた。男が優柔不断なため、別れの決断は妻の側に委ねられる。

日本でも夫が戦死した後、夫の兄弟と再婚した女性が少なからずいた。終戦後シベリアに抑留され、帰国できずにそのまま現地で生活し、ロシア女性と再婚した日本人男性がいる。日本の妻も夫の生還を諦めて再婚したケースがある。朝鮮戦争によって南北に分断された朝鮮人夫婦がそれぞれの地で再婚した事例も数多い。

永井荷風の短編小説『噂ばなし』や井伏鱒二『復員者の噂』も夫の戦死が伝えられ、再婚後に最初の夫が復員する。林芙美子の短編小説『河沙魚《かわはぜ》』の主人公千穂子は夫の出征中に夫の父親と関係を結び、子供を産む。終戦後、夫が帰還し、千穂子は自殺を考えるが、思い止まる。これは女性の視点から描かれている。

パウルの決断

パウルは父ピエールの殺害に呵責を覚えただけでなく、告白の結果、彼女の愛情を失ったことで取り返しのつかない立場に立たされる。彼は自分と別れようとする彼女の決意をきっかけとして、自分の犯した罪が死の贖いを必要とすることを自覚する。そして新たな意識の次元へと到達する。彼は自分が一〇人の人質の身代わりとなることを償いの機会ととらえ、自ら犠牲者となる道を求める。

彼は自分たちが品位を損ねた人間であったと述べ、子供たちが過去の人間の轍《てつ》を踏むことなく、豊かな実りをもたらす大地に相応しい人間に育つよう求める。彼は最後に、「闇夜はそのままに、……君の子供のより美しい朝のために。大地にふさわしく」と述べ、忌まわしい過去にとらわれることのない世代が登場することを願いながら立ち去る(S. 870)。

パウルの死の選択は『メデューサの筏』のアランが選ぶ死の捨て鉢的な性格とは異なる。パウルの死の決意はたんに過去の罪の償いとしてだけでなく、人々を救うという積極的な意味を担うこととなる。それは『カレーの市民』の主人公ウスターシュ・ド・サンピエールの自己犠牲に通じる。パウルの自己犠牲は罪の自覚を伴ったうえでなされる。罪を背負ったうえで「新しい人間」へと転生する。他者のために自己を犠牲にすることも厭わないというカイザー初期の表現主義的な人間観がなお命脈を保ち、戦時下における積極的な人間像を生み出している。そしてナチスに抵抗して同志を救うというレジスタンスの精神と結びつく(5)。

オルゴールと海

作品の題名でもあるオルゴールは場面に応じて重要な意味合いを帯びる。はじめ、パウルを待つ二人にとって結婚の記念品であるオルゴールを聞くことが彼につながる貴重なひとときだった。パウルの生還に驚いたノエルとピエールは相手が記憶を呼び戻さないよう、オルゴールをしまい込む。パウルは見つけ出したオルゴールの音を聞いて失われた記憶を取り戻す。死を決意したパウルはノエルがオルゴールの音を聞いて彼を想起しないよう、オルゴールを海に投げ捨てる。オルゴールの音は過去の記憶を担い、過去を現前化させる。

『メデューサの筏』と『オルゴール』、どちらの作品も海上と海辺の一軒家という世界から孤絶した場所を舞台とし、海のざわめきに包まれた中で悲劇が進行する。第二次大戦を背景としながらも、ナチス・ドイツは最後に主人公に死をもたらすものとしてのみ現れる。アランもピエールも犠牲者となって海に呑み込まれる。『メデューサ』のアランが作者の幻滅に満ちた内的な自画像であるとすれば、『オルゴール』のパウルの決断には未来の世代に寄せる希望が込められている。両作品には亡命時代に希望と幻滅の間を揺れ動いたカイザーの精神のありようが色濃く投影されている。

注

依拠したテキストは Georg Kaiser, Werke. Bd. 6. Frankfurt am Main, Berlin, Wien 1972. 作品からの引用に際しては引用文の括弧内に該当頁を記す。

(1) Georg Kaiser Briefe, hg. von G. M. Valk, Frankfurt am Main, Berlin, Wien 1980, S. 828 (Nr. 1072) 一九四三年一月十七日。なお、ジェイムズ・ヘネガンの小説『リヴァプールの空』(一九九七年、佐々木信雄訳、求龍堂)は撃沈されたシティ・オブ・ベナレス号に実際に乗船し、生還した作者の体験をもとに書かれている。小説では大戦初期のリヴァプールの学校に通っていた主人公がドイツ軍の空襲を避けるために乗船したベナレス号が撃沈され、彼は救命ボートに乗り移る。海に投げ出された少年の一人は逞しい生命力を発揮して、救命ボートの縁に必死にしがみ付き生き延びる。荒波で何人かが海に放り出され、主人公は意識を失い、気がつくとアイルランドの病院に寝ていた。救命ボートには大人もいた。主人公は両親と再会し、生還者は英雄として扱われ、生きる喜びが表明される。この小説にも〈十三日の金曜日〉にこだわる少年が登場する。しかしカイザーの作品のように幾日もの漂流生活が描かれたり、子供たちだけの葛藤が展開されるわけではなく、生きることを拒否する人物も登場しない。

(2) Ebd., S. 859 (Nr. 1109) 一九四三年四月八日。

(3) Ebd., S. 869 (Nr. 1121) 一九四三年四月二十六日。

(4) Ebd., S. 1110 (Nr. 1482) 一九四五年三月十四日。

(5) 関連する史実として、一九四一年八月二十一日にパリの地下鉄駅でナチス士官がレジスタンスの闘士で共産党員ファビアンに殺された。ナチスは以後、ドイツ兵士一人が殺傷されたら、逮捕されている共産党員やシンパ五〇人を処刑する「人質作戦」を決定した。同年十二月十五日、報復的人質処刑が実施され、著名なレジスタンスの闘士ガブリエル・ペレら九二人が処刑された(歴史教育者協議会編『抵抗をどう教えるか』トレ・ツヤ子訳、教育史料出版会、一九九三年、二五頁)。なお、カイザーのNSDAP(ナチス)二部作に関しては島谷謙「カイザーの『クラヴィッター』と『英国放送局』」(広島大学総合科学部『人間文化研究』第一〇号、二〇〇一年)を参照。

第九章　ゲオルク・カイザー

――表現主義作家の栄光と苦悩

G. カイザー（1940 年，スイスにて）

〈一〉 波乱に富んだ前半生

表現主義演劇の双璧

一九二〇年代のヴァイマル共和国時代、ドイツの劇場でハウプトマンと並び最も多く上演され、成功を収めた劇作家ゲオルク・カイザー。「新しい人間」による世界の救済を告知する『カレーの市民』(一九一四)や宿駅ドラマ『朝から夜中まで』(一九一六)、科学技術の未来をペシミスティックに描く『ガス』二部作(一九一八、二〇)をはじめとする彼の一連の作品はエルンスト・トラーの作品とともに表現主義演劇の双璧と言える。彼の作品は昭和初年代に日本でも翻訳され、上演された。

表現主義文学・芸術は一九二〇年代半ばにはその歴史的な展開をほぼ終え、時代の変化に対応した新即物主義などの新たな文学の興隆へと道を譲った。そうしたなか、カイザーの表現形態は絶えず変化し、時代の芸術的動向をいち早く感じ取りつつ、自らの才能にたいする強い自負を示しながら、多様な作品を産み出していった。彼が生涯に書いた劇作品は六十作に及び、今日なお魅力的な秀作、傑作が数多くある。

一九三三年のナチス政権成立後、彼は一九三八年までドイツ国内に留まったものの、執筆および上演禁止となり、沈黙を強いられた。戦後、カイザーの作品はドイツで再び上演されたとはいえ、上演の機会は限られている。戦後精力的に活動したブレヒトが世界的名声を獲得したのとは対照的に、終戦直後に亡くなった二十歳年長のカイザーは過去の作家と見なされた。

終戦から四半世紀を経た一九七〇年以降、表現主義再評価の流れの中で、ドイツで六巻本の作品集が刊行され、劇作家としての全貌が明らかになった。一九七八年には生誕百年を記念するシンポジウムがカナダの大学で開催され、論文集も刊行された。

日本では昭和初年代、表現主義演劇が同時代の最新の演劇運動として紹介されて間もないうちに、作家たちの作品がドイツで禁書となったため、カイザーなどの表現主義演劇が上演される機会は途絶え、日本で持続的に受容され、広範な反響や影響力を与えることはなかった。戦後になってもカイザー上演の機会はなく、作品の新たな翻訳も『兵士タナカ』(一九四〇)一作に限られる。戦時下の日本を舞台とし、軍部と天皇制との関わりを取り上げた衝撃的とも言えるこの反戦劇も、日本ではいまだに広く認知されてはいない。

質、量ともに二十世紀ドイツを代表する劇作家の一人でありながら、文学史的には表現主義の劇作家として扱われるに留まり、中期以降の生涯や作品は論じられなかった。彼のスイス亡命時代の言動や作品に関してはほとんど知られていない。

一九三八年のスイス亡命後、彼はナチス政権下のドイツで体験した抑圧や執筆禁止措置への憤りをばねに、堰を切ったように次々に作品を書き上げていった。彼が七年弱のスイス亡命時代に執筆した作品は完成した劇作品が十一編、劇の草案が二十七編、映画脚本の下書きが十二編に及ぶ。他に詩や未完の小説が数編残されている。劇作品の多くが社会的、政治的な主題と関わり、反戦をテーマとした作品も含まれている。

従来、亡命劇作家としては専らブレヒトばかりが論じられてきた感があるが、カイザーの亡命時代の作品の魅力や重要性はブレヒトの一連の作品と匹敵する。彼は一九四五年にスイスで亡くなったが、彼の亡命時代の言動と作品を考察することで、晩年の彼の創作活動を検証するだけでなく、第二次大戦下のスイスにおいてドイツ人亡命者が置かれた状況にたいする知見を得ることができる。カイザーの亡命時代の作品を考察する前提として、まずヴァイマル共和国時代からナチス政権下を経てスイス亡命時代に至る彼の栄光と失意が交錯した浮沈に富んだ歩みを辿りたい。

第一次大戦まで

一八七八年にザクセン地方のマクデブルクに保険会社員を父とする六人兄弟の五男として生まれたカイザーは、読書好きの少年で、プラトンを愛読した。実業学校卒業後、書店員やコーヒー輸入会社の仕事を経て、貨物船の船員としてアルゼンチンのブエノスアイレスへ行き、そこで商社員として三年間生活し、マラリアに感染してスペイン、イタリアを経て帰国した。一九〇一年に故郷に戻り、結婚。習作時代を経て、一九一一年以降、次々に作品を発表した。『朝から夜中まで』(一九一六)は場面ごとに舞台が変わる「宿駅ドラマ」の形態を取り、表現主義演劇の台頭を告げるとともに、リルケやトラー、ブレヒトらに影響を与え、ブレヒトはカイザーを「義父」と呼んだ。一九一六年にはヴァイマル国立劇場の主任となった。

青年時代のW・ベンヤミンにも強い影響を与えたユダヤ系の思想家グスタフ・ランダウアーとの交流を通して、カイザーは文学や思想に対する感覚を養った。ランダウアーは『懐疑と神秘主義』(一九〇三)

や『社会主義への呼びかけ』(一九〇八)などの著作や、マイスター・エックハルトの作品集編纂やクロポトキンやオスカー・ワイルド、バーナード・ショー、ホイットマンなどの翻訳を手掛け、神秘主義から社会主義に至る広範な思想に通じた独特な思想家、作家であった。彼が書いた「ドイツ精神の道ゲーテ、シュティフター、カイザー」(一九一六)という一文がきっかけとなってカイザーの声望が高まり、翌年には『カレーの市民』の初演が実現した。ランダウアーは他のカイザー劇の初演に際しても意見を伝えた。他人の批判を全く受け入れなかったカイザーであるが、ランダウアーの意見には従い、作品を書き改めさえしている。

第一次大戦中、カイザーは兵役免除となったが、一時期赤十字で働いた。大戦中にも『珊瑚』(一九一七)や『ガス』などの作品を執筆している。大戦末期、一九一八年十一月三日にキール軍港で起きた水兵反乱の三日後、カイザーはランダウアー宛の手紙でドイツの行方を問いかけている。手紙が書かれた翌日の七日にミュンヘンでクルト・アイスナーを首班とするバイエルン共和国が成立した。ランダウアーは同共和国を支持し、翌年のアイスナー暗殺後に成立したバイエルン・レーテ共和国政権に参加した。そして、バイエルン・レーテ共和国崩壊直後、ランダウアーは中央政府義勇兵軍に逮捕され、拘置所で殺害された。義勇兵軍には後年ナチスの中核を形成する人物が参加していた。

ランダウアー殺害の報せを受けたカイザーは、「ランダウアーが死んだ。奴らは彼の頭を真二つに撃ち砕いた。私は自分を限りなく奪われた気がする。(…)私の存在の切断だ」と書き記している。(1) この時、カイザー自身は政治活動に関与することはなかったが、師と仰ぐランダウアーの殺害を通して政治に対する洞察を深めたといえる。後年の彼のナチズム批判もこうした体験に基づく。

ヴァイマル共和国時代

芸術家としての強い自尊心を持つあまり、彼は自分が天才であるという思い込みを抱き続けるとともに、収入を度外視した贅沢で豪勢な生活を送るようになり、生涯を通じて借金の問題に悩むこととなった。妻の資産を使い果たし、別荘を購入しながら子供の食事代にも事欠き、家具や絵画を担保に出した。映画の脚本を書く契約を結ぶことで局面を打開しようとしたが、契約は成立せず、一九二〇年十月にベルリンのホテルで横領、詐欺の容疑で逮捕され、ミュンヘンの拘置所に移送された。妻も同様に逮捕され、六歳と二歳の息子そして生後間もない娘の三人は検事の指示で救貧院に送られた。

バイエルン・レーテ共和国崩壊後間もないミュンヘンでは、同共和国首班で後年劇作家となるエルンスト・トラーに五年の刑が宣告され、服役中だった。トラーとも交流があったことはカイザーに対する裁判官の心証を害した。ミュンヘン大学病院の精神医学科における予審判事の厳しい尋問と、妻子との離別はカイザーの心と精神に拭い難いトラウマを与えた。彼は犯罪者として社会的烙印を押され、それまでの自信に満ちあふれた作家としての生き様を見失い、自己否定的な心情へと追い詰められた。友人たちが彼を見舞い、子供の生活を経済的に支援したことが唯一の慰めとなった。キーペンホイアー出版社の損害賠償の申し出による和解工作も原告側に拒否され、翌年二月、ミュンヘン地裁で横領罪による禁固一年の判決が下され、カイザーは服役した。

不幸中の幸いとして二ヵ月後の一九二一年四月に、四ヵ月間の拘留期間と六ヵ月間の執行猶予期間を算入することでシュターデルハイム刑務所から釈放された。この事件は彼の生涯における決定的な挫折体験となり、国家や警察組織、制服を着た者に対する根深い不信を彼の精神に根付かせた。

釈放後、失意の底にあったカイザーは世間から身を隠すようにして妻子と逼塞した暮らしを続けた後、ベルリン郊外グリューンハイデへ転居した。その間に心機一転し、やがて創作意欲が昂じ、再び作品を執筆し、ドイツのみならずチェコ、オランダ、フランス、イギリス、イタリア、スペイン、ハンガリー、ソ連、日本等各国の舞台での上演が相次いだ。二〇年代後半に彼の作品は「本質的リアリズム」と呼ばれる作風へと深化した。そして一九二六年十月にはプロイセン芸術アカデミー文芸部門の会員に選ばれた。成功から挫折と失意へ、そして栄光へと彼の境遇は目まぐるしく変化した。彼の運命の浮沈はここに留まらない。

ベルリンのシャルロッテンブルクに借りた二軒目の住居は文学サロンとなり、ブレヒトやカール・アインシュタイン、ルドルフ・レオンハルトらが集い、クルト・ヴァイルやロッテ・レーニャが訪れ、マックス・ブロートやイヴァン・ゴル夫妻らと親交を結んだ。ヴァイルの音楽協力による芝居作りもなされた。カイザーはベルリンのシッフバウアーダム劇場を自作上演のための劇場として買収しようとさえ考えた。かくして、彼は演劇界の寵児となった。

〈二〉 苦悩に満ちた後半生と亡命生活

ナチス政権下

ヴァイマル共和国時代、カイザーはすでに戯曲『腑抜けども』(一九二八)や『ミシシッピー』(一九二九)で反ファシズム的傾向を示し、『戦争追放』(一九二九)で暴力沙汰を起こすナチスを名指しし、『銀色の湖』（一九三二）でナチズムを風刺していた。

ヒトラー政権が成立した一九三三年一月三十日夜、ベルリンのブランデンブルク門をナチスの勝利を祝する突撃隊の松明行進が通った。この晩の様子をカイザーは「魔女の祝宴」と名づけた。一方、この後直ちに、ナチスはカイザーにたいする反発をあからさまにした。同年二月十八日、ライプチヒのアルテス・テアーターでクルト・ヴァイルの舞台音楽とともに『銀色の湖』が初演された際、突撃隊員が上演妨害を行った。ベルリンの劇場は予定していた上演を取りやめた。ナチスの新聞『フェルキッシャー・ベオーバハター』はこのスキャンダルを利用して、カイザー批判を展開した。

カイザーはナチス帝国文芸部員となるライナー・シュレッサーにより「システム劇」の代表者として批判され、彼の劇の上演と出版が禁止された。五月十日には彼の書も焚書の中に投じられ、プロイセン芸術アカデミーから除名され、六月にはユダヤ人ではないにもかかわらず、ユダヤ的な文化ボルシェヴィストとして市民権を剝奪された。

ゲッベルスはカイザーにナチスへの作家としての協力を再三要請したが、拒否されると兵糧攻めにした。彼は監視され、収入が途絶え、家賃の支払いにも事欠き、友人たちに繰り返し借金を頼む手紙を書いている。しかし、ナチスに迎合することはなかった。

彼はナチス・ドイツを「悪魔《サタン》の国」と呼んだ。そして反ファシズム地下組織の労働者グループと接触し、反ファシズム的な詩を書き、ベルリンのジーメンスの工場で密かにコピーが配布された。また、本の出版も禁止されているため、映画会社での仕事や、匿名ないし偽名での執筆活動を行った。それが後年、『クラヴィッター』という作品につながる。こうして、ナチス政権下で不遇をかこちながらも、彼は三八年までドイツ国内に留まった。

三六年八月には家宅捜査され、カイザーは経済的にも精神的にも追い詰められていった。同月に開催されたベルリン・オリンピックの際、西欧諸国が示したナチス・ドイツに対する融和的姿勢も彼を失望させた。翌年夏以降、彼はスイスへの脱出を検討したが旅費が捻出できず、ドイツでの生活を余儀なくされる。この年、スイスの若手劇作家ツェザール・フォン・アルクスやスイス在住のドイツ人実業家兼作家ユリウス・マルクスと文通を通して親しくなり、彼に身の危険が迫っていることを察した彼らに促され、カイザーは亡命を決意する。五年に及ぶナチス政権下での体験が後年、実体験に基づいたナチズム批判の演劇を書く上で貴重な糧となる。

スイスでの亡命生活

一九三八年七月、彼は家族にさえ最終的な出国先を告げずにアムステルダムへ赴き、出版社と出版交渉を行った後、八月十九日、スイスに入国し、フォン・アルクスの許に身を寄せた。そこでブレヒトとも再会した。その後四一年までは主にフォン・アルクスの義母が所有するエンゲルベルクのホテルに滞在した。そして、やはり以前から手紙を交わしていたアルマ・シュタウプ゠テルリンゲンという富裕な実業家の娘から経済的支援を受けた。彼は出版社から印税が入るとその一部をドイツに残してきた家族に送り、残りを貧窮した亡命者を支援するために使った。

彼は亡命者として定期的に警察に出頭し、滞在許可証の延長申請を繰り返さなければならなかった。そして、天才的芸術家、世界的名声のある劇作家と自負する彼を惨めな状態に放置しておくスイス当局の姿勢に対して、彼はやり場のない憤りをぶちまけるようになる。彼は自分が小人の国に迷い込んだガリバーであると感じ、同じドイツ人であるユリウス・マルクス宛の手紙などの中で腹蔵なくスイスとスイス人批判を繰り返した。

彼はダンテの『神曲』の世界を想起し、滞在先のエンゲルベルク(=天使の山)を「煉獄」と呼び、スイスを「地獄」と呼び、神が人間相手に演じる悲喜劇の場として捉えた。[2] 後年、ある手紙の中で彼は次のように記している。

「作品の最後ですべてを言い繕い、蜂蜜を塗るダンテやゲーテを私は憎む。ダンテの天国はお粗末であるが地獄は見事である。ファウストの結末には口をつぐみたい。これは裏切りであり、詐欺である。我々はさらに前進した。我々は汚れた暗闇に松明を灯す。そして、手が沈むまで中を照らし出す。それまで力を落としてはならない。」(フォン・アルクス宛[3])

希望のない彼にとってダンテやゲーテの作品の結末は甘く、苦悩のみが真実であった。それでも彼は屈することなく闘争心を燃やし続けた。

スイス亡命は彼にとってかつての刑務所における服役や五年に及ぶナチス時代に続く受難の日々となった。三九年四月にハリウッドから二年契約で映画の脚本執筆の話が届いた。彼はこれを機にアメリカ移住を考えるようになる。しかし、移住計画は実現しなかった。スイスにおける彼の受難は生涯続くこととなる。

一九三八年九月のミュンヘン会談の際、イギリス外相チェンバレンとフランス外相ダラディエが宥和政策を取り、ヒトラーとムッソリーニに譲歩し、ズデーテン地方をドイツに割譲させたことに対して、カイザーは世界史的な愚行と断じ、失望した。そしてチェンバレンとダラディエをドン・キホーテとサンチョ・パンサに喩え、後年、二人の外相をモデルに「チャムとダル」という道化的人物が登場する作品を書く。当時の彼の執筆姿勢は、「文芸の課題は何物をも美化せず、力強く真相を暴くことである」という一文に示されている。(4)

第二次大戦下のスイスにて

一九三九年九月一日、ドイツ軍のポーランド侵攻により第二次大戦が始まった。スイスでは外国人亡命者に対する規定が強化され、彼の手紙も検閲された。フランスからの印税も途絶えた。ウィーンを経由したドイツの家族宛の送金は第三者の手に渡り、家族の許に届かず、アメリカの代理人宛に送った本も相手に到着しなかった。予定されていた講演契約も取り消された。彼はその日の生活にも事欠き、友人や知人に繰り返し借金を依頼した。それでもなお、彼の浪費癖は治まらなかった。

彼の名前が亡命者リストに掲載されたことで、ドイツに残る家族が亡命者一家として迫害される可能性が生じた。妻のスイス訪問許可申請は却下された。カイザー自身、妻に孤独を訴えながらも、彼女にたいしては概ね冷淡な手紙を送り、スイスに呼び寄せようとはしなかった。娘のジビルにたいする手紙の中でのみ、彼は父親としての気遣いと親愛な優しさを示した。

実は、彼はスイス亡命中、一九一九年当時から付き合いのあった愛人マリア・フォン・ミュールフェルトと、彼女との間にできた娘と三人で暮らしていた。そのことは彼が亡くなるまで妻子もスイスの友人たちも知らなかった。

一九四〇年十一月に『兵士タナカ』がチューリヒのシャウシュピールハウスで初演された。しかし、日本公使館の抗議を受けて、上演中止になった。彼は亡命先にあって新たな騒動に巻き込まれたことに動揺しながらも、努めて平静を装い、新たな作品の執筆に専念することで局面を乗り越えようとした。

一九四一年には亡命生活の鬱屈と不安感が募り、迫害妄想に捕らわれるようになり、自分が「国境線上を走るごろつきのように駆り立てられている」と考えた。(5) さらに彼はビザの取得をめぐって希望と失望の間を翻弄された。

同年五月にカイザーに妻子も含めたアメリカ移住許可通知の電報が届いた。A・アインシュタインとトーマス・マンが保証人となった。しかしチューリヒのアメリカ総領事は入国許可申請のために出生証明書と婚姻証明書の提出を要求した。亡命者がその証明書を手に入れることは不可能であった。そこへ予期せぬことにアメリカ本国から彼のビザが交付され、送られてきた。

ところが同年のアメリカの参戦に伴い、新たな法律が施行され、ドイツ国内に身内が存命しているドイツ人の入国は認めないこととなった。しかも彼の二人の息子はドイツ国防軍の兵士となっていた。さらにアメリカは国内にある敵性外国人カイザーの銀行預金を封鎖、凍結した。ハリウッドとの契約も撤回された。彼は自分が「スイスという塔」に幽閉された〈新たなヘルダーリン〉であると感じた。

アメリカ行きの夢が断たれた後、彼はスイスで自分が亡くなることを予感し、死に場所を求めるようになる。そして、かつて自分の作品を評価してくれた詩人リルケが最晩年を過ごしたミュゾットの家に住んで死を迎えたいと願った。しかし家の所有者は彼の願いを退けた。亡命時代、彼の社会的な願いはことごとく否定された。

当時の手紙には、「この世界に吐き気がする。(…)私はこの地獄を去り、煉獄に耐えて、天国へ辿り着くことを願う」と記されている。[6] 彼は『ニューオーリンズのナポレオン』(一九四一)が内容的にスイスの中立を侵すであろうと考えて公表を差し控えた。彼にとってこの作品はファシズムに対する闘争の一環であった。

一九四二年以降、彼は滞在許可の更新に心労を募らせた。ドイツ軍のヨーロッパにおける覇権が揺るぎを見せない中、彼は「フランスの敗北により、ギリシャの末裔が滅びた。野蛮なゲルマン主義がヨーロッパを西アジアに組み込む」とフォン・アルクス宛の手紙に書き記した。[7]

また、ドイツとは異なった穏健で保守的な嗜好ゆえに、彼の作品のみならず表現主義芸術全般を評価しようとしなかったスイスの文化的風土に苛立ちを深め、外国人芸術家の墓は多いが、生きた芸術家を養おうとはしないスイスを「ヨーロッパ精神の墓場」と見なした。その一方で、自己の才能や使命を信じ続けた。彼の創作力は衰えることなく、『英国放送局』や『オルゴール』など緊迫した構成と反ファシズム的テーマを兼ね備えた秀作を書き続けた。

彼はスイスの劇場の上演水準に極めて強い不満を抱いていたが、自作上演が作者の存在を社会的に認知させ、滞在許可の更新につながることを期待していた。当時スイスではチューリヒでブレヒトの一連の作品が初演された。一九四一年にはテレーゼ・ギーズ主演で『肝っ玉おっ母』が、四三年には『セチュアンの善人』及び『ガリレイの生涯』が初演された。優れたドイツ人俳優や演出家が多数スイスに亡命していた。しかしカイザーは自作をスイスの劇場で上演させることは自作の芸術性を歪めると考え、「蚤のサーカスに象を出すわけにはいかない」という根深い不信感を抱いていた。(8)

当時スウェーデンの出版社から、彼が戦後初のノーベル文学賞候補の一人となっていることが知らされた。またナチス政権崩壊後を見越して、新ドイツ・アカデミー設立及びドイツ・ペンクラブ再建のための代表就任要請が彼になされた。しかし、相次ぐ不運に打ちのめされ、人間嫌いを募らせていた彼はこの要請に応えることができなかった。当時の手紙には、「借金のために天才は死ぬ。私は勇敢に闘ってきたが、失望を重ね、ついに力と勇気が尽きた」と記されている。(9)

芸術家の受難と孤独

一九四三年以降、彼はギリシャ古典に題材をとった三部作『ふたりアンフィトリオン』『ピグマリオン』『ベレロフォン』を執筆した。これらの作品は同時代の政治的、時事的な対象のみならず、神話世界にも飛翔する彼の想像力の豊かさを示している。初期における「新しい人間」による世界の救済という表現主義的な主題はその実現の不可能性の認識とともに後退し、亡命時代には人々に理解されない芸術家の孤独という主題が登場する。彼は不当な迫害を受ける芸術家の姿を描く『ベレロフォン』を「私の白鳥の歌」と呼び、墓碑に〈ベレロフォン〉と刻むことを願った。(10)そこには彼の死の予感が示されていた。

彼はブレヒトの『セチュアンの善人』がスイスで初演された直後に書かれた手紙の中で、この劇を「完璧な作品」と呼び、ブレヒトを「暗い時代に生きる偉大な作家」と呼んでいる。(11)他の同時代作家を肯定的に評価することのなかった彼にとって、ブレヒトは唯一高く評価する例外的存在であったといえよう。彼はドイツで出版できない亡命作家の本を刊行するために出版社と文芸雑誌の設立を計画した。ブレヒトに協力を求める意向だった。十二月にはバーゼルの市立劇場で『オルゴール』が初演された。

一九四四年以降、彼はスイス国内をサンモリッツ、メナードルフ、アスコナ、ジュネーブ、チューリヒと転々と滞在先を変えていった。あたかもスイスに捕らわれた苛立ちに急き立てられるかのように。二月には『メデューサの筏』(一九四三)がバーゼルのシャウシュピールハウスで初演された。ドイツ軍に撃沈された船から生き残った子供たちを乗せて漂流するボートが発見された時、自分が助かることを拒否し、死を選ぶ主人公の少年に作者は自分の心情を託した。この作品を刊行しようとした出版社はドイツの意向を受け、出版を断念した。

同年、スイスのゴットフリート・ケラー賞が彼に贈られた。彼の芸術活動に冷淡だったスイスが初めて示した好意であるといえよう。彼はその返礼としてゲオルク・カイザー賞の設立を計画した。同賞は彼の死後、一九五八年に友人ユリウス・マルクスによって設立された。

一九四四年六月十日にフランス中部リムーザン地方のオラドゥール・シュル・グラン村でドイツ軍による虐殺事件が起き、村人六三五人が殺害された。カイザーは自作『カレーの市民』のラジオ放送の謝礼を虐殺の犠牲者に捧げた。彼はドイツ語作家防衛同盟の初代名誉総裁に選ばれた。しかし、チューリヒで開催された同盟の設立総会には滞在許可が得られずに参加できなかった。亡命者が州ごとに滞在許可を得なければならない煩雑さが原因である。彼は終戦の直前までドイツが勝利すると考えていた。

最晩年、彼は自己のナチス政権下と亡命時代の受難をイエス・キリストの受難に重ね合わせてとらえた。彼は自分を愚かなスイス人の間を人知れずさまようキリストのイメージとして「永遠の罪」などの詩に記した。

また、友人宛の手紙には固有なキリスト解釈が示されている。天国の門を監視する天使は、エデンの園を追われ、必要以上に苦しむ人間たちに幸福への新たな可能性を与えるよう神に懇願する。神は大工ヨゼフの姿を借りてマリアと結婚し、イエスが生まれた。イエスは父である神の精神を備え、人間の卑劣な行為を熟視した。やがてイエスは十字架に掛けられ、殺された。神は地球を離れ、天使に向かって人間を弾劾した。そしてイエスを光の柱に変えたというものである。[12]

彼はこうした独特なキリスト解釈に基づき、現代に姿を現し、息子イエスについて語るマリアの体験を描き出す小説『マリア・ツィマーマン』の構想を友人たちに伝えていた。しかし、その原稿は見つかっていない。さらにテレージエンシュタット強制収容所の幼児虐殺の報せをきっかけとして着想された、古代ヘロデ王の幼児虐殺をめぐる小説『アルト』やヒトラー暗殺事件と関連した『シュタウフェンベルク』という小説に着手していたが、未完のままに終わった。

一九四五年五月八日、ナチス・ドイツが無条件降伏した。その四日後、カイザーはアスコナからの手紙の中で、「ファシストやナチスの立ち去ったアスコナはすっかり人の気配がない」と記している。その翌月四日、彼は還らぬ人となった。あとには三〇万スイスフランもの多額の借金が残された。[13]

彼の生涯はあり余る才能の開花と作家としての栄光に恵まれた一方で、度重なる挫折と苦悩を体験した。ナチス政権下と亡命時代には辛酸をなめ続けたが、創作への意志と創造性は衰えることはなく、逆に苦悩をばねにさえした。ファシズムという具体的な抵抗対象を持つことで、彼の「本質的リアリズム」は深められ、ファシズムを批判する優れた劇作品を次々に産み出した。

注

(1) Georg Kaiser: Briefe. Frankfurt am Main, Berlin, Prag 1980 (175). 書簡集からの引用に際しては、書簡番号を記載する。
(2) Ebd. (449)
(3) Ebd. (723)
(4) Ebd, S. 22.
(5) Ebd, S. 23.
(6) Ebd. (783)
(7) Ebd. (1029)
(8) Ebd. (1278)
(9) Ebd. (1039)
(10) Ebd. (1283), (1286); Klaus Petersen: Georg Kaiser. Frankfurt am Main, München 1976. S. 65f.
(11) G. Kaiser: Briefe. (1090)
(12) Ebd. (723)
(13) この金額はトーマス・マンがスイス亡命中に所有していた資産二〇万スイスフランをはるかに凌ぐ額である。Vgl. Kieser Rolf: Erzwungene Symbiose, S. 238. Bern, Stuttgart 1984.

第十章　第三帝国時代の亡命

F. ヴェルフェル

〈一〉 ユダヤ人の亡命

はじめに

ナチス政権成立後、ドイツ国内では焚書に象徴されるように文芸に対する厳しい国家統制が行われ、民主的な作家の多くの作品が禁書となり、上演禁止となった。作家本人に対しても執筆禁止、出版禁止措置が取られ、ブラックリスト掲載者の逮捕、監視が行われた。そのため多くの作家や芸術家は国外へ亡命した。また高齢や亡命の機会を逃すなどの理由から国内に留まった芸術家の活動も、ナチスの文化政策の変化によって大きな制約を受けた。

第三帝国時代の文化研究においては、狭義の内在的な文芸学あるいは美術史の手法だけでは対象は十分に解明されない。政治状況の分析や社会史の成果と関連づける必要がある。文学・芸術の研究領域では、従来トーマス・マンやブレヒト、ベンヤミンら一部の著名な作家を中心とする研究に限定され、数百人を超す他の作家や画家、俳優、演出家たちの活動に関する研究は限られている。

この時代の文化・芸術活動の中心は、国外にいた亡命作家たちの活動にあったといえる。彼らの亡命後の生涯は亡命先の国々の政治的、社会的状況に大きく左右された。それゆえ、その生涯と活動の解明において、各作家が亡命先の国へ辿り着いた経緯、移住先での生活環境、その国とナチスとの外交関係の変化、異文化間交流の実態、生み出された作品の分析といった各要素を考察する必要がある。本章では第三帝国時代の亡命作家、芸術家の作品解明の前提となる彼らの足跡を社会状況との関連において考察する。（年代の表記に関して、扱う年代の大半は一九〇〇年代のため、他の章と同様に例えば「一九三三年」を適宜「三三年」と表記した。）

亡命の時期と規模

ドイツ語圏の亡命者総数は約五〇万人にのぼる。大きく三分される。

一、ユダヤ人。当時ドイツに五三万人いたうち半数の約二七万人が出国。亡命者の過半数を占め、非ユダヤ系の配偶者を含む。宗教的には無信仰者、シオニスト、正統派、自由主義者と多様で、共通するのは人種的側面のみである。多くがドイツ社会に同化していた。ナチス政権は当初、ユダヤ人の国外移住、追放を推進した。オーストリアから約一三万人、チェコからも数万人が出国。

二、政治的亡命者。左翼、自由主義者、キリスト教関係者等、計約三万人。亡命者の政治観や思想的立場によって亡命国の選択に違いが出た。ナチス政権は当初から政治的亡命者を国家反逆者と見なした。

三、作家、芸術家、研究者、ジャーナリスト等。ユダヤ系と重複する者もいる。非ユダヤ系の多くが政治的立場による。計約一万人。うち約七、〇〇〇人が最終的にアメリカへ渡った。

亡命の第一波は一九三三年二月二十七日の国会放火事件から五月十日の焚書直後まで。この間の亡命者は主としてナチス政権成立前にナチスを批判、危険視していた人々や社民党、共産党系の政治家や労働組合活動家などの政治的亡命者である。またナチスが政権獲得前に活動禁止を予告していた作家も含まれる。彼らの多くはブレヒトのようにナチス政権が短命に終わり、帰国できると期待していたため、ドイツの周辺国に留まり、ドイツ国内の動静をうかがっていた。

亡命の第二波は三三年五月以降三五年にかけてである。この時期には主として研究者や非政治的芸術家が出国した。三三年秋までに作家、ジャーナリストの大半が亡命した。三三年四月のユダヤ人ボイコットや職業官吏再建法によるユダヤ人の公職追放、九月の「帝国文化院」設立による文学、芸術、報道分野からのユダヤ人締め出し、そして三五年九月のニュルンベルク法公布にいたる一連の政策により、ユダヤ人は職を奪われ、市民としての権利を剝奪され、出国を余儀なくされた。

亡命の第三波は三八年十一月九日の「水晶の夜」以後で、ユダヤ人の出国がピークとなる。この時期に亡命した人々はナチスの迫害を何年間も体験したので、ドイツに見切りをつけ、帰国の可能性を期待せずにアメリカ等海外へ向かった。

各国の対応

一九三六年七月にイギリス、フランス、オランダ、ベルギー、スイス政府代表がジュネーブに集まり、ドイツ難民暫定協定が締結された。また避難民中央協会が発足し、三八年に国連によってドイツ避難民の代表機関として認定された。ドイツ避難民とは三三年七月十四日にドイツで公布された「ドイツ国籍剝奪法」により国籍を剝奪され、他に国籍を持たない者である。これに基づき、八、〇〇〇人のドイツ人が避難民の認定申請を行い、六、五〇〇人が認定された。こうして滞在は合法化されたが、労働許可は与えられなかった。無国籍の問題も残されたままだった。

三八年二月にドイツ人難民条約が定まり、イギリスやベルギーは批准したが、フランスは終戦直前の四五年四月に批准した。スイスが難民条約に加盟したのは大戦後である。

三八年三月のドイツによるオーストリア併合により、新たな亡命者の群れが生じた。同年七月、アメリカ大統領ルーズヴェルトの発案でフランスのエヴィアンに三十二ヵ国が集まり、ドイツ語圏からの難民問題を討議する国際会議が開催された。しかし二九年の世界恐慌によって欧米各国は難民受入れに難色を示した。西欧各国はこれ以上難民を受け入れる義務はないと主張し、イギリス政府は難民の受入れがナチスのユダヤ人追放を助長すると考え、アメリカも移民規定や受入れ枠を変えなかった。会議後、国際政治的難民委員会がロンドンに設置されたが、問題の具体的解決に向けた成果はなかった。

ウィーン出身で三八年にパリへ亡命し四〇年に渡米した批評家のアルフレート・ポルガーは「難民」(一九三八)という一文でこの会議を次のように揶揄した。

「(各国は)難民をどう保護するかではなく、難民からどう自分たちを保護するかを討議した。比喩を用いれば、男が川へ投げ込まれ溺れそうである。両岸の人々は注意深く不安げに見守っている。男がこちら岸へ来なければ、と考えながら。(1)」

ロシア革命後、欧米各国には一五〇万人に及ぶロシア人亡命者が滞在した。その中には貴族や官吏、銀行家など富裕層が数多くいた。各国政府ともロシア革命の波及を恐れたため、彼らを比較的好意的に受け入れた。しかし、ドイツ人亡命者の多くはユダヤ系または社民党系の人々であり、商人や医師など中産階級の人々が大半だった。ヨーロッパ各国は大恐慌後の不況に喘ぎ、多くの失業者を抱え、依然反ユダヤ主義が燻《くすぶ》っていた。それゆえ各国はドイツ人亡命者の受入れに難色を示した。

十九世紀までの亡命者と異なり、ナチス・ドイツからの亡命者はヨーロッパ内に庇護を見出せず、生存の場を求めて国から国へ転々としなければならなかった。セント・ルイス号の悲劇はそうしたさまよえるユダヤ人を象徴する。大戦直前には亡命者の八割がヨーロッパ以外の国へ逃れたが、作家や芸術家の多くはまだ大陸内のドイツ周辺国に留まっていた。彼らの多くは帰国の望みを残してヨーロッパ大陸に留まりたいと考えていた。しかもアメリカの旅券が公布されるまでに数ヵ月～半年かかった。

大半の受入れ国は自国の失業者の雇用問題を悪化させないよう、難民の就労を禁止した。亡命者の政治活動もフランス以外の大半の国で禁止された。このように亡命者の立場は、市民権はじめ法的権利の後ろ盾がなく就業もできず、再追放の不安を抱え、言語も通じないという想像を絶する困難なものだった。

第二次大戦が始まり、ヨーロッパ大陸内の国々にドイツ軍やファシズム勢力が侵攻すると、出入国ビザを持たない亡命者は滞在も再亡命もままならない一層困難な立場に置かれた。

ユダヤ系ドイツ人の亡命

一九三三年時点で、ドイツ国内に約五三万人のユダヤ系ドイツ人が在住していた。同年には約三万七、〇〇〇～三万八、〇〇〇人が出国。翌三四年には二万二、〇〇〇～二万三、〇〇〇人、三五年には二万〜二万一、〇〇〇人が出国した。

ニュルンベルク法が制定された三六年には二万四、〇〇〇〜二万五、〇〇〇人が出国した。この年にベルリン・オリンピックが開催され、期間中は表立った反ユダヤ・キャンペーンは控えられた。三七年には二万三、〇〇〇人が出国した。

三八年十一月の「水晶の夜《クリスタルナハト》」以後、出国者が一挙に増大し、同年には三万三、〇〇〇〜四万人、翌年には七万五、〇〇〇〜八万人に達した。

三九年九月の第二次大戦勃発後、外国大使館閉鎖と交通遮断により出国は困難になった。それでも四〇年に一万五、〇〇〇人が出国。またドイツ軍に占領された国々からの再亡命が起きた。四一年十月に移住禁止令が出された。この年に八、〇〇〇人が出国。

こうして一九三三〜四一年の間に国内在住ユダヤ系ドイツ人の半数にあたる計約二五万七、〇〇〇〜二七万人が出国した。四二〜四五年にもなお八、五〇〇人が国外へ脱出した。(2)

オーストリアには一九三四年の時点で二〇万人を超すユダヤ人が生活していた。それが三九年五月の段階で、九万人程になった(統計によって若干異なる)。三八年三月のドイツによるオーストリア併合後、出国者の数は急速に増加した。ナチス親衛隊のアドルフ・アイヒマンを長としてウィーンに設立されたユダヤ人移送局の活動によって出国者はさらに増えた。それでも第二次大戦開戦時にはなお七万人余りのユダヤ人が国内にいた。ユダヤ人移送局は四一年以降、パレスチナの移民定員が満員となると、強制収容所への移送を実施した。

チェコでは三八年九月のミュンヘン会談でチェコ・ズデーテン地方のドイツ割譲が決まった後、同地方に住むユダヤ人約二万人はチェコの他地域に逃げた。しかし翌年三月にドイツ軍がプラハに侵攻し、ボヘミア・モラヴィア地方を保護領として占領した。同地方には約一一万八、〇〇〇人のユダヤ人が在住していたが、そのうちで第二次大戦前に亡命した者は二万六、〇〇〇人余りに留まる。

ユダヤ系ドイツ人が出国を躊躇《ためら》った理由

ユダヤ系ドイツ人がなかなか出国に踏み切れなかった主な理由を挙げる。

一、政治的理由。受入れ国の入国制限があり、入国ビザを取得する必要があった。受入れ国によっては入国ビザの発行に際し、入国先に保証人となる親族や知人がいることを条件とした。ドイツから亡命者が増大しても、欧米各国はこれ以上受入れ枠を拡大する責任があると考えなかった。アメリカは移民規定を緩和しなかった。一定の金額の持参または一定期間の生活費を保証する身請人がいる必要があった。各国とも多数の失業者を抱え、難民が経済を圧迫することを怖れた。スイスやスウェーデンは中立国でありながら受入れが規制された。

二、経済的理由。言葉の通じない異国で生活する上で職を確保できる見通しが立たなかった。資産を容易には海外に持ち出せず、医師や弁護士の資格は国外では通用せず、現在の身分、資格、不動産を失う不安が大きかった。三八年十一月に起きた「水晶の夜」で破壊されたユダヤ人商店および家屋の修復費用として一〇億マルクがユダヤ人自身に課せられた上、ユダヤ人商店の損害に対する保険会社の支払いが国庫に没収され、さらにユダヤ人が所有する株券・有価証券の没収が布告され、渡航費用の捻出が困難になった。また「帝国逃亡税」の支払いも必要だった。

三、精神的理由。同化ユダヤ人としての自己了解と誇りが国外移住の妨げになった。十九世紀以来のドイツ社会の解放政策と、ユダヤ人が世代を超えて同化に努めてきた歴史があった。第一次大戦に際しては、一〇万人のユダヤ人が祖国のために出征し、三万五、〇〇〇人が受勲し、一万二、〇〇〇人が戦死した。また一九〇五~三六年までにノーベル賞を受賞したドイツ人三八人のうち一四人がユダヤ人だった。ユダヤ人はドイツの名誉に貢献したという自負を持っていた。屈辱的なヴェルサイユ条約の破棄にユダヤ人も賛同し、偉大なドイツの復興を求めた。自分たちが迫害されるとは予想しなかった。多くの人々はナチス政権が長く続かないと考え、すぐに動かず事態を見守っていた。祖国を捨てて、異言語、異民族の中で生活することへの躊躇《ため》いと不安があった。高齢や病気、子供の教育など様々な問題が出国を躊躇わせた。

パレスチナ移住

一九三三年四月一日のユダヤ人ボイコット以後、身の危険と将来への不安が募り、パレスチナへの移住者が増加した。パレスチナの地にユダヤ民族の国家を樹立するというシオニズムの主張が真剣に考慮された。パレスチナへ移住するためには、イギリスの委任統治政府による割当て人数の範囲内で、資格証明書が必要とされた。対象者は大きく三つに分かれた。

一、資本家、手工業者、年金生活者。

二、宗教家、収入の保証された学生。

三、一般労働者。ただし、農業か手工業の知識を持つ者。

移住申請の窓口となったのは、ベルリンにあるユダヤ機関のパレスチナ事務局である。移住者の資産の移送に関してはドイツ政府との間で協定が取り決められた。資産を自由に国外へ持ち出すことはできず、ドイツ国内の信託口座に預金させ、その金でドイツ製品を購入し、国外に移送する形がとられた。ナチス政権は出国する難民の現金持ち出しを制限した。政権成立後の数年間は二五パーセントの資本流出税を払うことで資産の持ち出しを認めたが、交換レートを低く設定し、実際の資産の一〇パーセントまたは八、〇〇〇マルクしか持ち出せないようにした。一方でユダヤ人の追放を促すために、ドイツ製品を購入させ、それを出国先に送ることを認めた。

こうして一九三三～三九年の間に計約二五万人が出国し、約一億四、〇〇〇万マルク相当が移送された(3)。移住に対しても、対価を支払わねばならなかった。パレスチナではヘブライ語を話せない者は余所《よそ》者として肩身の狭い思いを強いられた。

〈二〉 政治的亡命

政治的展開

一九三三年二月二十七日に国会放火事件が起きると、翌日ナチス政権は「民族国家防衛指令」を出した。ベルリンでは国会放火事件の起きた夜のうちにプロイセン州内務相ゲーリングの指示で翌日にかけて共産党員数百人が逮捕された。ドイツ国内では数千人が逮捕された。その際、突撃隊（ＳＡ）や親衛隊

(ＳＳ)が予備警察として機能した。

同年五月には労働組合が解散され、六月下旬から翌月初旬にかけて社民党をはじめ諸政党が解散・禁止に追い込まれ、ナチ党の単独支配が成立した。

社民党員の亡命者は同年末までに三、五〇〇人にのぼる。一九三五年の時点で政治的亡命者は社民党員五、〇〇〇～六、〇〇〇人、共産党員六、〇〇〇～八、〇〇〇人、それ以外のナチス反対者五、〇〇〇人、計一万六、〇〇〇～一万九、〇〇〇人におよぶ[4]。

オーストリアでは三四年二月にオーストリア・ファシズムのドルフス政権が社会民主主義者の反乱を鎮圧した後に、反乱に加わった人々が亡命した。三八年三月のオーストリア併合後、同国からの亡命者が急増した。『近代文化史』を書いたユダヤ系作家エゴン・フリーデルは併合直後に絶望感に襲われ、投身自殺した。

三八年九月のミュンヘン会談でチェコ・ズデーテン地方のドイツ割譲が決まり、十月にドイツ軍がチェコに侵攻すると、ズデーテン地方の社民党員数千人が逮捕された。すでに同地方ではコンラート・ヘンラインによりズデーテン・ドイツ党が結成され、ドイツ政府の支援を受けてドイツ併合運動を進めていた。多数のドイツ系住民が運動を支持し、社民党は民衆の支持を得られなかった。五、〇〇〇人におよぶズデーテン・ドイツ人亡命者はノルウェー、スウェーデンなどでグループを作ったが、ズデーテン地方の抵抗組織との連携は取れなかった。

政治的亡命

ナチス政権誕生から第二次大戦勃発までに約三万人の政治的亡命者がドイツ、オーストリア、チェコから出国した。出国先はフランスが最も多く、次いで内戦前のスペインやイギリスである。イギリスはミュンヘン会談に見られるナチス宥和政策を取ったため、大戦勃発までは亡命者の受入れに好意的ではなかった。

第二次大戦前まで、亡命政治家や政党員の多くはナチス政権が短命に終わるという幻想を抱き続けた。彼らは亡命先で雑誌や新聞を刊行し、亡命者の政治的連帯を図った。共産党はドイツ国内の非合法組織と連携し、抵抗活動を行った。社民党はドイツ国内の組織とは関係せず、各国で宣伝活動を行った。ヴァイマル共和国時代以来の社共対立が亡命後も続き、共闘には至らなかった。

中立国スイスは十九世紀以来各国の亡命者を受け入れてきた。しかしナチス・ドイツからの亡命者に対しては「ボートは満員」として厳しい入国規制を行った。ユダヤ人亡命者は政治的難民として認められず、多くの亡命者にとってスイスは一時通過国に過ぎなかった。政府は亡命者の政治活動を禁止し、三九年秋以降、ドイツ語圏ユダヤ人の旅券に〈J〉のスタンプを押した。

ザンクト・ガレンの警察幹部パウル・グリューニンガーは受入れ規制後もユダヤ人難民二、〇〇〇人以上に滞在許可証を発行したため、失職させられ、半世紀以上過ぎた死後に名誉回復した。

スイスは一九四〇年六月のフランス降伏後に同国から殺到したドイツ人難民の入国を拒否した。スイスが難民の権利条約に関する国際協定に加盟したのは大戦後である。

同じく隣国のオランダは言語的にもドイツ語と近く、経済的、文化的交流も密接で三三年当時にはビザなしで入国できたため、同年だけで一万五、〇〇〇人のユダヤ系ドイツ人が同国に避難した。政府は亡命者の政治的活動を禁止したが、非合法活動の拠点となった。しかし四〇年五月にドイツ軍が侵攻し、亡命ユダヤ人だけでなく、同国在住ユダヤ人も含め国内に一五万人いたユダヤ人のうち一一万七、〇〇〇人が強制収容所に移送された。[5]

フランスは十九世紀以来、各国の亡命者を受け入れてきた。東欧圏からの移住者も多く、一九三〇年代半ばには二〇〇万人を超す外国人が居住していた。三三〜三九年にかけて同国へ逃れたドイツ人難民は約一〇万人にのぼる。難民の就労は厳しく制限された。

スペインでは三六年二月の総選挙でM・アサーニャを首班とする人民戦線内閣が成立し、隣国のフランスにも同年六月に社会党のレオン・ブルムを首班とする人民戦線政府が成立した。スペイン、フランス両政府は亡命者に対して好意的だった。

フランスでは三六年七月にようやく避難民救援委員会が設立された。同国政府は三八年五月の通達で初めて「政治難民」の存在を規定し、翌年にかけて該当しない者をスイスやベルギーなどへ追放した。

三六年七月に起きたスペイン内戦に際して、ソ連は人民戦線を支援したが、フランス人民戦線政府や西側各国は不干渉政策を取り、内戦は三九年三月に独・伊両軍の支援を受けたフランコ将軍の勝利に終わる。ドイツ・オーストリア人亡命者三、〇〇〇人以上が共和国側の国際旅団兵士として参加し、約二、〇〇〇人が戦死した。スペイン内戦はファシズムに対抗する民主主義陣営最後の砦、両者の力の試金石と見なされたため、人民戦線崩壊後、亡命者の間に深い挫折感と西側政府に対する失望感が生じた。またヘミングウェイの短編『屋根の下で』などに見られるように、内戦中にコミンテルンの政治局員が彼らの意向に従わない兵士を粛清した。

フランス人民戦線政府も三八年十一月に崩壊した。翌三九年九月の第二次大戦勃発後から四一年にかけて、フランス政府はW・ベンヤミンやF・ヴォルフを含む同国在住ドイツ人及びオーストリア人男性約二万二、〇〇〇人を敵性外国人として国内の六〇ヵ所以上の収容所に抑留した。

第二次大戦勃発後、ヨーロッパ各国がドイツ軍に占領されると、各国にいた亡命者は収容所に入れられるか再亡命を強いられ、抵抗組織は崩壊した。

一九四〇年六月のフランス降伏後、同国政府は外国人の国籍を再審査し、フランスの市民権を失って無国籍となる者が続出した。同国内のドイツ人は約一〇〇ヵ所の収容所に収容され、そのうち三、〇〇〇人が北アフリカで働くために送られた。ヴィシー政権はドイツ政府が求めるドイツ人をドイツ側に引き渡すこととなった。ヴィシー政権は反ユダヤ立法を公布し、ユダヤ人を隔離し、財産を没収した。警察によるゲシュタポへの引渡し前に自殺する者も出た。降伏後から翌年にかけてドイツ語圏の数千人の亡命社民党員がアメリカへ出国した。フランス国内にはなお五〇〇人程の亡命社民党員が潜伏した。彼らの多くはフランスのレジスタンス組織と連携し、パリ解放に参加した。

亡命者は亡命先の国で生存の場を確保し糊口をしのぐことに追われた。亡命が長期化し、異国にあって政治活動が禁止され、再追放される不安もあり、彼らは次第に自分を亡命者でなく移住者と見なすことで、祖国の政治的混乱から意識的、無意識的に目を背け、生活の維持に専念する方向に傾いた。受入れ国の政府は亡命者の主張に耳を貸さず、戦後もすぐには帰国を許さなかった。亡命政治家は亡命中に得た政治体験や新たな政治思想を祖国の再建に活かそうとした。彼らの存在こそが戦後ドイツを国際社会へ復帰させる大きな力となった。

共産党員の多くはソ連に向かった。しかし三六年夏に始まったスターリンによる粛清の嵐は外国人であるドイツ人も巻き込んだ。三九年八月の独ソ不可侵条約締結により、共産党系亡命者は反ファシズムの大義と拠り所を失い、パニック状態となり深い失望感が拡がった。反ナチス活動は禁止され、ドイツからの脱走者等の本国引渡しが行われた。

四一年六月のドイツ軍のソ連侵攻後、ソ連在住ドイツ人の多くは敵性外国人として中央アジアのタシュケント等へ強制疎開させられた。そうした中、スターリンに忠誠を誓うW・ピークやW・ウルブリヒトがドイツ人亡命者に及んだ粛清の嵐を生き延びて、戦後東ドイツ大統領及び国家評議会議長としてソ連の意向を反映させていく。

ナチス初期の主要メンバーのオットー・シュトラッサーは土地の国有化や経済統制を主張して党から除名され、三〇年に「黒色戦線」を結成した後、三三年にドイツを去り、カナダに移った。彼は四一年に政治結社を作ったが、カナダ政府当局はシュトラッサーの政治活動を禁止した。戦後、彼が出した帰国申請は数年後ようやく許可された。西ドイツ帰国後、彼は再び政治活動を試みたが、人々に受け入れられなかった。

ナチス政権の亡命者政策

一九三三年四月七日に公布された「職業官吏再建法」によってユダヤ人官吏・教授・弁護士だけでなく、ナチス政権に忠誠を誓わない人物が解任された。同年七月十四日には「ドイツ国籍剝奪法」が公布され、政治的亡命者は国家反逆者・民族の敵対者と見なされ、国籍が剝奪された。

ナチス政権はユダヤ人を民族共同体の一員として認めず、四一年までは移住政策が推進された。ユダヤ人に対する排除・国外追放の姿勢は次第に強化されたが、政治的亡命者に対しては当初から強い敵対意識をもっていた。ナチス政権は三三年十月に国連を脱退した。そしてナンセン難民事務所がユダヤ人問題に介入することに反発したため、同事務所もユダヤ人難民に充分対処できなかった。

共産党や社民党員ら政治的亡命者が国外で反ナチ活動を展開したことに対して、ナチス政権は対抗措置に出た。ナチス政権は在外ドイツ公使館、領事館を通じてドイツ人亡命者の監視と情報収集を行い、各国政府に圧力をかけた。終戦までにドイツ国籍剝奪法によって三万八、七六〇人余りの政治的亡命者のドイツ国籍が剝奪された。ゲッベルスは「亡命者は人生の糸を切断された」とシニカルに指摘している(6)。

ナチスは政治的亡命者の拉致や暗殺も行った。ユダヤ人哲学者テオドール・レッシングが三三年八月にチェコで暗殺され、スイスではヴァイマル共和国元首相H・ブリューニングの暗殺計画が発覚した。亡命ジャーナリスト、ベルトホルト・ヤーコプが三五年にスイスからドイツへ拉致された。スイス政府の抗議で釈放されたが、四一年にリスボンから再度拉致され、各地の強制収容所に送られた末に四四年にベルリンの病院で死亡した(7)。ナチ党を除名されたオットー・シュトラッサーの拉致は未遂に終わった。また労働組合幹部リヒャルト・クレプスが逮捕され、ナチスのスパイとなり国外で活動した。

スイス政府はドイツ、オーストリア両国のユダヤ人難民を識別できるよう求め、旅券に〈J〉のスタンプを押す協定を三八年九月にドイツ政府と結んだ。これによって国境警備員にとって識別が容易になった。この処置はドイツ政府のハンス・グロプケの案をスイス政府が受け入れた結果である。グロプケはニュルンベルク法の作成にも関与し、終戦後、アデナウアー政権の政務次官となった。

ナチス政権が安定し、外交攻勢を強める一方で、亡命が長期化し孤立感を深め、ドイツへ帰国する亡命者も一、〇〇〇人を超えた。彼らは帰国後逮捕され、裁判にかけられた。戦争が始まり、労働力や兵士が不足すると、マルクス主義者など危険思想の持ち主以外は工場や軍に送られた。

ナチス政権はウィーンにユダヤ人移送局を置き、イギリスの委任統治領パレスチナへのユダヤ人移住を推進した。ドイツ国内では解雇、市民権剝奪、「水晶の夜」に見られるテロなどでユダヤ人に対する排除をエスカレートさせ、三八年十月にはポーランド出身ユダヤ人一万五、〇〇〇人のポーランド強制追放を行った。

第二次大戦後の四〇年十月に国家保安部長官R・ハイドリヒは占領国内にいる政治的亡命者の逮捕を指示した。ゲシュタポはフランス占領地域でフランス警察の協力を得て、ドイツ人政治的亡命者の逮捕に乗り出した。逮捕者はスペイン内戦に参加した政治的亡命者など数百人にのぼり、社民党議員のルドルフ・ブライトシャイトと同党議員で元蔵相のルドルフ・ヒルファーディングがフランス警察の手でゲシュタポに引き渡され獄死した。四一年以降、逮捕者は同国内在住のユダヤ人に及んだ。他の占領国でもゲシュタポと地元警察との連携が進められた。

三九年八月の独ソ不可侵条約締結後、四一年六月の独ソ戦開始までにドイツ側の要請に従って、ドイツ人亡命者三五〇人以上がドイツ側に引き渡された。ゲシュタポが作成した「ソ連特別追跡者リスト」には二、八〇〇人の政治的亡命者及び移住者が記載されていた。(8)

第二次大戦後、東部戦線が膠着状態になるとユダヤ人の東方移住計画は進展せず、パレスチナへの受入れはイギリスによって制限された。逆にポーランドをはじめ占領国内にいる多くのユダヤ人を抱え込むことになった。四一年十月にナチス政権はユダヤ人に対する移住禁止令を出し、労働不適格者などのユダヤ人の最終解決(絶滅計画)に移行していく。同年十一月には国外にいるドイツ系ユダヤ人のうち一五万〜一七万人の国籍が剝奪された。国籍剝奪によって亡命者はビザの取得が困難となった。

〈三〉 作家、芸術家、研究者の亡命

ヨーロッパ各国への亡命

ナチス・ドイツを逃れた亡命者の内訳は作家、出版関係者二、五〇〇人、大学関係者や研究機関の研究者約二、〇〇〇人、放送関係者六〇〇人、演劇関係者二、〇〇〇人、写真家二〇〇人、ダンサー一〇〇人余、画家や音楽家数百人など。

亡命の第一波に含まれる作家の多くは平和主義者、左翼、モダニズム文化の担い手であり、彼らはナチスによって「文化ボルシェヴィスト」と非難されてきた。その中には前述したように、ナチスが政権獲得前に活動禁止を予告していた作家も含まれる。即ち、ハインリヒ・マン、E・トラー、ブレヒト、L・フォイヒトヴァンガー、W・ハーゼンクレーファー、S・ツヴァイク、F・ヴェルフェルら。

約三〇〇人の狭義の亡命作家のうち、ナチス政権成立前に出国した者は二〇人足らず。政権成立後の一九三三年末までに約二〇〇人が出国した。

一九三三年四月七日に公布された「職業官吏再建法」は大学人にも適用され、三八年までに学者や研究者約三、一〇〇人が解雇された。非アーリア人やナチス政権に忠誠を誓わない者にも排除の圧力がかかった。同月、ドイツ大学連盟はヒトラーおよび政権に対する忠誠を表明した。解雇された三、一〇〇人のうち二、〇〇〇人が出国した。特に若手は大半が出国したが、五十歳以上の学者・研究者の出国は半数に留まった。

三三年当時は隣国チェコが作家、芸術家にとって亡命先として都合が良かった。チェコ政府も受入れに好意的で、長い国境線を共有するため脱出しやすかった。さらにドイツ文化との関係が深く、マックス・ブロートをはじめドイツ語で執筆する作家も多く、一〇〇を超すドイツ語新聞や雑誌が刊行されていた。しかし、三八年十月にズデーテン地方がドイツに割譲され、翌年三月にドイツがチェコを併合したことで、滞在中の亡命者に再び危機が迫った。

スイスでは作家同盟がドイツ人亡命作家の定住に反対した。同じドイツ語圏のため、スイス人作家の出版事情を圧迫するおそれがあった。バウハウスの教授だったパウル・クレーは解職され、ベルンへ戻った。チューリヒの劇場ではブレヒトの『肝っ玉おっ母』やブルックナーの『人種』、ヴォルフの『マムロック教授』など亡命劇作家の作品が初演された。エリカ・マン率いるカバレット「胡椒引き」もスイスを拠点として西欧各地で客演した。R・ムージルは三八年に亡命後、貧窮の中で『特性のない男』に取り組み、四二年に未完のまま逝去した。

オランダではクヴェリードーとアラルト・ド・ランゲというオランダの二つの出版社のドイツ語部門から一〇〇人を超す多数の亡命作家の作品が刊行された。クラウス・マン編集による亡命雑誌『ザムルング』もクヴェリードーから刊行された。

フランスでは亡命者によるドイツ語冊子や新聞が相次いで刊行され、「ドイツ作家防衛同盟」が発足し、焚書をきっかけに「ドイツ自由図書館」が設立された。フランス降伏後、ヴィシー政権はドイツ軍当局の意向に従って亡命者の取締りを行った。

他国への亡命者と比べて、フランスに亡命した作家には終戦前に自殺した者が多い。

チェコ出身のエルンスト・ヴァイスは第一次大戦に軍医として従軍。三三年プラハに亡命し、翌年フランスへ移った。四〇年六月十四日、ドイツ軍のパリ進駐の日に自殺した。三八年に書かれた物語『目撃者』(一九六三年刊)には語り手である医師の立場から、第一次大戦後に敗戦の衝撃から一時心因性の失明となったヒトラーの姿が描かれる。

W・ハーゼンクレーファーは三三年に市民権剝奪後、南仏そしてイタリアに滞在。ヒトラーのイタリア訪問により警察に拘留後、南仏へ。四〇年六月、南仏レ・ミルの収容所で睡眠薬自殺した。

カール・アインシュタインは表現主義作家として『アクツィオーン』誌等に執筆し、第一次大戦末期には労兵評議会に参加。戯曲『悪しき知らせ』(一九二二)が神を冒瀆したとして没収され、二八年パリに移住。三六年にスペイン内戦に参加し、ドイツ軍のパリ侵攻の際逮捕され、四〇年七月にポーの収容所で自殺した。

W・ベンヤミンは三三年三月にパリ亡命。翌年デンマークのスヴェンボル島のブレヒトやイタリア、サンレモの元妻の許に一時滞在。その後もパリ、スヴェンボルとサンレモを行き来したが、三九年九月の大戦勃発後ヌヴェールの労働キャンプに収容され、十一月に釈放。四〇年六月、パリからマルセイユを経て、九月ピレネーのスペイン国境で自殺した。

表現主義の作家アルフレート・ヴォルフェンシュタインは三四年にプラハへ亡命し、三九年パリへ移ったがゲシュタポに拘束され、釈放後は潜伏し、四五年一月にパリの病院で自殺した。彼らの多くがドイツ軍のフランス侵攻で退路を絶たれた絶望感に捕らわれた。

ドイツ軍侵攻後、出国を諦め、病気と窮乏の末に果てた作家もいる。

ヨゼフ・ロートは三三年一月末亡命し、南仏を経て三九年五月パリでアルコール中毒死した。

フランツ・ヘッセルはユダヤ系銀行家の家庭に生まれ、二〇年代末まで十年以上パリで生活し、二五～二七年にかけてW・ベンヤミンとプルーストを共訳。三三年の執筆禁止後もドイツに留まったが、三八年「水晶の夜」の直前にパリへ亡命。四〇年南仏レ・ミルの収容所抑留後、四一年一月サナリー・シュル・メールで病死した。

ルネ・シッケレはフランス人を母親に持ち、第一次大戦中はチューリヒで表現主義の雑誌『白冊子』を刊行。三二年に南仏に亡命し、四〇年一月南仏で逝去した。

ザロモ・フリートレンダーはユダヤ系として三三年パリへ亡命し、病気と貧困に苦しみながら終戦を迎え、四六年同地で逝去した。

トルコでは一九二三年にケマル・アタチュルクによる共和国樹立後、近代化が推進され、英仏独の学者を招いて技術を導入していた関係で、三三年以後、迫害されたユダヤ人研究者三〇〇人とその家族計一、〇〇〇人を受け入れた。同年開校したトルコ最初の大学となるイスタンブール大学にも三〇人以上のドイツ語圏出身者が教授として採用され、多数の教え子が同国の近代化や行政の中枢を担った。建築家ブルーノ・タウトも三三年にドイツを逃れて来日し、桂離宮などの伝統建築を研究した後、三六年にトルコに招かれ、イスタンブール美術学校教授となり、三八年に当地で逝去した。

英米への亡命

一九三六年にイギリスで作成されたドイツ人解雇学者リストには追加分を合わせ一、七八〇人が記載されている。学者や研究者は出国後に英米圏で専門を生かした職についた者が多い。科学者や知識人は民族主義的意識が低く、国際学会などで英米に滞在経験があり、英米の学者との交流もあり、英語圏への同化が容易だった。

イギリスでは人文系の亡命研究者の多くは再就職できず、渡米した。三九年にはカンタベリーとヨーク大司教が後援する亡命作家・芸術家支援組織ができた。亡命ドイツ・ペンクラブは三四年に国際ペンクラブから公認され、イギリス・ペンクラブの協力を受けて亡命作家を支援した。三八年夏にはロンドンでヒトラーの頽廃芸術展に対抗し、二十世紀ドイツ絵画展が開催された。

出国した学者のうちアメリカは約一、三〇〇人を受け入れた。特にアメリカのロックフェラー財団は研究者三〇〇人に研究職を斡旋するなど大きな働きを示した。三三年ニューヨークにアルヴィン・ジョンソンが学長を務める「ニュー・スクール・フォー・ソーシャル・リサーチ（新社会研究学院）」の管理下に亡命大学が開設され、終戦までにカール・レーヴィットら約一七〇人の亡命研究者を迎え入れた。

「ヒトラーはわが親友である。彼がリンゴの樹を揺すり、私はその実を拾う」(9)というニューヨーク大学美術研究所長W・S・クックが述べたとされる言葉通りの頭脳流出が生じた。

トーマス・マンは三八年にプリンストン大学へ迎えられた。ヘルマン・ブロッホは三八年の独墺併合後、一時秘密警察に逮捕され、釈放後亡命し、アメリカで複数の財団の給費を受けながら、『ヴェルギリウスの死』（一九四五）や『罪なき人々』（死後刊行）等を執筆した。彼の母親は強制収容所で亡くなった。

渡米後、T・アドルノとM・ホルクハイマーは『啓蒙の弁証法』を執筆した。またエーリヒ・フロムは『自由からの逃走』、E・ブロッホが『希望の原理』、フランツ・ノイマンは『ビヒモス』、H・アーレントは『全体主義の起源』、ヘルベルト・マルクーゼが『理性と革命』、ブルーノ・ベッテルハイムが『生き残ること』、エルンスト・カントロヴィッチが『王の二つの身体』を執筆した。

フェリックス・ブロッホは戦後ノーベル物理学賞を受賞した。A・アインシュタインやL・ジラードらの協力によって「マンハッタン計画」が実施され原爆が開発された。他にもジェームス・フランク、神学者パウル・ティリッヒら二十世紀を代表する作家、思想家、科学者が多数渡米した。開戦時フランスにいた画家のS・ダリやシャガール、マックス・エルンストらもアメリカへ亡命した。

オーストリア出身の映画監督ビリー・ワイルダーは三三年の国会放火事件翌日にベルリンからアメリカへ亡命し、亡命者救済活動に参加した。祖国に残った母親と祖母は強制収容所で亡くなった。彼は大戦下のドイツを舞台にした『第十七捕虜収容所』（一九五三）や『翼よあれがパリの灯だ』（一九五六）、『アパートの鍵貸します』（一九六〇、アカデミー賞受賞）などを制作した。

ウィーン出身の監督フレッド・ジンネマンの両親も強制収容所で亡くなった。彼は『山河遥かなり』（一九四八）でドイツの戦争孤児を描いた。

監督ロマン・ポランスキーはパリ生まれのポーランド人で大戦の二年前に帰国し、母親を強制収容所で亡くし、自身はクラクフ・ゲットーを脱出し匿われ、四五年に収容所から生還した父親と再会した。『戦場のピアニスト』(二〇〇三)に自己の体験を投影している。

医師や弁護士は異国で元の資格が生かせなかった。ヴァイマル共和国時代にリベラルな教育を推進し、ナチス政権に解雇され出国した教育者たちは、亡命後もナチスの教育制度を批判する冊子を発行するなど活発に活動した。

オーストリアの大学には元々研究ポストが少なく、若手研究者には米国に移住したことで研究職につけた者もいる。女性研究者にとってドイツで研究ポストにつける可能性は限られていたが、渡米後に女子大などに就職した者もいる。

亡命者は亡命先の国々で四〇〇にのぼる新聞や雑誌を発行し、多数の作家や芸術家が寄稿したが、そのうち一年以上続いたものは十数誌に留まる。それらの雑誌は異国で亡命者が発言する数少ない場として機能し、互いの孤立を防いだ。

ソ連への亡命

共産党系の作家、芸術家の多くはソ連に向かった。ヴァイマル共和国時代を通じてソ連とドイツの作家は交流があった。ソ連政府も当初は亡命者をもてなし、彼らの協力を得て反ファシズム活動が展開された。しかしスターリンによる粛清の嵐はドイツ人作家も巻き込んだ。

一九三六年から三九年の間に三、〇〇〇人以上の亡命者が粛清の犠牲となった。表現主義の代表雑誌

『シュトゥルム(嵐)』を発刊したヘルヴァルト・ヴァルデンは三二年にソ連に亡命後、ドイツ語亡命雑誌『言葉《ヴォルト》』誌上で展開された表現主義論争に参加したが、四一年に処刑された。

ブレヒトが愛した女優カロラ・ネーアーは夫の詩人クラブントが亡くなった後、亡命先のチェコでドイツ系ルーマニア人技師と再婚し、ソ連へ移住した。三六年秋、夫妻はスパイ容疑で逮捕され、強制収容所で十年の労働を宣告された挙句、三七年に夫が、四二年に妻が相次いで銃殺された。

三六年十一月にはエルンスト・オットヴァルト夫妻も逮捕され、スパイ・扇動の罪で五年間のシベリアの強制収容所送りとなり、夫は四三年八月にラーゲリで亡くなった。妻はナチス・ドイツへ送還され、辛くも戦後まで生き延びた。戦後、ニュルンベルク裁判において、ソ連はナチス告発の論拠としてオットヴァルトの『目覚めよドイツ、ナチズムの歴史』を挙げた(10)。

ソ連に亡命したヨハネス・ベッヒャーは三五年にパリで開催された「文化擁護のための第一回国際作家大会」で報告し、次のように述べた。

「それは真実のどんな歪曲も最も敏感に告発する文学である。(…)階級闘争の現実は文学にきわめて多様な形式の発展を要請する。文学の発展を一つの図式にはめこもうというのは、馬鹿げていよう。(…)真実には人間の尊厳と自由が不可欠である。(…)

抑圧をめぐるすべての秘密を突き止めること、人間による人間の抑圧についての理論をあらゆる細部、あらゆる逃げ口上の内部にまで踏み込むこと。結局、大いなる災いを引き起こすのは、眼に見えぬように巧妙に隠蔽された抑圧の諸形態にほかならない(11)。」

同会議ではエルンスト・ブロッホが、(社会主義リアリズムという)単純なリアリズム以外を認めようとしないソ連文化政策の狭量さを揶揄している。またマグドレーヌ・パズは、フランス人作家ヴィクトール・セルジュがソ連で逮捕され欠席裁判で流刑に処せられた経緯を伝え、救援を呼びかけている。それは「巧妙に隠蔽された抑圧の諸形態」の一つとして、ベッヒャーにとっても看過できない問題だったはずである。

しかし、三七年夏にトロツキストに対する粛清裁判で死刑判決が告示された際、作家会館でベッヒャーは人々の前で歓呼して、「同志スターリンに感謝する」と述べた。[12] 彼が自分の作家としての信念を政治的イデオロギーに従属させていった過程を考察することは、過去の克服のためにも必要である。

一九四一年六月、ドイツ軍がソ連に侵攻し、独ソ戦が始まると、ソ連国内にいたドイツ人やオーストリア人はタシュケントや中央アジアのカザフスタンなどへ強制疎開させられた。世紀転換期に花開いた華麗なユーゲント・シュティール芸術運動を代表する画家ハインリヒ・フォーゲラーは三一年にソ連に移住し、複合画等に取り組んだが、独ソ戦開始後の四一年九月にモスクワからカザフスタンへ強制移住させられ、翌年六月、そこで飢えと病の放置により衰弱死した。粛清されたドイツ人亡命作家の運命はソ連における粛清全体と関連付けて捉える必要がある。

中国・日本への亡命

中国は一九二七年以降、内戦状態にあり、満州には三二年に日本の手で満州国が建国された。三七年には日本軍が中国に侵攻し、内戦は一時中止され、国共合作による抗日民族統一戦線ができた。第二次大戦が始まり、四〇年六月にイタリアが参戦すると、イタリア、地中海ルートが閉鎖され、自由に航海できなくなった。そして四一年六月に独ソ戦が始まると、シベリア・ルートが閉ざされ、亡命ユダヤ人は極東に向かった。

中国は第二次大戦の開始と共に入国を制限し、入国許可証と入国費用の支払いを課した。それでも大戦中、中国には一万八、〇〇〇～二万人のドイツ人が入国した。彼らの大半がユダヤ系で、大半が上海に滞在した。内戦下で食料にも事欠き、仕事もなかった。それでも人々は学校やレストラン、ホテルや診療所、薬局を開き、新聞や雑誌を発行した。小さな図書室や、読書会、音楽サークルもできた。十五歳以下の子供が約一、〇〇〇人いて、そのうち六〇〇人の子供が学校に通った。芸術家組合や音楽家組合も結成された。

当時、上海は中国、フランス租界、多国籍地区の三つに区分されていた。三七年、日本軍が上海の中国地区を占拠した。さらに四一年十二月に太平洋戦争が始まるとすぐに多国籍地区が日本軍に占拠され、英米人が逮捕され、ドイツ人の店や事業所も閉鎖された。アメリカのユダヤ人救援委員会も支援できなくなり、ドイツ人の経済活動が途絶えた。四三年には日本軍が上海全市を占拠した。そして同年二月、上海市内虹口《ホンキュー》地区に外国人居住指定地区という一種のゲットーを作り、主にユダヤ人難民を押し込めた。

哲学者カール・レーヴィットは九鬼周蔵の仲介で三六年に旧制二高(東北大学)に招聘された。その際、東京のドイツ公使館とドイツ文化研究所は彼の招聘を人種上の理由から阻止しようとした。彼は東北大学で哲学を講じ、日米開戦の半年前に渡米する。彼は四〇年に仙台で「一九三三年以前及び以後のドイツにおける私の生活」という覚書を書いた。

ゲオルゲ派の一員でもあった国民経済学者クルト・ジンガーも三一年に東京帝国大学の外国人講師となり、三六年から三九年にかけて旧制二高でレーヴィットの同僚だった。彼はユダヤ系で、日本論『鏡と剣と宝玉』を書き、三九年にオーストラリアへ移住し、戦後ヨーロッパへ戻った。彼の妹は強制収容所で亡くなっていた。彼はドイツに住むことを避け、ギリシャで亡くなった。

トーマス・マンの義弟にあたる指揮者クラウス・プリングスハイムは三一年に来日し、三七年まで東京音楽学校で教えた。彼は戦争末期に一時期東京の教会に収監された。戦後四七年に渡米したが、五一年には再来日し、武蔵野音楽大学教授となり、七二年に日本で亡くなった。彼の仲介により指揮者マンフレート・グルリットやヨーゼフ・ローゼンシュトック、ピアニストのレオニート・クロイツァーも日本に亡命した。グルリットは四二年に東京の歌舞伎座でヴァーグナーの「ローエングリーン」を指揮し、四七年には「タンホイザー」の日本初演で指揮をした。大戦末期、彼らは他の外国人と共に軽井沢に強制疎開させられた。

〈四〉 子供の亡命

両親と生き別れた子供たち

ドイツ・ユダヤ人帝国代表部は一九三三年以来、ユダヤ人の子供の出国を組織的に行った。ユダヤ人組織「青年アリアー」は三八年末までに四、八〇〇人の子供をパレスチナに移住させた。三八年十一月の「水晶の夜」以後、各国政府もユダヤ人迫害に対する緊急対策の必要性を認め、イギリスは約一万人、オランダは一、八五〇人、ベルギーは八〇〇人、フランスは七〇〇人、アメリカは五〇〇人、スウェーデンは三五〇人の子供を受け入れ、スイスは三〇〇人の孤児を受け入れた。かくして大戦勃発までに計一万八、〇〇〇人余のドイツ系ユダヤ人の子供が出国した。一九三三〜三九年の間に十六歳以下のドイツ及びオーストリア系ユダヤ人の子供合わせて三万人以上が出国した。しかし対象となる子供は六万人以上いたので、助かった子供は半数に満たない(13)。

パレスチナのユダヤ人は一万人の子供受入れを申し出たが、イギリス政府は中東のアラブ人に対する配慮から申し出の受諾を拒んだ。イギリス内務省は受入れに際して、父親が強制収容所に入れられた子や孤児、生命が危険な子を優先したが、いずれにせよ健康な子供のみを入国させた。

イギリス入国のために子供一人につき保証金五〇ポンドが必要とされた。同国に入国した子供のうち約六、〇〇〇人が里親となる一般家庭に引き取られた。里親は十八歳まで生活の面倒を見た。大戦勃発後、十六歳以上の子供一、〇〇〇人が敵性外国人として大人と同じくマン島などに抑留された。一方、十八歳以上の子供のうち一、〇〇〇人以上が義勇軍に志願し、戦死者も出た(14)。

フランスが受け入れた子供は国内一一ヵ所の施設で生活したが、四〇年六月のフランス降伏後、南部の非占領地域に逃れた。一方、パレスチナは大戦前のドイツそして大戦中のドイツ占領国から約一万二、〇〇〇人の子供を受け入れた。

子供たちは両親と別れて出国し、大半が両親と再会することはなかった。出国後、子供たちは両親との離別、母国に残った家族が消息不明となった絶望感、自分一人助かったことの負い目、故郷の生活環境から切り離され異国へ連れて来られた不安などに苦しんだ。初期に出国した子供の多くは十四歳以上の男子で、なかなか引き取り手が見つからずキャンプ施設等に収容された。子供はほとんどドイツ語以外は話せず、引き取り手があっても、里親となった家庭への適応は言葉の障害もありスムーズにはいかなかった。子供の多くはユダヤ人である一方、里親の大半はキリスト教徒であるため、食事や礼拝習慣等の問題も生じた。

子供の大半は第三帝国下のドイツで父親が失職するなど迫害を受け、精神的な傷を負っていた。強制収容所体験のある子供や、ドイツ占領下のオランダに潜伏した体験を持つ子供はトラウマを抱えていた。多くの幼児の場合、突然母親と引き離されたため、ノイローゼ、摂食障害、情緒不安定になった。子供には一人ぼっちにされた理由が分からず、両親に捨てられたと感じたり、両親との離別を罰として受け止めた。青年の場合は鬱病になった。子供にとって亡命は両親との永遠の離別、「子供時代の終わり、早過ぎる大人化、故郷喪失」(インゲ・ハンセン)をもたらした。[15]

子供の亡命体験を描いた作品

フレッド・ウルマンの小説『友情』(一九七一)は、ヴァイマル共和国末期のギムナジウムを舞台にユダヤ系ドイツ人少年の目を通して、ナチスの台頭に伴い変化するドイツ社会を描き出している。主人公ハンスが親交を結んだコンラディンは名門貴族の家柄で、ユダヤ人に対する差別意識を持たなかった。しかしコンラディンの母親はユダヤ人を嫌悪し、コンラディンは物質主義と共産主義に対抗するためにヒトラーを支持する。二人の友情と少年時代は終わりを告げる。ドイツ社会に拡がるユダヤ人迫害を案じたハンスの両親は彼をアメリカの親戚の許へ送り出す。

ハンスは出国する直前にコンラディンから手紙を受け取った。その中でコンラディンはヒトラーを通じて「新しいドイツ」と道徳的主導権を再び獲得できると信じ、善良なユダヤ人を迫害することはないと書き記した。しかしヒトラーに寄せた期待と理想は裏切られ、コンラディンはヒトラー暗殺計画に身を投じて処刑される。

一方、ハンスはドイツに留まった両親が迫害され、ガス自殺したことを知り、ドイツを嫌悪し続けた。三十年後、ギムナジウムの同窓生名簿には、親友コンラディンが処刑されたと記されていた。ハンスは四半世紀を経てかつての親友の最後の行動を知る。亡命によって祖国及び少年時代と訣別した者が、過去の記憶を想起しただけでなく、過去の真実を発見する。(16)

作者ウルマンは一九〇一年に南ドイツでユダヤ系ドイツ人の家庭に生まれ、弁護士となったが三三年にフランスへ亡命し、スペインを経て渡英し、画家となった。彼の両親と妹は強制収容所で死んだ。作品は自伝的要素を含み、主人公の年齢設定は作者より一回り若く、出国先もアメリカに設定されている。祖国に残った両親が亡くなった経緯は渡英した一万人のユダヤ系ドイツ人の子供の多くに共通する。

ヴィンフリート・ゲオルク・ゼーバルトの『アウステルリッツ』の主人公アウステルリッツは五歳になる前に両親と別れ一人イギリスに送られ、養親に育てられた。両親の名前さえ忘却し、幼い日の記憶を無意識に抑圧したまま成長し、誰とも心の通わぬまま五十歳を過ぎた彼は、幾つかのきっかけから記憶を呼び醒まし、プラハでユダヤ人の両親の下に生まれたことを突き止める。彼は両親の生の痕跡を求めてヨーロッパ各地を彷徨い、強制収容所の跡地に佇む。自己の出自を求め、個人の記憶を遡行することが、二十世紀の忌まわしき歴史の記憶の確認と重なる。

スペイン出身の作家ミシェル・カスティーヨ(一九三三〜)の自伝的小説『タンギー』(一九五七)の主人公はスペイン内戦を避け南フランスに亡命後、幼くして母親とはぐれ、ユダヤ人と間違われてアウシュヴィッツへ移送され、死線をさまよった末、スペインへ戻る。しかしバルセロナの孤児院でも虐待され、施設を脱走し、フランスへ出国する。作品には幼児期に体験した強制収容所と孤児院での過酷な体験と逃走の体験が少年の目から生々しく記述されている。[17] いずれの場合も、両親との離別や亡命は突然、外部から不条理な運命として子供に襲いかかる。

亡命の機会を逃した者や亡命途上で捕まった者は強制収容所に送られた。強制収容所に入れられた子供は、自己の世界観が確立する以前に世界の原体験としてショアー(ホロコースト)を体験し、悲惨な体験を言語化することも出来ずに肉体的苦痛と精神的トラウマを抱え込む。

強制収容所送りを逃れた子供もナチス政権下及び亡命先の国における差別や迫害、逃走、肉親との離別、潜伏、飢餓、貧困などによって生涯癒されることのない傷を受けた。亡命は破綻した世界、収容所と化した世界をさまようもうひとつのホロコースト体験といえよう。

〈五〉戦後

西ドイツ地区への帰還

亡命者は財産、職業、国籍など生存に必要なあらゆる要素を失い、言葉の通じない異国での生活と収容所生活を強いられた。ドイツ軍の侵攻と再亡命、家族との死別など様々な辛酸に耐えながらも終戦まで生存した人々は幸運と言える。

十二年に及ぶナチス政権が崩壊した時、亡命者は直ちに帰国したわけではない。西側各国政府はすぐには帰国を認めなかった。連合軍の統治政策に従わない者の帰国は容易に許可されなかった。アメリカは自国の占領政策に役立つ者やドイツ側の要請があった者、自分の仕事口があり復興に役立つ者に優先的に帰国を認めた。軍政局に帰国を申請する際、ドイツ国内に予め住居を確保している必要があった。しかし本国は焦土と化し、多くの人が家を失っていた。

一九四六年四月に英国にいる一、二〇〇人のドイツ人亡命者が帰国を申請したが、輸送船のメドも立たず、ビザの交付まで半年かかった。帰国条件が緩和されたのは同年秋以降である。トルコに亡命し戦後ベルリン市長となるエルンスト・ロイターも申請から半年余り後の同年十月に帰国した。

焦土と化し荒廃した祖国で再びゼロから生活を築く見通しは容易には立たなかった。異国に帰化し、十年以上暮らし、新たに根付いた生活を捨てることは困難な決断だった。子供も異国で成長し、壮年だった者も初老を迎えた。大西洋を渡った時点で祖国に見切りをつけ、米国などに留まる者も多かった。

ユダヤ人の場合、アウシュヴィッツでの虐殺の全貌が明らかになり、自分たちを迫害し、家族や親戚を強制収容所へ送ったドイツ人への不信から異国に留まる者が多かった。ハンブルクなど北ドイツではユダヤ人亡命者のうち帰国した者は一割程に過ぎない。南ドイツでは割合はもっと少ない。

西ドイツ側の要請により帰国が促進されたのは四六年夏以降である。全ドイツ閣僚会議は四七年に亡命者への帰国要請を公式に表明した。『画家マティス』などで知られる音楽家パウル・ヒンデミットにはベルリン音楽大学から、指揮者フリッツ・ブッシュにはベルリンやウィーンフィルから就任要請があった。オーストリアでは政府レベルの公式の帰国要請はなかった。

西側各国への政治亡命者のうち約六、〇〇〇人の亡命政治家や労働組合員が帰国した。四八年までには多くの政治亡命者が帰国した。ナチス政権が剝奪した市民権が再び与えられた。五〇年代には社会民主党員の半数が元亡命者で占められた。そしてユダヤ系のルドルフ・カッツがドイツ憲法裁判所初代長官となった。ジャーナリズムの分野でも多くの亡命者が復職した。

学者や研究者で戦後帰国した者は一割にすぎない。祖国の街は廃墟と化し、研究施設も破壊され、亡命科学者の大半は莫大な研究費と環境に恵まれた米国などに留まった。作家や芸術家の場合、帰国はかなり遅れ、五〇年代に入ってから帰国した者も多い。

亡命作家にはA・デーブリーンやクラウス・マンのように進駐軍の一員として帰国した者もいる。彼らは通訳として戦犯の聴取に立ち会い、翻訳の仕事をした。デーブリーンは帰国直後、昔と変わらぬ通りと人々の姿を見ながらも、それらすべてにナチス政権時代の陰鬱な痛みと逃走の影を見出した。十二年間の切断は個人と社会双方を変え、個人と祖国の関係を変えた。

他方、ドイツ国民は終戦を〈ファシズムからの解放〉ではなく敗戦と受け止めた。彼らにとって連合軍の振舞いは横暴で、連合軍の制服を着た亡命者の姿はナチス政権による「民族の裏切り者」という非難を裏書きした。

ドイツでは亡命者の帰国に反対する者はなかった。しかし亡命者と国内に留まった人々は互いに相手の置かれた状況や体験した苦難を理解できず、相互不信の壁が生まれた。亡命者は異国での社会的政治的体験を祖国の復興に役立てたいと願ったが、彼らの意思が祖国の人々に尊重されることはなかった。ヨーロッパには戻ったが、ドイツでなく周辺国へ移住した者もいる。彼らは時おり講演や客演に訪れる形で祖国と関係を結んだ。母国へ再定住しない以上、亡命生活が完全に終わりを告げたとはいえない。

トーマス・マンの発言をめぐり

トーマス・マンは終戦後の一九四五年十一月にアメリカからドイツに向けたラジオ演説で、各国占領軍に分割統治されているドイツへ当面帰国する意志のないことを表明した。そしてドイツ民族が行った犯罪に言及し、ナチス政権から自力で解放を成し遂げなかったドイツへの失望を語り、亡命がもはや待機状態ではなく民族性の解消と世界統一を示唆すると述べた。さらに「私はドイツの遺産を携えている」のであり、「私は自分の世界的ドイツ性とドイツ文化の前哨としての立場を維持する」と述べた。(18)彼の発言は祖国に残ったドイツ人の反発を招いた。

ナチス政権下のドイツにいた作家ヴァルター・フォン・モーロは四五年八月に公式書簡の形でマンに対する帰国を要請した。他方で、日露戦争を扱った『対馬』(一九三六)で知られる作家フランク・ティースは同年八月十八日の『ミュンヘン新聞』に「国内亡命」と題する一文を掲載し、ドイツの作家は国内に留まる義務があった、国内亡命者が拠り所とした内面領域の世界はヒトラーがいかに励んでも征服し得なかった、と述べたうえで、「亡命者は外国という仕切り席や平土間席から、ドイツの悲劇を気楽に傍観していた。祖国に残った者は筆舌に尽くし難い苦しみと恐怖の地獄を体験した」と記し、トーマス・マンら亡命者に対する反発を露にした。[19]

国内亡命を正当化し、国外亡命者を責めるティースに対して、亡命した劇評家アルフレート・ポルガーは次のように批判した。

「反ナチ(少なくとも非ナチ)であえて出国しなかった人々には、亡命の冒険に耐えられないと感じた者やナチスが短命に終わると信じた者、故郷以外では生きてゆけない人々などがいる。誰も彼らを非難しない。しかし彼らの中には亡命者を非難する人々がいる。ナチス政権に抵抗した人々の多くは労働者であってインテリではない。殉教者になる能力がないと人を非難できる者は自らそれを実践しうる者だけである。[20]」

また、アメリカへ亡命したO・M・グラーフはある手紙の中で、トーマス・マンの国内亡命派に対する批判の正しさを認めながらも、ナチス政権下にドイツ文化の担い手がいなかったと考えることは誤りであると見なした(フベルトゥス・レーヴェンシュタイン宛、四六年初め)。グラーフはアメリカに帰化する一方で戦後、個人的に寄付を集め、ドイツ国内の反ナチス抵抗者や強制収容所からの生還者に救援物資を送った。

トーマス・マンは一九四九年にゲーテ生誕二百周年の記念式典に招かれ、戦後初めて東西両ドイツを訪れたが、結局ドイツには再定住せず、五二年にスイスに居を構えた。

アメリカへ亡命したオーストリア人作家、ジャーナリスト約一二〇人のうち帰国した者は二〇人程にすぎない。エリアス・カネッティやジャン・アメリーも祖国に再定住しなかった。

画家ゲオルゲ・グロッスは三二年にアメリカへ亡命し、五九年に帰国した数週間後に他界した。文字通り祖国に骨を埋めるための帰還となった。

女性詩人ネリー・ザックス(一八九一〜一九七〇)は四〇年に亡命したが、身内の多くや許婚者が強制収容所で亡くなった。彼女は亡命先のスウェーデンに終生留まり、六六年にノーベル文学賞を受賞した。受賞した年に書かれた書簡の中で彼女は、「私を死の淵へ、闇へ導いた怖るべき体験は私の教師だったのです。もし書いていなければ、私は生き延びていなかったでしょう。死は私の教師でした」と記している(21)。

彼女は強制収容所で両親を失った同じくユダヤ系の詩人パウル・ツェラン(一九二〇〜一九七〇)と親交を結んだ。二人は戦後なお燻る反ユダヤ主義的言動に脅え、重度の精神的危機に陥り、精神病院への入退院を繰り返した。

亡命者と強制収容所体験者は互いの体験を理解し合えた(22)。二人の住む「パリとストックホルムの間には苦痛と慰めの子午線が懸けわたされ」た(ネリー)。

ユダヤの神に対する信仰は彼女の果てしない哀しみに一定の癒しを与えている。他方、ツェランは信仰に慰めを見出せず、後年自殺した。両者の詩には強制収容所における肉親や愛する者の死が拭い難い傷痕として刻印されている。

東西分裂、冷戦の始まり

戦後ドイツの政治風土を決定づけたものは冷戦に伴う一九四八年六月のベルリン封鎖と翌年の東西分裂である。帰還者は東西いずれの国民となるかによってその後の生涯が大きく異なった。西ドイツはアデナウアー政権下で急速な経済復興が進む一方で、反共を掲げて保守化し、ナチズムの克服という課題は等閑にされた。全体主義批判という点においてのみ亡命者と非亡命者の認識が一致した。

ヴィリー・ブラントは三三年にノルウェーへ亡命し、四〇年にドイツ軍が同国に侵攻するとスウェーデンに逃れ、終戦後帰国して西ベルリン市長となり、社民党党首を経て六九年に首相となり、東欧との関係改善を図り、七一年にノーベル平和賞を受賞した。しかしブラントに対する保守陣営の風当たりは強かった。

『皇帝の苦力』(一九二九)や『皇帝は去ったが、将軍達は残った』(一九三二)、そして『スターリングラード』(一九四五)、『モスクワ』(一九五二)、『ベルリン』(一九五四)の戦争三部作で知られるテオドール・プリーヴィエ(一八九二〜一九五五)はソ連に亡命したが共産党から離反し、四七年に西ドイツ地域に移ったが周囲となじまず、五二年にスイスへ移住し、当地で他界した。

亡命文学は東西双方において一般に受け入れられたとは言えない。西ドイツではアメリカから帰国したアドルノやホルクハイマーらフランクフルト学派の思想家の活躍が目覚ましく、批評家ベンヤミンの全集が刊行されたが、他の亡命作家はほとんど評価されず、せいぜい実存主義やモダニズムの観点から評価されたに留まる。

アドルノは戦後、「アウシュヴィッツの後で詩を書くことは野蛮である」(一九四九年、後に『プリズム』

収録）と記し、大きな反響を招いた。後年、彼は『否定弁証法』（一九六六）の中で、「拷問される人々に叫ぶ権利があるのと同等に、絶えざる苦悩は表現される権利がある。それゆえ〈アウシュヴィッツの後で詩は書かれない〉というのは誤りかもしれない」と修正している。[23]

冷戦の一方で西ドイツでは奇跡的な経済復興が起こり、戦後の終焉が叫ばれ、ナチス時代は歴史化していった。六〇年代末の学生運動とともに父親の世代に対する反抗が起き、ナチス時代が改めて検討され、「もうひとつのドイツ」としての亡命者の見直しが進んだ。

東ドイツへの帰還

一方、ソ連占領地域には早くも敗戦の翌月にソ連から共産党系亡命者が帰国し、政治や文化の各方面の組織化に影響力を行使した。しかしソ連ではスターリンの粛清がドイツ人亡命者にも及び、共産党指導部に忠実な者が生き残り、帰国も優先された。大戦中の一九四四年には戦後のドイツに送り込むリストが作成された。そして終戦後直ちにベルリン、ザクセン、メクレンブルクの三地域に共産党指導者が先遣隊として送りこまれた。西側にいる共産党組織に対しても帰国者リストの作成が求められた。社民党員やユダヤ人は必要に限って受入れが認められた。西側の亡命者のように個人の意思で帰国を決めることはできなかった。

ソ連占領地域ではソ連軍政部の圧力の下で社会民主党と共産党が合同してドイツ社会主義統一党（SED）に統一され、ソ連帰りのW・ピークを大統領、W・ウルブリヒトを書記長とする事実上の一党独裁体制が成立した。亡命者はファシズムの犠牲者として優遇され、ベルリンでは税が減免され、住居が与えられ、特別に食料が支給された。ユダヤ人もファシズムの犠牲者と見なされたが優遇はされなかった。

東ドイツではソ連のイデオロギー支配下にあって、第二次大戦をドイツの敗戦ではなく、共産党主導によるファシズムに対する勝利と見なした。ドイツ民主共和国憲法(一九六八年)の前文にも「ファシズムからの解放に依拠する」と明記された。その反面、ドイツ人の戦争責任は免罪化された。スターリンの粛清によって東欧圏の社会主義は形骸化し、東ドイツでも反ファシズムはスローガンとしてのみ機能した。

「反ファシズム的創設神話は四十五年以上にわたって儀式的に繰り返された閉鎖的な、他を排除する解釈と評価のシステムであった。(…)反ファシズムは東ドイツ国家の資格証明恩典としてあり、忠誠心の踏絵としてある。」(W・エメリヒ)[24]

反ファシズムに異論を唱える者は、政権政党であるドイツ社会主義統一党に異議を唱える者であるという踏絵的構図が生まれ、他の選択肢を許さなかった。

冷戦の始まりとともに、東ドイツでは四九年秋以降、西側から帰国した亡命者が再審査され、約三〇〇人が粛清の対象となった。翌年にはフランスやスイスへの亡命者が犯罪者と見なされ、後にはメキシコからの帰国者も同様の扱いを受けた。五〇年までにキリスト教民主同盟の指導者五〇〇人以上が逮捕され、その多くが獄中で亡くなった。五〇年までに市民二〇〇万人が西ドイツへ出国した。

ハインリヒ・マンにはテューリンゲンの民主文化協会からも帰国要請と住居の提供申し出があったが、東ドイツの芸術アカデミー総裁就任要請を受け入れた。しかし帰国直前の五〇年三月に他界した。パレスチナから帰国したアルノルト・ツヴァイクがアカデミー初代総裁となった。ソ連から帰国したJ・ベッヒャーは五二年に芸術アカデミーの二代目総裁、五四年には文化相となり政治的に振舞った。ヴィリ・ブレーデル、エーリヒ・ヴァイネルトらは亡命後スペイン内戦に参加し、ソ連で終戦を迎え、東ドイツへ帰還した。ルートヴィヒ・レンはスペイン内戦参加後にメキシコに亡命し、東ドイツへ帰還した。

ルドルフ・レオンハルトは第一次大戦に志願したが反戦平和主義者に転進し、ドイツ革命に参加し、二七年にパリに移住した。三三年以後ドイツ作家防衛同盟の議長となり、「ドイツ自由図書館」創設やドイツ人民戦線の提唱に参加し、開戦で南フランスの収容所に二年間抑留されたが逃走し、戦後東ドイツへ帰還した。

東ドイツでは亡命文学がいち早く出版されたが、社会主義文学の観点から評価がなされ、西ドイツに帰還した作家や非社会主義的亡命作家は評価の対象とならなかった。東ドイツに帰還したA・ゼーガースやF・ヴォルフらの作品は同国の教科書にも掲載されたが、西ドイツではメキシコに亡命したゼーガースは例外として、ソ連亡命作家は評価の対象とならなかった。

ブレヒトは四七年十月に非米活動委員会に召喚され、共産党との関係に関して尋問を受けた翌日に、スイスへ出国した。西ドイツ地区の入国が認められなかったため、資産をスイスの銀行に預けた上で、オーストリア、チェコを経てソ連管理下の東ベルリン地区へ戻った。ブレヒトは東西両ドイツで評価された数少ない亡命劇作家である。

アルフレート・カントロヴィッツ(一八九九〜一九七九)はベルリンの富裕なユダヤ人家庭に生まれ、第一次大戦に志願し、戦後雑誌編集者として活動し、共産党に入党した。ナチス政権成立後パリに亡命し、「ドイツ自由図書館」の設立やドイツ人民戦線結成に尽力し、スペイン内戦に参加した。第二次大戦勃発後フランスに抑留されたが、アメリカへ亡命し、戦後東ベルリンへ帰還した。四七年に雑誌『東と西』の編集者となったが当局と対立し、四九年に雑誌の廃刊に追い込まれ、フンボルト大学教授を辞し、五七年に西ドイツへ出国した。しかし西ドイツでは東ドイツ政権の加担者と見なされた。彼はナチス・ドイツから追放されただけでなく、戦後の東西両ドイツにも居場所を見出せなかった(25)。

ユダヤ系の批評家ハンス・マイヤーも三三年にストラスブールを経てスイスに亡命し、フランスを経て渡米した。四五年に帰国し、四八年にライプチヒ大学に招かれたが、五六年以降の東ドイツ国内の言論弾圧の対象となった。六一年にベルリンの壁が築かれ、弾圧が強化されるに及び、翌年、講演先の西ドイツに留まり、事実上の亡命となった(26)。

ソ連邦の解体と東ドイツ政権の崩壊により、ナチス政権時代や亡命者の足跡に関する新たな資料が発掘、公開され、イデオロギーに偏らない亡命文学研究が可能となった。

こうして大まかに亡命者のあり方を一瞥しただけでも、その不安定な境遇や政治状況の変化、受入れ国の対応により様々な事態が発生し、彼らが翻弄された様子が窺える。ナチス政権の迫害を逃れた亡命者という異分子《ジョーカー》をどう受け入れ、あるいは受け入れなかったかを通して、その国の政治や国民の意識、文化の実態が見えてくる。

史実に関しては精確を期したが、資料によって難民数等に幅がある。当時、各国の受入れ体制は確立していなかった。ドイツ軍が侵攻した国では政府組織も機能せず、実態はつかみにくい。多くの国で難民は市民登録されず、難民数は概数である。イギリスには一九三九年まで難民数に関する公式統計がない。人数が細かく記されているものは乗船名簿等が残されている場合や、アメリカのように海外からの移民管理体制が整っている場合に限られる。ヨーロッパ大陸では各国政府の受入れ規制やドイツ軍の侵攻に伴い、難民は一国に定住できず複数の国を移動した。同一人物がチェコ、スイス、フランス、イギリス、アメリカと移動する事例もある。各国政府の監視を逃れて入国し潜伏した人々の数は表には出ない。

(1) Henning Müller (Hrsg.): Exil-Asyl. Gerlingen 1994, S. 72.

(2) Claus D. Krohn, Patrik v. Mühlen, G. Paul, L. Winckler (Hrsg.): Handbuch der deutschsprachigen Emigration 1933–1945. Darmstadt 1998, S. 6f.

(3) Ebd., S. 8f. 大澤武男『ヒトラーとドイツ』講談社、一九九五年、一六三頁。

(4) C. D. Krohn, P. v. Mühlen, G. Paul, L. Winckler: Ebd., S. 21.

(5) C. D. Krohn, P. v. Mühlen, G. Paul, L. Winckler: Ebd., S. 323f. なお、P・グリューニンガーに関しては、福原直樹『黒いスイス』第三章、新潮社、二〇〇四年参照。

(6) C. D. Krohn, P. v. Mühlen, G. Paul, L. Winckler: Ebd., S. 50; W. Emmerich u. S. heil (Hrsg.): Lyrik des Exils. Stuttgart 1985, S. 36.

(7) Erika u. Klaus Mann: Escape to Life. Reinbek bei Hamburg 1996. S. 197f.

(8) W. Emmerich, S. Heil (hg): Lyrik des Exils. Stuttgart 1985. S. 36; Claus D. Krohn, Patrik v. Mühlen, G. Paul, L. Winckler: Ebd., S. 55. なお、H・グロプケとアデナウアー政権に関しては、永井清彦『ヴァイツ

ゼッカー演説の精神』岩波書店、一九九一年、四七頁以下参照。

（9） ローラ・フェルミ『二十世紀の民族移動』2（掛川トミ子・野水瑞穂訳）みすず書房、一九七二年、四四頁以下。

（10） Jürgen Serke: Die Verbrannten Dichter.『焚かれた詩人たち』（浅野洋訳）アルファベータ、一九九九年、三五八頁以下。及び、野村修『ブレヒトの世界』収録の「消された一作家について」御茶の水書房、一九八八年。高村宏『ドイツ反戦・反ファシズム小説研究』一八三頁以下。ソ連におけるドイツ人亡命作家の動向に関しては、Reinhard Müller (Hg.): Die Säuberung. Moskau 1936. Rowohlt 1991. 及び David Pike: Deutsche Schriftsteller im sowjetischen Exil 1933–1945. Frankfurt am Main 1981.

（11） A・ジッド、A・マルロー他『文化の擁護—一九三五年パリ国際作家大会』（相磯佳正・五十嵐敏夫・石黒英男・高橋治男編訳）法政大学出版局、一九九七年、二六四頁。

（12） L. Marcuse: Mein 20. Jahrhundert.『わが二十世紀』（西義之訳）ダイヤモンド社、一九七五年、二三三頁。

（13） C. D. Krohn, P. v. Mühlen, G. Paul, L. Winckler: Ebd., S. 82f.

（14） 木畑和子『キンダートランスポート』成文堂、一九九二年、三一頁以下。及び、マーク・J・ハリス監督『ホロコースト　救出された子供たち』ワーナー、二〇〇二年参照。

（15） C. D. Krohn, P. v. Mühlen, G. Paul, L. Winckler: Ebd., S. 88.

（16） Fled Uhlman: REUNION. 1971.『友情』（清水徹、美智子訳）集英社、二〇〇二年。

（17） W. G. Sebald: AUSTERLITZ. 2001.『アウステルリッツ』（鈴木仁子訳）白水社、二〇〇三年。及び M. Castillo: Tanguy. 1957.『タンギー』（平岡敦訳）徳間書店、一九九八年。

（18） Thomas Mann: Deutsche Hörer! Frankfurt am Main 1987, S. 152f.

（19） H. A. Walter, G. Ochs (Hrsg.): Deutsche Literatur im Exil 1933–1945. Gütersloh 1985, S. 272. 及び山口知三『廃墟をさまよう人々』第一章参照。

(20) H. A. Walter, G. Ochs: Ebd., S. 273.
(21) W. Emmerich u. S. heil (Hrsg.): Ebd., S. 59f.
(22) Paul Celan/Nelly Sachs: Briefwechsel. Frankfurt am Main 1933. 『パウル・ツェラン/ネリー・ザックス「往復書簡」』(飯吉光夫訳) 青磁ビブロス、一九九六年、四〇頁。
(23) Th. Adorno: Negative Dialektik. Frankfurt am Main 1966, S. 353.
(24) Wolfgang Emmerich: Kleine Literaturgeschichite der DDR. Gustav Kiepenheuer 1996. 邦訳『東ドイツ文学小史』(津村正樹監訳) 鳥影社、一九九九年、四三頁。
(25) 山口知三、前掲書、第五、七章参照。なお、第三帝国時代に亡命者が置かれた状況を出国先別に考察したものとして、島谷謙『第三帝国主義時代の亡命者をめぐる社会的考察——史実編』(一)、広島大学総合科学部『人間文化研究』一一号、二〇〇三年。(二)、同誌一二号掲載予定。
(26) Hans Mayer: Außenseiter, Frankfurt am Main, 1981. 『アウトサイダー』(宇京早苗訳) 講談社、一九九七年、七七五頁以下参照。

あとがき

本書では二十世紀において最も過酷な時代に生きた作家たちの生の軌跡と作品世界をとらえ考察した。ファシズムが支配した時代は、輝かしい近代文明が開花したヨーロッパ社会が、魔女裁判が猛威を振るった中世の暗黒時代に後戻りした感がある。ユダヤ系ドイツ人としてフランスへ亡命し、戦後ドイツの代表的批評家となったハンス・マイヤーもナチス政権時代に「魔女裁判と異端審問が復活し、野蛮への意識的退行」が生じたと記す（「ドイツ文学と薪の山」）。

祖国を追われた人々の運命に寄り添い、彼らの苦悩や喪失感、嘆きを読み取る作業はつらい。しかし亡命者が失ったもの、愛惜したものを確かめることのうちに、人間にとってかけがえのないもの、最も価値あるものが逆説的に浮かび上がる。

亡命作家は時代の与えた試練と自らの運命に耐えながら文章を書き続けた。転々と逃げながら同時代人に読まれるあてのない状況下でひたすら書き続けた。収容所にあって、或いは亡命の途上にあって、個々の体験がどれほど孤独で実存的であっても、ひとたび言葉として表現されるならば、それは共有され普遍化される。そうした願いを込めて、彼らは苦難や思いを言葉に刻み込んだ。

過酷な時代を生き抜こうとする意志が作品を書く意志と一体化している点に、この時代の作家たちの真骨頂がある。受難と情熱の二重のパッションが彼らを突き動かした。彼らは紙に向かう時だけ自由だった。彼らの作品は、暗澹とした時代における精神の自己確認であり、生の証しである。二十世紀は言葉が最も疎んぜられた時代であるとともに、言葉が人間にとって唯一の拠り所となった時代でもある。

劇作家は時代空間を舞台化しながら、生き延びる道を模索した。いずれの時代にあっても人は社会の諸条件に規定される以上、各作品にはそうした条件が前景化するか背景化するかという違いがあるにすぎない。

作品の主人公は幾つもの岐路に直面する。観客も否応なく状況判断を迫られる。作品に描かれた限界状況において、赤裸々な人間性が示される。それは人間が直面する運命と状況に対する洞察をもたらす。それゆえ異化効果とは関わりなくとも、実に多くのことを考えさせてくれる。ブレヒト演劇を再考する上でも、新たな視点を得ることができよう。

「暗い時代」(H・アーレント)にあって、作品に描き出された人間像は陰影深く、悲劇的である。作者同様、作品の主人公は生存と同義である自由を求めて苦闘する。絶望的状況にあって主人公たちは一際《ひときわ》繊細であり、そこに魂の叫びが生まれる。彼らの多くは必死に生き延びようともがいた末に悲劇的な死に至る。その姿は人の心を強く打つ。

逆境の中で創造性を発揮する作家の生き様に触れることは貴重な体験となる。困難な時代を生き抜いた作家の作品を考察することで、自分たちの直面する問題や悩みも相対化、歴史化され、打開に向けた糸口が発見できよう。

前著『ナチスと最初に闘った劇作家』でヴァイマル共和国時代を代表する劇作家エルンスト・トラーの生涯と作品を論じた。幸い、『読書人』『図書新聞』等で評価された。

『わが異端の昭和史』やグラムシ研究で知られる社会思想家、石堂清倫氏は月刊『みすず』で前著を評価下さった。その後、氏のお宅を訪ね、戦前における表現主義文学の受容や終戦後、満州に取り残された数万人に及ぶ日本人の難民としての四年間に及ぶ体験を語って頂いた時のことは忘れられない。お会いした翌年、氏は『二十世紀の意味』(平凡社)を刊行し、九十七歳で亡くなられたが、最後まで明晰な精神を維持された。氏の一万冊を超す貴重な蔵書は「石堂文庫」として藤沢市に移管された。

演劇活動にも取り組む精神科医の方から手紙を頂いた。遠方から訪ねて来られ、学生時代に亡くなった息子さんが書き残した数少ない文章として拙著の感想文を見せて下さった方もいる。本が様々な形で読まれることを体験した。

＊

その後、ヴァイマル共和国からナチス政権時代に関する知見を深めながら、他の作家の優れた作品を探し求めた。取り上げた劇作家の作品はいずれも深い感銘を呼び起こす二十世紀の傑作、秀作でありながら、日本では戦後半世紀を経て一作しか翻訳がない。特にカイザーの『兵士タナカ』の問題性と迫力に驚かされる。日本文化論としても秀逸である。この作品を正面から受け止めることができる(必要がある)のは日本人をおいて他にない。戦後半世紀を経て、日本では一度も上演されていない。上演される日を待ちたい。

本書ではユダヤ人迫害、亡命、抵抗運動、歴史意識、運命観など亡命作家が対峙した主要なテーマを扱った作品を取り上げた。その際、各作品をできるだけ同一主題の下に二作品ずつ束ね、重層的に主題の幅を捉えようとした。時代的背景を明らかにするために、最終章で亡命作家が置かれた状況を示した。亡命先の各国の実態から、亡命者の様々な苦悩と悲劇が読み取れる。彼らを取り巻く社会状況を全体として把握しなければ、各作品を深く理解できない。時代と文学は相互に照射し合う。

従来、一九二〇年代から三〇年代におけるドイツ演劇に関して、日本では専らブレヒトのみ論じられてきた観がある。F・ヴォルフに関しては一六巻の東独版選集があるが、注釈等は付いてない。F・ブルックナーに関しては現在ドイツで一五巻の全集編纂が進められている。いずれもヴァイマル共和国時代を代表する劇作家でありながら、研究の層は薄く、日本ではほとんど論じられなかった。前著と本書によって表現主義演劇の双璧をなすトラーとカイザーのみならず、一九二〇年代に活躍した劇作家たちの亡命時代の作品に光をあてることができた。

*

研究を集大成し、刊行することは文系研究者の本願である。一冊目が研究の分水嶺ならば、二冊目は研究者の正念場である。本を書くためには構想力が必要であり、構想を具体化するために五年を費やした。前著は無我夢中で書き、本書はもがきながら取り組んだ。一通り書いた後、一年余かけて加筆修正した。作品を読んでいない読者にも理解できるよう努め、作品の細部にこだわり、質感を伝えたいと願った。

この間、『図書新聞』紙上で「蘇る精神の水脈」と題して、ユルゲン・ゼルケの『焚かれた詩人たち』を論じ(二〇〇〇年七月)、書評を手がけ、独文学会のシンポジウム「ドイツ文学とファシズムの影」で発表を行い、次第に問題圏が明確化していった。旧東ドイツでの学位論文のマイクロフィルムも取り寄せたが、カーボン紙を重ねてタイプしてあり、滲んで判読が困難だった。

作家が作品に生命を刻印したように、自分もまた本書に命を刻み込んだ。取り組んだ作家の作品や生き様に鼓舞された。いつの間にか作家たちの精神とシンクロナイズしていた。先輩諸氏の仕事ぶりに接し、発奮の糧とした。以前、亡命文学に関する科研費共同研究を行った広島大学の好村冨士彦氏は終戦後、西条の結核療養所で原爆詩人峠三吉に兄事し、退院後にドイツ文学に転進し、喘息の発作で入退院を繰り返しながらE・ブロッホ論などの研究書を書かれた。氏は『兵士タナカ』論を劇団関係者に紹介するなどして下さったが、本書の刊行前に他界された。

亡命文学研究の先達、中央大学の高村宏氏には戦前の貴重な本を頂くなど、前著同様に支援頂いた。ドイツ反ファシズム小説に関しては氏の二冊の研究書が手引きとなる。広島大学の村瀬延哉氏にフランス語、ウルシュラ・スティチェックさんにポーランド語に関して教示頂いた。京都大学の西村雅樹氏には学会の折に助言頂いた。

本書の第四章は月刊『未来』に、一、八、九章は『世界文学』に発表した論文に加筆(一章は二倍半)した。亡命時代に書かれたカイザーのNSDAP《ナチス》二部作や、F・ヴォルフとホルヴァートのフランス革命期を扱った歴史劇に関する論考等は割愛した。かくして、生涯二冊目の研究書は過ぎゆく時の流れから得たささやかな成果である。読者の率直な感想や指摘が頂ければ幸いである。

本書は日本学術振興会科学研究費による「第三帝国時代における文学と芸術の研究」(一九九九～二〇〇一年度、基盤研究C2)及び現在取り組んでいる「ドイツと日本における戦争文学の研究」(基盤研究C2)の成果の一部である。この間、亡命作家の足跡を追って、ヨーロッパ各地を訪れた。

南仏マルセイユでは、A・ゼーガースが描き出したトランジット・ビザの取得をめぐる焦燥感が頭をよぎった。バルセロナからリスボンに向けてイベリア半島を横断した際には、F・ヴェルフェルやH・マンの逃避ルートに近い道程を辿った。バルセロナの大聖堂裏にはスペイン内戦時の銃の弾痕が刻まれ、市街戦の様子を垣間見た気がした。ポルトガルとの国境には無人の検問所が無用な遺物として立っていた。ヨーロッパがEUとして一体化した後も、世界から国境が消えたわけではない。ペテルブルクからフィンランドへ向かう国際列車に乗った際、国境前の検問で若いロシア女性が下車を命じられる姿を見た。

コペンハーゲンやノルウェーのベルゲンではレジスタンスの記念館を訪れた。本書には作家たちと筆者の旅の記憶が織り込まれている。国境を越えられずに死を選んだベンヤミンらの悲劇が歴史の一幕へ組み込まれていく。文学作品にはこうした過去を現前化させる力がある。

ナチス・ドイツを逃れた亡命作家や芸術家は数百人に及び、知られざる秀作が数多くある。まだ半世紀程前の歴史の断絶・空白期であり、残された作品は闇に埋もれた生の軌跡、痕跡である。本書で数行言及しただけの作家も一冊の評伝として論じるにふさわしい。そうした未知の作家・作品が紹介される日を待ち望みつつ、自らも新たな目標に向けて精進を重ねてゆきたい。

なお、表紙カバーの写真E・バルラッハの〈再会〉に、十二年に及ぶ亡命を経て旧知と再会するという意味合いを重ねた。

本書の刊行に際し、独立行政法人日本学術振興会平成十六年度科学研究費補助金(研究成果公開促進費、学術図書)の交付を受けた。ここに感謝申し上げる。一冊の本が出るまでには、多くの人の力を必要とする。本は文化の器であると改めて実感した。九州大学出版会の藤木雅幸氏には細かく配慮頂き、深く感謝したい。そして前著と同じく、研究を支え見守ってくれた肉親と家族に本書を捧げたい。

二〇〇四年五月二九日　広島にて

島谷　謙

人名索引

サ

タ

ナ

ハ

ヤ

ラ

ワ

参考文献

（各章の注で挙げた以外の研究書を中心に）

欧文

Walter A. Berendsohn: Die humanistische Front. Zürich, 1946.

R. Drews, Alfred Kantorowicz (Hg.): Verboten und verbrannt. Berlin, München, 1947. (Neuauflage 1983.)

Friedrich Wolf: Briefe — Eine Auswahl. Berlin, 1958.

Hermann Kesten (Hg.): Deutsche Literatur im Exil. Wien, München, Basel, 1964.

Kurz Köster: Exil Literatur 1933–1945. Frankfurt am Main, 1966.

Werner Jehser: Friedrich Wolf. Berlin, 1968.

Hans Jürgen Schultze: Die Exildramen Georg Kaisers. Diss. Jena, 1971.

R. Grimm u. J. Hermand: Exil und Innere Emigration. Frankfurt am Main, 1972.

Hans Christof Wächter: Theater im Exil. München, 1973.

H. Kaufmann, Dieter Schiller: Geschichte der Deutschen Literatur. Berlin, 1973.

Walther Pollatschek: Friedrich Wolf. Leipzig, 1974.

Christiane Lehfeldt: Der Dramatiker Ferdinand Bruckner. Göttingen, 1975.

Michael Winkler (Hg.): Deutsche Literatur im Exil 1933–1945. Stuttgart, 1977.

Ernst Loewy (Hg.): Exil 1933–1945. Frankfurt am Main, 1979.

Alexander Stephan: Die deutsche Exilliteratur 1933–1945. München, 1979.

F. N. Mennemeier, F. Trapp: Deutsche Exildramatik 1933–1950. München, 1980.

Joseph Wulf: Literatur und Dichtung im Dritten Reich. Frankfurt

am Main, Berlin, 1983.
T. Koebner, W. Köpke, J. Radkau (Hg.): Exil Forschung Bd. 1～12. München, 1984～2002.
H. A. Walter, G. Ochs (Hg.): Deutsche Literatur im Exil 1933–1945. Gütersloh, 1985.
Thomas Mann: Deutsche Hörer! Frankfurt am Main, 1987.
Peter S. Jungk: Franz Werfel. Frankfurt am Main, 1987.
H. J. Schneider (Hg.): Ferdinand Bruckner. Dramen, Berlin, 1990.
Edita Koch und Frithjof Trapp: Exiltheater und Exildramatik 1933–1945. Maintal, 1991.
Kurt Singer: Spiegel, Schwert und Edelstein. Frankfurt am Main, 1991.
H. F. Pfanner (ed.): Der Zweite Welfkrieg und die Exilanten. Bonn, Berlin, 1991.
Henning Müller (Hg.): Exil-Asyl. Gerlingen, 1994.
Lexikon deutsch-sprachiger Schriftstellerinnen im Exil 1933 bis 1945. 1, 2. Freiburug i. Br. 1995.
Erika Mann, Klaus Mann: Escape to Life. Reinbek bei Hamburg, 1996.
Bernhard Spies: Die Komödie in der deutschsprachigen Literatur des Exils. Würzburg, 1997.
Stephanie Barron, Sabine Eckmann: Exil. Flucht und Emigration europäischer Künstler 1933–1945. München, N.Y. 1997.
Claus D. Krohn, Patrik v. Mühlen, G. Paul, L. Winckler (Hg.): Handbuch der deutschsprachigen Emigration 1933–1945. Darmstadt, 1998.
Wilhelm von Sternberg: Als wäre alles das letzte Mal. Köln, 1998.
Brigit Pansa: Juden unter japanischen Herrschaft. München, 1999.
P. Riegel, W. van Rinsum: Deutsche Literaturgeschichte Bd. 10. München, 2000.

邦　文
S. ツヴァイク『ヨーロッパ思想の歴史的発展』(飯塚信雄訳) 理想社, 1967 年
K. マン『転回点 2―反抗と亡命』(渋谷寿一訳),『転回点 3―危機の芸術家たち』(青柳謙二訳) 晶文社, 1970, 71 年
W. ベンヤミン著作集 9『ブレヒト』(石黒英男編) 晶文社, 1971 年
H. アーレント『イェルサレムのアイヒマン』(大久保和郎訳) みすず書房, 1969 年
H. アーレント『全体主義の起源』, 第一部『反ユダヤ主義』(大久保和郎訳), 第二部『帝国主義』(大島通義, 大島かおり訳), 第三部『全体主義』(大久保和郎, 大島かおり訳) みすず書房, 1972 年
H. アーレント『暗い時代の人々』(阿部斉訳) 河出書房, 1989 年
H. アーレント『パーリアとしてのユダヤ人』(寺島俊穂, 藤島降裕宜訳) 未来社, 1989 年
クヴェレ会編『現代ドイツ戯曲論集』クヴェレ会, 1971 年
ローラ・フェルミ『二十世紀の民族移動 1, 2』(掛川トミ子, 野水瑞穂訳) みすず書房, 1972 年(『亡命の現代史』全六冊)
『亡命の現代史 5―人文科学者・芸術家』(中矢, 松谷, 利光, 藤本訳) みすず書房, 1973 年
伊藤整他『新潮世界文学小辞典, 三版』新潮社, 1974 年
城野節子『スタール夫人研究』朝日出版社, 1976 年
山本尤『ナチズムと大学』中央公論社, 1985 年
レナーテ・ベンスン『トラーとカイザー』(小笠原豊樹訳) 草思社, 1986 年
池田浩士編訳『表現主義論争』れんが書房新社, 1988 年
ルイス・A. コーザー『亡命知識人とアメリカ』(荒川幾男訳) 岩波書店, 1988 年
笹本駿二『スイスを愛した人々』岩波書店, 1988 年
高村宏『ドイツ反ファシズム小説研究』創樹社, 1986 年
高村宏『ドイツ反戦・反ファシズム小説研究』創樹社, 1997 年
マーティン・ジェイ『永遠の亡命者たち』(今村仁司他訳) 新曜社, 1989 年
山口知三, 平田達治, 鎌田道生, 長橋芙美子『ナチス通りの出版社』

人文書院，1989 年
山口知三『ドイツを追われた人々』人文書院，1991 年
成瀬治，黒川康，伊藤孝之『ドイツ現代史』山川出版社，1990 年
カール・レーヴィット『ナチズムと私の生活―仙台からの告発』（秋間実訳）法政大学出版局，1990 年
本間浩『難民問題とは何か』岩波書店，1990 年
大澤武男『ユダヤ人とドイツ』講談社，1991 年
大澤武男『ヒトラーとドイツ』講談社，1995 年
犬養道子『人間の大地』中央公論社，1992 年
木畑和子『キンダートランスポート』成文堂，1992 年
H. フォッケ，U. ライマー『ナチスに権利を剝奪された人びと』（山本尤，伊藤富雄訳）社会思想社，1992 年
ゾラフ・バルハフティク『日本に来たユダヤ難民』（滝川義人訳）原書房，1992 年
F. ヴェルフェル『モーセ山の四十日』（福田幸夫訳）近代文芸社，1993 年
J. テーラー，W. ショー『ナチス第三帝国事典』（吉田八岑監訳）三交社，1993 年
小岸昭『スペインを追われたユダヤ人』人文書院，1993 年
渡辺和行『ナチ占領下のフランス』講談社，1994 年
中国新聞社会部編『自由への逃走』東京新聞出版局，1995 年
マイケル・ベーレンバウム『ホロコースト全史』（芝健介監修）創元社，1996 年
ジョージ・L. モッセ『ユダヤ人の〈ドイツ〉』（三宅昭良訳）講談社，1996 年
エドワード・サイード『知識人とは何か』（大橋洋一訳）平凡社，1996 年
ハンス・マイヤー『アウトサイダー』（宇京早苗訳）講談社，1997 年
小倉孝誠『歴史と表象』新曜社，1997 年
今橋映子『パリ・貧困と街路の詩学』都市出版社，1998 年
河原忠彦『シュテファン・ツヴァイク』中央公論社，1998 年
ヴォルフガンク・エメリヒ『東ドイツ文学小史』（津村正樹監訳）鳥影社，1999 年

エンツォ・トラヴェルソ『ユダヤ人とドイツ』(宇京頼三訳) 法政大学出版局，1999 年
ユルゲン・ゼルケ『焚かれた詩人たち』(浅野洋訳) アルファベータ，1999 年
上野俊哉『ディアスポラの思考』筑摩書房，1999 年
藤本淳雄『現代ドイツ文学素描』大空社，1999 年
山本尤『近代とドイツ精神』未知谷，2000 年
森田安一『物語スイスの歴史』中央公論新社，2000 年
棗田光行『時代と闘うドイツ演劇』近代文芸社，2000 年
生松敬三『二十世紀思想渉猟』岩波書店，2000 年
徐京植，高橋哲哉『断絶の世紀 証言の時代―戦争の記憶をめぐる対話』岩波書店，2000 年
芹田健太郎『亡命，難民保護の諸問題 I』北樹出版，2000 年
川本三郎『本のちょっとの話』新書館，2000 年
樺山紘一他編『越境と難民の世紀』岩波書店，2001 年
阿部良男『ヒトラー全記録』柏書房，2001 年
阪東宏『日本のユダヤ人政策 1931～1945―外交資料館文書「ユダヤ人問題」から』未来社，2002 年
沼野充義『亡命文学論』作品社，2002 年
中央大学人文科学研究所編『ツァロートの道』中央大学出版部，2002 年
船戸満之『表現主義論争とユートピア』情況出版，2002 年
河島英昭「イタリア・ユダヤ人の風景」岩波書店『図書』2001～2004 年
鈴木輝二『ユダヤ・エリート』中央公論新社，2003 年
上田浩二，荒井訓『戦時下日本のドイツ人たち』集英社，2003 年
福原直樹『黒いスイス』新潮社，2004 年

(ユダヤ人問題，ナチズム，表現主義文学等に関しては，島谷著『ナチスと最初に闘った劇作家』ミネルヴァ書房の参考文献も参照されたし。)

図版出所（各章扉）

第 1 章　K. Völker: Max Herrmann-Neisse. Berlin 1991. S. 237.

第 2, 6, 10 章　B. Lutz (Hg.): Metzler Autoren Lexikon. Stuttgart 1997.

第 3 章　W. Pollatscek: Friedrich Wolf. Leipzig, 1974. S. 162.

第 4 章　Ernst Barlach—Leben im Werk: Karl Robert Langwiesche Nachfolger. Hans Köster. Königstein im Taunus 1972. S. 81.

第 5 章　N. Abels: Franz Werfel. Reinbek bei Hamburg 1990. S. 133.

第 7 章　スタール夫人『ドイツ論 1』(梶谷温子，中村加津，大竹仁子訳) 鳥影社，2000 年，口絵

第 8 章　C. Krahmer: Käthe Kollwitz. Reinbek bei Hamburg 1981. S. 83.

第 9 章　H. Pausch u. E. Reinhold (Hg.): Georg Kaiser Symposium. Agora Verlag 1980. S. 5.

著者紹介

島谷　謙（しまたに　けん）

1957 年　東京生まれ
1987 年　筑波大学大学院文芸言語研究科博士課程後期修了
現　在　広島大学総合科学部助教授
専　門　ドイツ文学，ヨーロッパ文化研究
著　書　『ナチスと最初に闘った劇作家』（単著）ミネルヴァ書房
　　　　『演劇と映画』（共著）晃洋書房
訳　書　I. クーシネン『神はその天使を破滅させる』（共訳）社会評論社
　　　　『シルクロードの民話 第 4 巻 ペルシャ』（共訳）ぎょうせい
論　文　シラー論，C. F. マイヤー論，パウラ・モーダーゾン論，原民喜論
　　　　他
E mail　shima@hiroshima-u.ac.jp

ナチスと闘《たたか》った劇作家《げきさっか》たち
――もうひとつのドイツ文学――

2004 年 10 月 13 日　初版発行

著　者　島　谷　　謙
発行者　福　留　久　大
発行所　（財）九州大学出版会
〒812-0053　福岡市東区箱崎 7-1-146
九州大学構内
電話　092-641-0515　（直通）
振替　01710-6-3677
印刷・製本　研究社印刷株式会社

　ISBN 4-87378-841-2